眞魔傳說

Of Dark

목형 판타지 장편소설

FANTASY FRONTIER SPIRIT

진마전설

마존전설 2부

진마전설 5

목형 퓨전 판타지 소설

초판 1쇄 찍은 날 § 2007년 4월 30일
초판 1쇄 펴낸 날 § 2007년 5월 10일

지은이 § 목형
펴낸이 § 서경석

편집장 § 문혜영
편집책임 § 서지현
편집 § 심재영

펴낸곳 § 도서출판 청어람
등록번호 § 제1081-1-89호
등록일자 § 1999. 5. 31
어람번호 § 제1-0829호

주소 § 경기도 부천시 원미구 심곡1동 350-1 남성B/D 3F (우) 420-011
전화 § 032-656-4452 팩스 § 032-656-4453
http://www.chungeoram.com
E-mail § eoram99@chollian.net

ISBN 978-89-251-0678-6 04810
ISBN 89-251-0216-1 (세트)

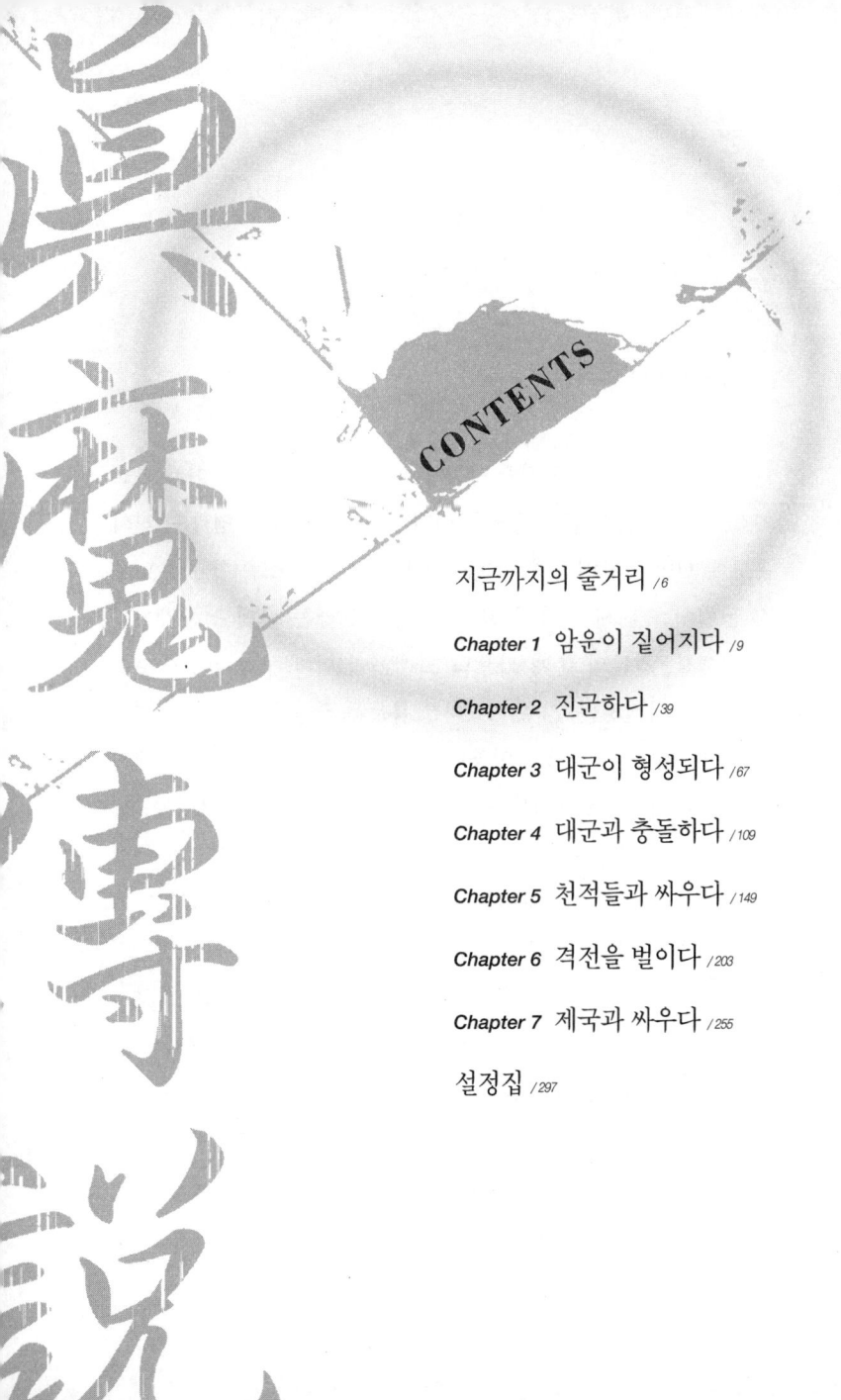

CONTENTS

진마전설

온갖 역경과 고난을 질릴 만큼 겪은 뒤, 천하제일고수이자 마교의 교주로서 안락한 생활을 누리던 수한. 그러나 수영과 수진의 음모에 휘말려 장백산맥(드래곤 산맥) 너머 팔라스 연합으로 도주 겸 돈벌이를 위해 떠나게 된다. 그리고 드래곤 산맥 정중앙에서 만난 최강, 최악의 존재 카오틱 드래곤에 의해 구속되어 대부분 능력 치를 상실하는, 저주 캐릭다운 불운을 겪는데…….

하지만 수한은 이내 주인공다운 기연으로 카오틱 드래곤 레어에 봉인된 데스로드의 권능을 흡수, 새로운 데스로드 후보자가 된다. 그리고 발걸음도 당당히 세상에 첫걸음을 내딛은 뒤 첫 사업으로 엘프 사냥을 꾀하나… 세상은 결코 만만치 않다는 교훈만을 얻은 채 실패한다.

그 뒤, 인간 도시로 들어가 청제국과 팔라스 연합 간의 최초의 무역 활동을 시도함으로써 재기를 꿈꾸는 수한. 그러나 세간에 널리 퍼진 종족적—현재 수한은 마족이다—차별로 인해 크게 좌절하고, 결국 마족으로서의 본분(?)을 다하기로 결심한다. 이에 수한은 드워프들과 모종의 타협을 거쳐 거대한 탑을 건축, 두 번째 사업

'던전 빙자 유저, NPC 사냥'을 벌인다. 그리고 그 와중에 얻은 권속, 토일과 시드와 함께 잠시 즐거운(?) 나날을 보내지만 그것도 잠시뿐. 자국의 황녀를 구출하러 온 자이드 제국의 리버스 일당에 의해 사업장은 파괴되어 재차 떠돌이 신세가 된다.

사업장 파괴 이후 한층 더 세상에 대한 원망과 복수에 불타게 된 수한. 결국 옆에서 감언이설로 부추기는 토일의 말에 넘어가, 진정한 데스로드가 되고자 대미궁에 들어선다. 그리고 그곳에서 재차 마주치게 된 리버스 일당들.

운빨 제로 캐릭답게 수한은 그들에게 실컷 농락(?)당한 뒤 발록에게 이 연타를 당한다. 그나마 죽기 직전 난데없이 등장한 수진의 도움으로 간신히 탈출에 성공하지만… 역시나 또 다른 고난의 시작이라.

리버스 일당에게 당하고, 발록에게 깨지고, 수진과 일 대 일 맞짱에서 지는 통에 자신감을 완전히 상실한 수한. 그러나 이대로 물러설 수 없다는 바퀴벌레 근성을 발휘, 수련에 몰두해 새로운 필살기에 대한 단서를 얻는다.

그러나 필살기가 완성되기 직전, 재차 수진의 손에 이끌려 삼대 재앙 토벌단의 얼굴마담 신세가 되고 마는데…….

어어, 하는 사이 란슬롯을 비롯한 과거의 인연을 맺었던 일행과 함께 삼대재앙 토벌에 나선 수한. 그 뒤 온갖 우연곡절을 겪은 끝에 토벌단은 삼대재앙 토벌을 성공리에 마치고, 수한은 '죽음의 기사단'과 '데스 윙'을 권속으로 거둠과 동시에 진(眞)무적사기 스킬, '절대강환포'를 습득하게 된다. 거기에 보너스로 지금껏 음모를 꾸며 수한을 괴롭히던 암중 인물, 뱀파이어로드 '릭블러드'를 제거하는 쾌거까지 거두는데…….

그러나 그것만으론 부족해서일까? 마지막 순간 순진한 란슬롯을 속여 전대 데스로드의 신물을 취해 기어이 데스로드가 되고 만 수한.

이로써 절대저주 캐릭이자 먼치킨 상급을 달성한 대마왕, 수한의 득템에 대한 탐욕스런, 그리고 복수에 대한 원념이 본격적으로 팔라스 연합을 위협하기 시작한다.

Chapter 1

암운이 짙어지다

"하아~ 역시 내 팔자가 다 그렇지 뭐."

언제나 늘 그렇듯 수한의 한숨 소리와 함께 시작되었다.

―마스터, 무슨 근심이라도?

이미 대마왕, 아니, '데스로드(Death Lord)' 씩이나 된 마당에 수한에게 대체 무슨 걱정거리가 있겠는가? 하지만 충성스런 권속의 입장에선 로드의 극히 사소한 걱정거리라도 관심을 가져야 하는 법! 때문에 옆에 있던 토일은 수한의 혼잣말에 냉큼 관심을 가져 준다. 하지만 나름대로 사정이 있는 수한으로선 거기에 대답할 상황이 아니었으니.

'에효~ 창피하게스리, 어떻게 이런 문제를 입으로 말하

냐고?!'

그렇다. 현재 수한이 지닌 고민거리는 지극히 개.인.적.인 문제. 차마 남에게 말할 수 있는 성격의 것이 아닌 것이다. 그 내용인즉…

'전에는 그나마 미소년 계열(?)이라고 우기기라도 했지, 지금은 완전……'

대마왕으로 승급한 이후 그 외형에 다시 한 번 큰 변화가 생긴 수한. 가뜩이나 마족이 된 이후 여성(?)스러워진 외모가 한층 더 빛을 발하기 시작했다. 그나마 청초, 혹은 가냘프다는 말로 일말의 개선(?) 여지가 있던 최후의 보루가 지금은 굴곡이 완연한 몸매로 인해 가슴만 없다뿐이지, 완연히 여성화되어 버린 것. 거기에 승급과 더불어 보라색으로 변색된 머리칼은 수한의 미모에 재차 색기까지 플러스알파해 버리니.

슬슬 아저씨(?) 오라를 내뿜기 시작하는 현실과는 달리, 이곳 가상현실에서만큼은 세상 모든 남자를 유혹하는 요녀의 므흣한 오라가 난무하는 수한. 이러니 그 스스로를 마초주의의 선두주자—물론 외모가 받쳐 주질 않지만—라 주장하는 그의 입장에선 환장할 노릇이다. 게다가!

'이그~ 옵션이 좋으면 뭘 해? 전신 타이즈인데!'

그나마 수한의 마음에 쏙 들던—얼굴과 몸매를 상큼하게(?) 가려주던—로브, '감춰진 어둠'이 승급과 더불어 수한의 캐릭 성향에 맞춰 큰 변화가 맞이했는데… 그 변형된 모습이 또 문제!

뭐, 마법권사인 수한의 특징을 최대한 고려, 그 옵션은 마법사의 것이되 나풀거리는 옷맵시를 최대한 줄여 활동하기 편하게 변한 그 의도까지는 좋다. 그런데! 하필 그 형태가 전신 타이즈, 일명 '쫄쫄이'!

덕분에 수한의 그 S자 몸매가 훤히 드러나게 되어, 대마왕 체면에 힘부로 나서기가 뭐하다(한마디로 민망했다). 적의 공세를 그냥 맨몸으로 때우며, 육박전을 즐겨하는 수한의 입장에선 그것은 나름대로 큰 페널티인 셈.

…적어도 수한은 수치(?)란 걸 아는 일반 남성인 것이다.

결국 수한은 자신의 고민 아닌 고민을 약간의 편법을 써서 해결해야 했으니.

"휴우~ 역시 난 마법사 체질(?)인가? 토일, 미안하지만 로브 하나만 줘. …물론 아무런 옵션이 없는 걸로."

─예. 알겠습니다, 마스터.

대마왕이 된 이후 토일에게도 더 이상 공대를 하지 않는 수한. 그러나 그렇게 급변한 태도나 뜬금없이 로브를 구해달라는 요구에도 불구하고 토일은 군말없이 품속에서 뭔가 그럴 듯해 보이는─대미궁에서 은근슬쩍 꼼쳐 놓은─로브 자락을 꺼내 든다.

…역시 전형적인 충복의 태도라 할까? 그리고 수한은 로브

의 상태창을 잠시—무슨 괴상망측한 저주가 걸리지 않았는지—살펴 뒤 남들이 자신의 남세스러운 모습을 볼까 두려워 후다닥 그것을 걸치고 후드까지 깊숙이 눌러쓰는데…….

이후 행색이 어느 정도 갖춰지자 분위기가 확 변해 버리는 수한.

"크크크크. 좋아, 이제 슬슬 중간 정리를 해볼까?"

방금 전까지 사춘기 소년마냥 외모콤플렉스(?)에 한숨만 내쉬던 철부지는 더 이상 존재하지 않았다. 이제 그 자리를 차지한 건 전 대륙을 암흑으로 몰아넣을 대마왕, 데스로드가 있을 뿐.

…물론 데스로드다운 품격과 관록 대신 그 특유의 '궁상과 어둠'의 오라를 내뿜는 건 캐릭 특성상 어쩔 수가 없는 일이니 그냥 넘어가자. 게다가 그런 궁상스러움도 잠시뿐이었으니.

"기사단 집결!"

처척!

—예스, 마이로드.

수한의 외침에 일제히 소환되어 정렬하는 100기의 데스 나이트. 아니, 그들 역시 더 이상 데스 나이트가 아니었다. 수한의 승급과 더불어 그 강화된 권능에 힘입어 역시 한 단계 성장한 죽음의 기사단. 그들 전원 지옥의 기사(Hell Knight)가 되어 무시무시한 기세를 내뿜고 있었다.

"크크크, 헬 나이트라… 최상급 던전의 보스 급 몹이 무려 100기란 말이지? 크크크크, 좋았어!"

헬 나이트들의 무시무시한 위용에 연신 괴소를 흘리는 수한. 하긴 레벨 450에 달하는 헬 나이트를 무려 100기나 거느리게 되었으니, 그 전력의 주인으로서 어찌 기껍지 않겠는가?

하지만 수한이 진심으로 아끼는 존재들은 정작 따로 있었다.

"크크, 어때! 이 성도면 제법 쓸 만하겠지?"

—그렇습니다. 이들과 함께라면 능히 대륙을 제패할 수 있을 겁니다.

—이제 드디어 암흑제국의 건국을 위한 첫걸음이…….

지금껏 수한에게 온갖 구박을 받았던 배신자—이런 측면에서 보면 수한도 참 쫀쫀한 녀석이다—죽음의 기사단이 이 정도인데, 그 측근 중에 측근인 시드와 토일은 어떠하겠는가? 놀랍게도 그 둘은 현재 한계 레벨인 레벨 499에 도달한 상태! 얼마 전까지 레벨 50 중후반에 빌빌거리던 그들로선 그야말로 벼락출세가 아닐 수 없다.

역시 사람은 줄을 잘 서야…….

큼큼~ 어쨌든 수한의 권능빨 덕에 단번에 한계 레벨에 도달한 시드와 토일. 비록 본신능력에 의한 것이 아닌 수한의 권능에 의한 반쪽 전직이긴 했지만, '데스 템플러(Death Templar)'와 '데미 리치(Demi Lich)'라는 초급 먼치킨 직업으로 전직했다. 그리고 그들에게 부여된 데스 제너럴(Death General)과 데스 커맨더(Death Commander)라는 멋들어진 칭호, 이어 그에 따른 권능들은 앞으로 그들이 펼칠 활약상을 심히 기대하게 만들었으니……

그런 두 명의 든든한 권속을 좌우에 거느린 채 100기의 헬나이트를 앞세운 수한. 그 막강한 전력들을 손끝으로 부리는 본인은 대체 어느 수준까지 밸런스 & 설정 파괴에 힘썼을까?

'죽음의 세례'를 습득하여 대마왕으로 승격됨에 따라 완연히 먼치킨 고급으로 접어든 수한. 능력 치 상승은 둘째 치고 대마왕이라는 타이틀로 인한 권능, 즉 특수 능력과 옵션이 정말 장난이 아니다. 거기에 승급과 함께 습득한 사기 아이템들은 그야말로……

뭐, 백문이 불허일견이라. 일단 한번 보자(?)!

제일 먼저 수한이 지금 입고 있는, 약간 거북한 착용감의 쫄쫄이(?). 본래 '감춰진 어둠(Hidden Darkness)'라는 이름의 로브였던 그것은 현재 수한의 상태에 맞춰져 다음과 같이 변하였다.

[불타는 어둠(Burning Darkness)]
종류 : 슈트(Suit)
등급 : 이벤트
속성 : 마(魔)

제한 : 흑마법권사 전용. 레벨 500 이상

방어력 : 2000

내구력 : 무한

무게 : 3

설명 : 고위 마족 전용 아이템인 '감춰진 어둠'이 데스로드의 권능에 힘입어 변화된 모습

능력 치의 전 스탯 15% 상승. 마법 시전 시 마법 효과 50% 상승. 성(聖)속성을 제외한 모든 속성 데미지 50% 감소. 보온, 보냉 효과. 자체 수복, 청결 마법 운용

…뭔가 의미심장한 이름이긴 하지만 그 상태창 내용은 가히 압권. 비록 아이템 자체 내에 내장된 특수 스킬이 없다고 하나, 이전보다 확연히 업그레이드된 느낌이다. 그중에서 가장 기겁할 만한 대목은 바로 방어력에 관한 것!

가뜩이나 몸빵 캐릭인 녀석에게 방어력 2000 추가에 속성 데미지 50% 감소라니, 진정 몸빵지존의 그 끝을 보겠다는 건가? 이래서야 모든 악의 수장—어디까지나 '수장'일 뿐, '근원'은 아니다!—이자 최종 보스인 수한을 쓰러뜨릴 방법이 전혀 없지 않은가? 그나마 한 가지 다행스러운 점은…

"쯧, 이제 더 이상 정체를 감출 수 없다는 건가?"

슈트의 상태창을 보고 수한이 가장 먼저 내뱉은 말. 그렇다! '감춰진 어둠'이 지녔던 가장 중요한 능력, 착용자의 속

성과 능력 치를 감추는 기능이 사라진 것이다. 이로써 수한이 그 정체를 감추는 것은 완전히 불가능한 일. 가만히 있어도 대마왕다운 무시무시한 마기(魔氣:Evil Force)를 내뿜는 마당에 변장을 해봤자 무슨 소용이 있겠는가? 그러나…

"크크크크. 뭐, 어차피 숨기고 다닐 이유도 없으니 아쉬울 건 없군."

상태창을 본 뒤 잠시 생각하더니 재차 수한이 꺼낸 말. 하긴 대마왕이 되어 더 이상 세상 무서울 게 없는 게 현재 그의 입장이다. 즉, 이제 자신의 흉심을 감출 이유가 하등 없었고, 때문에 슈트의 사라진 능력에 그리 아쉽지가 않았다. 결국 변화된 로브의 성능에 대한 수한의 평가는 그야말로 대만족!

자, 그럼 슈트는 이쯤에서 끝내고, 다른 사기(?) 아이템을 살펴보자.

[죽음의 축복(Blessing Of Death)]
종류 : 팔찌(Bracelet)
등급 : 이벤트
속성 : 마(魔)
제한 : 데스로드(수한) 전용
내구력 : 무한
무게 : 1
설명 : 전대 데스로드의 진명(眞名)을 상징하는 반지에서 새

로운 데스로드(수한)의 권능을 더욱 강화시키는 도구로 변화
된 팔찌

　공격력 +3000 궁극기 '절대강환포(絶代▨環抱)'의 딜레이
속도를 50% 감소. 진명 스킬 '커스필드(Curse Field)'의 범위
300% 확장.

　…역시나 사기 아이템. 언뜻 보기엔 그저 그런 것 같지만
그 내용을 길게 살펴보면 그야말로 기겁할 내용이다.

　무려 공격력 3000을 그냥 맨입(?)에 상승시켜?! 비록 변화
되기 이전의 '죽음의 세례'가 지니고 있던 크리티컬 확률 상
승 옵션이 사라지긴 했지만, 공격력 3000이란 대목은 그것을
상쇄하기에 충분했다. 솔직히 말이 3000이지, 근력 3000을
올려야 가능한 수치가 아닌가?

　참고로 레벨 300대 전사의 필살기 데미지가 그 정도 수준
이다.

　거기다! 아이템에 딸린 옵션은 거기에 끝난 게 아니다. 수
한의 새로운 필살기, 절대강환포의 딜레이 속도를 무려 50%
감소시킨다니?! 그나마 느린 구현 속도가 약점이었던 그 무지
막지한 사기 스킬을 두 배나 빨리 시전할 수 있다는 사실은
세상에 크나큰 대재앙이 아닐 수 없었다!

　그리고 마지막으로 진명 스킬에 관한 내용은…

　"쯧, 그딴 스킬이 범위가 확장되어 봤자……."

자신이 지닌 진명 스킬에 무슨 불만—무슨 내용인지도 안 가르쳐 주면서—이 그리 많은지 연신 틱틱거리는 수한.

…가진 것이 지나치게 많아 넘치는 주제에 욕심도 많다.

어쨌든! 절대반지(?)에서 팔찌로 변한 '죽음의 축복'. 그것은 이렇게 수한의 장점(공격력)을 극대화시키고, 그나마 가지고 있던 부족한 점(딜레이 속도)을 채우는 데 주력한, 한마디로 수한 전용 아이템이라는 게 최종결론이다.

물론 팔찌에 따로 추가 스킬 옵션이 없는 건 가뜩이나 강한 녀석에게 더 이상 사기 스킬을 줄 수 없다는 나름대로 배려(?).

그런데… 막상 이렇게 마무리를 짓고 보니 주인공치곤 너무나 빈약한 장비 목록이 아닐 수 없다. 아무리 사기 아이템들이라 하지만, 그래도 고작 두 개라니(템빨지존 수진과 비교하면 심지어 초라하기까지 하다). 이래서야 주인공 체면이 말이 아니지 않은가?

그러나! 그 두 개의 아이템만으로도 충분히 밸런스 파괴에 지대한 공헌을 한바, 더 이상의 아이템은 과욕이라. 무엇보다도 수한이란 캐릭 자체가 본신 능력으로 승부하는 존재이니만큼 이쯤에서 넘어가자. 솔직히 아이템을 더 지니고 있어봤자 유저들에게 팔아먹을 생각부터 하는 녀석이니, 어찌 보면 이런 빈약한 장비가 당연한 일일지도.

큼큼~ 각설하고, 이제 드디어 하이라이트! 궁극의 사기 캐릭, 수한의 상태창에 대해 정밀 분석해 보자!

성명 : 수한[대마왕(The Lord Of Devil) : 모든 마속성 스킬을 습득 제한 없이 습득 가능, 스킬 습득 시 숙련도 +99.9%, 모든 언데드 마물의 종속화, 직계 권속의 능력 치 극대화, 권능 영역 자동 생성(범위 30m, 아군 능력 치 20% 상승, 적 능력 치 20% 하락)]

칭호 : 데스로드(Death Lord)[진명(眞名)]

직업 : 흑마법권사(黑魔法拳士)[묵천마신교의 교주] 성향 : 마(魔)(적대)

레벨 : 507(26.1%)

근력(STR) : 7095(+1064)

민첩(DEX) : 360(+54)

근골(CON) : 3600(+540)

지력(INT) : 1020(+153)

지혜(WIS) : 1020(+153)

마력(MEN) : 11420(+1713)

운(LUCK) : 564(+84)

보너스 스탯 : 0

생명(HP) : 212070/212070

마나(MP) : 265195/265195[스킬 운용 시 MP 소모량 *1/3]

공격력 : 8619(+3000)[스킬 운용 시 *1.5]

방어력 : 2147[*10] (+2000)
체력 : 99% 포만감 : 99%

한마디로 죽여준다. 모든 언데드의 종속화는 지극히 당연한 일—상태창의 칭호를 한번 봐라!—이니 넘어가고, 직속부하의 업그레이드에 관한 건 이미 앞에서 설명했으니 역시 무시하자. 권능 영역(마력장) 자체 생성은 승급 직후 토벌대를 상대로 한번 시험해 봤으니 더 생각할 필요가 없으리라. 그리고 '흑마법권사' 라는 생전 듣도 보도 못한 이상한 직업은 이번에 새로 생긴 수한 전용 직업이니, 역시 신경 쓸 거 없다.

하지만! 8000대에 달하는 공격력, 아니, 아이템으로 인한 추가 공격력까지 포함해서 1만이 넘는 공격력은 정말 너무하지 않은가? 거짓말 하나 안 보태고 무슨 궁극기 수준이다! 주먹질 하나하나에 땅이 갈라지고 하늘이 무너질 위력이니… 그런 말도 안 되는 본신 공격력을 지닌 채 스킬, 예를 들어 절대강환포 같은 걸 시전한다면?

일단 그에 관한 건 '먼치킨 고급' 이라는 설명으로 무마시키고, 다음으로 넘어가자. 솔직히 여기서 끝내고 싶지만, 지금까지의 설명은 그저 빙산의 일각이니 어쩔 수가 없다.

그럼, 다시 본론으로 돌아가서… 대마왕으로 승급되기 전까지 수한의 생명력과 마나량은 드래곤과 비견되는 수준이라는 말로 모든 게 설명 가능했었다. 하긴 그 무지막지한 몸빵과 마나탱크 캐릭을 설명하는데 그 외에 무슨 적절한 표현이 있겠는가? 그런데 이제 더 이상 '드래곤과 비견된다는' 수식어를 쓸 수 없게 되었다.

무려 20만이 넘는 생명력과 마나량! 그것은 웜 급 드래곤을 능가하는, 아니, 에이션트 드래곤과도 비등한 수준. 즉, 수한은 그 능력 치만으로도 드래곤(에이션트 급은 단순히 드래곤이라 지칭할 수 없는 존재다)을 능가하는 괴물이 된 것이다.

…하긴 아무리 그 본신이 레벨 500대의 신출내기(?) 초월자라곤 하나, 그 직업만큼은 평균 레벨 1000대의 정식 신(God)으로 승격되었으니 어찌 보면 당연한 일일 터.

그리고 그런 신, 아니, 대마왕답게 지금껏 '마(魔)속성'에 한정되었던 스킬 운용에 대한 옵션이 이제 '모든' 스킬로 확장, 그나마 있던 일말의 태클(?)이 완전히 사라졌다. 그 말인즉 특수 스킬인 강기류 무공과 궁극기들 역시 마나 소모가 1/3이 되고, 그 공격력이 1.5배로 늘어났다는 의미! 결국 절대 사기 스킬 절대강환포의, 드래곤 브레스조차 능가하는 그 엄청난 공격력이 50%나 상승했다는…….

어쩌면 수한은 전대 데스로드를 능가하는, 팔라스 연합, 아니, 'NEW WORLD' 역사상 유례가 없는 대재앙으로써 그 이름을 만천하에 떨칠 가능성이 매우 높아 보인다. 그리고 그런 추측을 증명이라도 하듯, 마침내 폭주하는 수한.

"크크크, 이거 말만 들어도 든든하구만. 좋아, 지금 당장 세계정복의 꿈을 불살라 볼까?"

100기의 헬 나이트를 앞에 세워두고 토일과 시드가 호언장담하자 마지막 고삐(?)마저 풀려 버린 미친 망아지 수한. 자잘하게 학살이나 벌이던 중견 악당에서 마침내 세상을 넘보는 초거물 대악당으로 진화한다.

늘 당하기만 하던 인생에 마침내 획득한 너무나 강대한 힘. 드디어 반격―…대체 무엇에 대한?―의 시간이 왔다. 이제 암흑제국을 건국해 대륙의 모든 재물을 끌어 모아… 커험~ 어쨌든 더 이상 두려워할 건 없는 것이다. 그나마 쪼~끔 경계해야 할 존재가 있다면…….

카오틱 드래곤. 'NEW WORLD' 내 최강 사기 캐릭이자 전대 데스로드를 봉인한 절대강자. 그리고 과거 수한을 단숨에 제압한 괴물 중의 괴물. 당시 그 괴물이 선보였던 엄청난 힘이라면 제아무리 수한과 그의 권속이라 할지라도 약간 버거운 감이 있으리라.

하지만! 수한은 알고 있었다, 카오틱 드래곤은 얼마 전 100년간의 수면기에 접어들었다는 사실을. 즉, 그가 암흑 군세를 일으킨다고 해도 감히 그와 그의 군대를 막을 만한 존재는 전무하다는 의미. 물론 그 외 다른 드래곤들이 조금 거슬리긴 하지만… 이미 한번 드래곤을 잡아 족친 전적이 있는 수한에게 하등 문제될 게 없었다(…물론 그 혼자만의 착각이다).

이렇게 시간이 지남에 따라 그 끝을 향해 치닫기 시작하는 수한의 망상. 마침내에는…

"크크크크카카카카카카~ 자, 진군이다!"

—예스, 마이 로드!

아무런 계획도 없이 무작정 진군을 선언하는 수한. 그리고 그의 진군 명령에 역시 무작정 앞으로 나아가는 두 권속과 헬 나이트들.

훗날 2차 항마전쟁이라 칭해지는 대겁난은 한 개인의 물욕과 겁데기리 싱실로 인해 그렇게 시삭되었다.

거대한 나무들과 무성한 수풀로 인해 마치 열대우림을 연상케 하는 거대한 숲. 이대금지지역 중 하나인 '드래곤 산맥'에 인접한 탓에 온갖 마물이 넘쳐 나고, 그 위험성 때문에 사람의 발길을 허용하지 않는 그곳. 그 '영원의 숲' 한가운데에서 로이엔은 분노에 치를 떨며 눈앞의 존재, 아니, 적을 노려보고 있었다.

"너, 너… 대체 누구냐?"

—…….

마을 외곽 지역에 침입자가 나타났다는 실프의 말을 듣고, 엘프 레인저들과 함께 후다닥 달려나왔던 로이엔. 뭔가 그럴듯한 기사용 갑옷을 입은 침입자의 외양과 홀로 서 있는 모습에 노예사냥꾼이 아니라고 판단, 나름대로 정중히—…물론 활로 위협 사격해 상대의 기를 죽인 뒤—물러날 것을 요구했었다.

하지만 그런 행동에 대한 결과는…….

한낱 육편 조각이 되어 사방으로 흩어진 동족들의 처참한 모습. 그 광경에 미남미녀 표준백과의 겉표지를 장식할 것 같던 로이엔의 미끈한 얼굴은 지옥의 마귀처럼 일그러졌고, 살기는 염화(炎火)마냥 활활 불타올랐다.

하지만 정작 로이엔을 그렇게 반미치광이로 만든, 검은 갑옷으로 빈틈없이 무장한 상대는 묵묵부답. 그저 손에 든 검을 로이엔에게 겨누는 도발적인 모습을 보일 뿐. 이에 로이엔은 이를 부득 갈며 허리춤의 단궁, '바람의 정화'를 꺼내 듦과 동시에 소리쳤다.

"으득~ 그래, 어차피 지금 상황에서 말은 없겠지. 슈리엘!"

ㅡ알았다, 계약자.

로이엔의 외침에 검은 갑옷에게 거칠게 쇄도하는 슈리엘. 상급 정령답게 그 기세만큼은 드래곤조차 찔끔할 정도로 흉흉하기 그지없다. 그리고 그런 슈리엘의 공격을 아무 대책 없이 정면에서 마주하게 된 검은 갑옷의 주인. 왠지 묵직하게 분위기를 잡는 모습과 달리 이대로 허망한 최후를 맞이할 것 같은…….

하지만 그런 광경에도 불구하고 로이엔은 방심하지 않았다. 이미 1년 전 순간의 방심으로 인해 마족ㅡ…바로 수한이다ㅡ에게 호되게 당한 경험이 있지 않은가? 하물며 상대는 단

한 번의 교전으로 상급 엘프 레인저 10여 명을 격살시킨 존재! 때문에 로이엔은 슈리엘의 공격 성공 여부조차 외면한 채, 바로 '신기'의 봉인을 풀었다.

파아악!

히어로의 변신이 끝날 때까지 기다려 준다는 게 악당들의 기본 소양(?). 그러나 상대가 그것을 지켜준다는 보장이 없다는 판단 때문일까? 로이엔은 예전 수한 앞에서 선보였던 거창한 봉인 채제 주문과 기다 자잘한 변신 장면을 몽땅 생략하고 바로 변신을 완료했다. 그에 따라 변신 과정의 전형적인 패턴인 눈부신 빛과 마법진이 사라졌을 땐, 이미 2미터 크기의 장궁과 화려한 녹색 갑주를 걸친 로이엔이 등장한 뒤다.

"놈, 살과 뼈를 남김없이 발라주마!"

어릴 적 노예 생활의 트라우마를 지닌 불량 엘프답게 전혀 엘프답지 않은 소릴 하는 로이엔. 신기의 본모습을 드러난 직후 바로 그것을 흑기사에게 겨누며 자신만의 필살기를 준비한다.

한편 수한조차 질리게 만든 무시무시한 활의 표적이 된 상대는…

—까아아아악!

피시식~

—큭~ 좋아. 운 좋게도 제대로 잡았군.

히어로(?)가 변신을 끝낸 그 짧은 시간 동안 로이엔의 예측대로 상급 정령 슈리엘을 깔끔하게 역소환시킨 흑기사. 그런 자신의 실력에 자신감이 넘쳐서일까? 대륙 내 존재하는 다섯 개의 최강 무구 중 하나가 자신을 노리고 있는 상황임에도 왠지 기꺼워하는 모습이 역력하다. 그리고 그 모습에서 더욱 화가 치미는 로이엔.

"죽어!"

콰콰쾅!

아까도 말했다시피, 더 이상의 대화는 무의미한 것. 로이엔은 자신의 현재 심정과 지금 상황에 가장 적절한 대사를 날리며, '풍마강림(風魔降臨)'을 시전했다. 순간, 흑기사 주위 반경 십여 미터에 격렬하게 몰아치는 바람의 칼날과 그 뒤를 이은 대폭발. 과거 수한의 사기 방어력을 뚫고, 그 HP의 절반을 날려먹은 궁극기답게 가공할 위력을 선보인다.

…물론 그 공격을 블링크로 살짝 피해 버린 흑기사에겐 하등 관련이 없는 얘기지만.

파악!

—대단한 위력! 하지만 딜레이 속도가 너무 느려.

"블링크?! 설마 마법사?"

상대가 마법을 썼다는 사실에 순간적으로 당황하는 로이엔. 하긴 정상적인 사고방식을 가진 자라면 전신 갑옷으로 무장한 녀석을 어느 누가 마법사라 생각하겠는가? 그러나 지금은 그렇게 당황만 할 때가 아니었으니…

로이엔이 그렇게 잠시 잠깐 멈칫하는 사이, 빠르게 쇄도하는 흑기사의 신형. 이대로 있다간 그의 동료들처럼 어육이 될 판이다. 이에 로이엔은 이를 악물며 슈리엘을 연달아 소환해 자신을 방어하는데…

"슈리엘!"

—알았다.

로이엔의 외침에 흑기사를 막아서는 백여 개체의 슈리엘 무리. 신기의 힘을 빌려서인지 통상적인 정령 소환 한계치를 훌쩍 넘어서는 광경이다. 그리고 그 정도 숫자의 방어벽이라면 상급 기사 수십 명의 차지 공격이라도 능히 막을 수 있을 터. 하지만 이후 흑기사가 내지른 일검은 그런 일반적인(?) 법칙이 적용되지 않는 규격 외 스킬!

—뇌격붕검(雷擊崩劍)!

—끼아아악! 까악!

콰콰쾅!

장내를 뒤흔드는 흑기사의 외침과 함께 슈리엘들을 강타하는 거대한 빛의 기둥. 뇌전과 오러가 혼재된 그 일격은 단숨에 슈리엘들을 역소환시키고도 모자라 로이엔에게까지 그 여파를 전달했다. 그리고 그로 인한 충격은 정령들의 강제적인 역소환으로 인해 이미 내상을 입을 대로 입은 로이엔으론 도저히 감당해 낼 수준이 아니었으니…

"울컥! 우에엑~"

충격파에 휩쓸려 거칠게 튕겨져 나간 뒤, 내장이 꼬이는 듯한 고통과 함께 연신 핏물을 토해내는 로이엔. 수한 때처럼 그를 치료해 줄 메딕 부대(?)도 없는 상황에서 지금과 같은 타격은 그야말로 치명적이었다. 하지만! 방금 전 일격에서 드디어 알아차린 흑기사의 정체는 로이엔으로 하여금 자신의 그런 심각한 부상조차 잊게 만들었다.

"너… 너는 설마……?!"

검은 전신 갑옷과 기사이면서도 웬만한 마법사를 능가하는 전격계 마법. 대륙을 통틀어 그런 인물이 어찌 둘일 수 있겠는가?

그렇다. 대륙 최강 자이드 제국 내에서도 최강으로 군림하는 블랙썬더 기사단의 단장이자 나인스타 중 한 명인 전격의 마검사 다스 어벤저. 흑기사의 정체는 신기를 지닌 로이엔과 거의 동급, 아니, 그 이상으로 취급되는 초거물인 것이다.

"어째서……? 당신이 왜 이곳에?!"

상대는 오지 중의 오지인 이곳, 영원의 숲에서만 지내던 자신이 단숨에 눈치 챌 정도로 그 명성과 무위가 알려진 자. 하지만 대륙 정반대 쪽에 있는 자이드 제국의 위치 탓에 미처 그를 떠올리지 못했었다. 그리고 그것은 너무나 치명적인 실수.

…만약 알았더라면 감히 혼자서 상대할 생각을 하지 않았을 텐데.

그러나 다스 어벤저, 아니, '다스'는 그런 로이엔의 절망을 아는지 모르지는 그저 노골적으로 실망감을 드러낼 뿐이다.

―실망이군. 같은 나인스타로 꼽히던 자라 해서 어느 정도 기대를 했었는데… 뭐, 목적을 달성한 이상 상관없는 일인가?

"모, 목적이라니… 그게 무슨?"

다스의 말에서 뭔가 심상치 않은 느낌을 받아서일까? 서서히 생명의 기운이 사그라지는 와중에도 로이엔은 억지로 입을 열었다. 하지만 실망감만 안겨준 적수에겐 말할 가치도 없는 듯 다스는 그저 무심히 자기 할 일만 할 뿐이다. 그리고 '바람의 정화'를 주워 드는 그의 행동에서 로이엔은 그 '목적'이란 걸 눈치 챌 수 있었다.

'역시… 그것이었나?'

하긴 '신기' 정도의 일이 아니라면 다스 정도의 인물이 이곳까지 올 이유가 없을 터. 하지만!

'그렇다고 해서 순순히 일족의 보물을 넘겨줄 순 없지!'

파아악!

―오호~ 최후의 발악인가?

죽음의 문턱에 접어들기 직전, 자신의 생명을 불태워 정령왕 소환을 시도하는 로이엔. 하지만 다스는 대체 무슨 속셈인지 그 광경을 그저 멀뚱멀뚱 지켜만 본다. 그리고 그런 다스의 방조 아래 마침내 그 실체가 형성화되는 바람의 정령왕 아리엘.

그러나 장내엔 정령왕이 온전히 소환되길 원하는 그들 두 사람만 있는 것이 아니었다.

서걱!

"커억?! 이건?"

이제 막 자신의 생명을 담보로 정령왕 소환을 완료하기 직전, 가슴에서 느껴지는 극악의 격통. 로이엔은 자신의 심장을 관통한 차디찬 비수의 감촉에 경악했고, 그 비수의 주인을 보는 순간 그 이상으로 재차 경악해야 했다.

"다… 다크 엘프?! 언제?!"

"…미안하다."

스걱!

멸족했다 알려진 다크 엘프의 존재를 도저히 믿을 수 없어서일까? 디엘이 재차 비수로 그 목을 날려 버렸음에도 로이엔의 부릅뜬 눈은 여전했다.

대륙의 아홉 강자 중 하나로선 너무나 허망한 최후.

―쓸데없는 짓을 했군. 그나저나… 미안하다? 크크크, 추방당한 일족의 수장의 말치곤 너무 감상적인데?

"닥쳐!"

―오오~ 우리 반쪽 벙어리님께서 지금 화를 내시는군. 이거 정말 평소에 못 보던 모습인데?

"……."

정령왕 소환을 방해해서일까? 이죽거리는 말투로 디엘의

심기를 툭툭 건드리는 다스. 하지만 디엘 역시 평범한 존재가 아닌지라 어느샌가 다스의 격장지계를 무시한 채 재차 침묵 모드에 접어든다. 결국 자신의 노력이 아무런 효과가 없자 아쉬움의 입맛을 다시는 다스.

'아깝군. '그놈'과 붙기 전에 전력 체크할 좋은 기회였는데… 간만에 감정을 드러내기에 어느 정도 기대를 했는데, 역시 만만치가 않아.'

겉보기엔 가냘픈 여자로 보이지만 디엘은 대륙 내 모든 다크 엘프들을 굴복시키고 수장의 자리에 오른 존재. 특히 방금 전처럼 공간 전이를 통한 암습은 로이엔뿐만 아니라 다스조차 전혀 눈치 채지 못할 정도로 치명적 공격이었다. 다시 말해 디엘은 다스라 할지라도 함부로 승리를 점칠 수 없는 강자 중의 강자였던 것. 때문에 더욱 디엘과의 일전이 기대되는 다스였지만…

'아직 때가 아니니 아쉽지만 훗날을 기약하는 수밖에……'

'바람의 정화'를 수습한 뒤 잠시 고개를 흔들며 디엘에 대한 미련을 완전히 버린 다스. 대신 앞으로의 계획에 대해 관심을 돌린다.

―으흠~ 그나저나 이제 남은 건 신성제국의 '그것' 뿐인가? 역시 무력을 동원한 탈취는 조금 곤란하려나?

지금까지의 두 신기 때와는 비교조차 할 수 없는 어려운 일. 자이드 제국의 등장 이후 아무리 그 빛이 바랬다곤 하지만 나인스타 중 두 명이나 포진된 정통파 군사 강국, 신성 나티아 제국은 결코 만만한 곳이 아닌 것이다. 하물며 그들의 목표가 수십 겹의 철통같은 경계망의 중심에 있을 '교황의 신물'임에야……

—크크크, 그러고 보니 '질풍의 성검'이라 했던가? 최근 한계 레벨을 돌파했다는데, 이거 기대되는군.

그러나 어려운 일일수록 더욱 승부욕이 불타올라서일까? 왠지 즐거워 보이는 기색이 역력한 다스. 그리고 그런 그를 그저 냉정히 지켜만 보는 디엘. 거기에 덧붙여…

그들을 암중에서 감시하는 다수의 인영들.

*　　　*　　　*

"역시 예상대롭니다. 윈드 라이더가 지니고 있던 '바람의 정화'가 G.T. 30분 전… 팀장님?"

"응? 아, 그래."

지금 막 올라온 옵저버들의 보고서를 읽어 내려가던 최강준은 평소 접하지 못한—다 타 들어간 담배꽁초를 꼬나 물며 딴생각에 잠겨 있는—수영의 모습에 잠시 멈칫했다. 그리고 그런 최강준의 기색에 그제야 제정신을 차린 수영. 그녀는 담배꽁초를 엄지손가락으로 팅겨 버린 뒤 새로 담배를 입에 물며 다시 최강준의 보고에 집중했다.

하지만 그것은 어디까지나 겉모습일 뿐, 최강준은 그녀가 여전히 다른 일에 정신이 팔려 있음을 잘 알고 있었다.

'요즘 들어 자꾸 이런 모습만 보이시는데… 무슨 걱정거리라도?'

평소완 너무나 다른 수영의 모습에 은근히 걱정이 되는 최강준. 그가 아는 한 수영은 결코 일하는 도중에 딴생각을 할 사람이 아니었다. 그런데 어째서인지, 저번 신기의 등장 이후 왠지……

탕!

"부팀장, 지금 뭐 하는 거지?"

"예? 앗! 그게 그러니깐……."

갑작스럽게 책상을 내려치며 최강준을 노려보는 수영. 그녀의 행동에 번뜩 제정신을 차린 최강준은 얼굴을 붉게 물들인 채 안절부절못했다. 이런, 실수가… 보고 도중에 정작 자신이 딴생각을 하다니…….

"아, 그것이… 죄… 죄송합니다."

"하아~ 어쩔 수 없군."

당황을 넘어 거의 패닉 상태가 되어버린 최강준의 모습에 그저 한숨만이 흘러나오는 수영.

더 이상은 곤란하다. 자신이나 운영팀이나 이런 식으론 죽도 밥도 안 된다. 즉, 뭔가 새로운 돌파구가 필요한 것이다. 때문에 수영은 결단을 내려야 했다.

"후우~ 부팀장."

"예, 예."

담배 연기를 부드럽게 내뿜으며 보다 진중한 음성으로 입을 여는 수영. 최강준은 그 심상치 않아 보이는 분위기에 완전히 얼어붙어 다리를 떨기 시작한다.

아, 이번엔 대체 또 무슨 체벌이… 감봉이나 화장실 청소 수준에서 끝나면 좋을 텐데. 저번처럼 '더 웹'의 소설 모델이 되는 것만은…….

온갖 망상(?)과 두려움에 휩싸인 채 얼굴을 파랗게 물들이는 최강준. 하지만 이후 수영의 입에서 흘러나온 말은 그의 예상과는 달리 질책이나 처벌에 관한 것이 아닌 전혀 엉뚱한―말 그대로 아닌 밤중에 홍두깨 식의―내용을 담고 있었다.

"'균형 파괴자'에 관한 모든 작전을 이 시간부로 종료합니다. 4운영팀 산하 모든 옵저버들과 에이전트들을 이곳에 집결시키세요. 그리고 그들에 대한 지휘권을 비롯한 운영팀 내 모든 권한을 부팀장, 당신에게 일임합니다. …당분간 전 따로 할 일이 있습니다."

"예? 예에?!"

감히 상상조차 못한 지시 내용에 경악하는 최강준(수영이 반말이 아닌 반존대를 했다는 사실에 재차 기겁하는 그였다). 그리고 그와 그녀의 대화를 엿들었는지 두 배로 커진 동공을 번득이며 그 두 사람을 주시하는 무수한 시선들. 하지만 그런 따가운 시선의 폭풍 속에서도 불구하고 정작 수영은 그 모든 것을 무시한 채—심지어 아무런 설명도 없이—자리를 박차고 일어나 성큼성큼 4운영실을 빠져나갔다.

이에 4운영실 내 모든 팀원들은 재차 패닉 상태에 빠져 옆사람과 그 경악을 공유하기 시작하는데… 아니, 팀장님이 업무 시간에 운영실을 벗어나?! 이제 종말론의 새로운 근거 자료를 발견한 듯 허우적(?)거리는 4운영팀원들.

한편 팀원들 전원을 종말론 신봉자로 만들어 버린 뒤 어딘가를 향해 거침없이 발걸음을 옮기는 수영. 잠시 뒤 그녀가 도착한 최종 종착지는…

"…허락도 없이 들어가긴 처음인데. 이거 나중에 문제가 생기려나?"

최신 유행적 감각이 난무하는 주위 풍경과 달리 무식할 정도로 거대하면서 우중충한 철문이 가로막고 있는 그곳, 바로 '루나'가 있는 제1운영실이었다.

도저히 NPC라 여길 수 없는—단 십 년 만에 대륙 최빈국인 자이드 왕국을 대륙 최강국으로 성장시키고 대미궁에 난입해 마계의 여섯 번째(비록 짝퉁이긴 하지만) 군주를 얼려 버렸으며, 최근엔 대륙에 퍼진 신기를 모으는—리버스 일당의 행각과 뭔가 수상한 작당을 벌이고 있는 수진, 길범 콤비. 그리고 그들의 행동을 방조하며 정보 제공을 거부하는 루나. 그 모든 의문점을 해결하기 위해 수영이 선택한 해법은 바로 제1운영실의 강제 난

입(?)인 것이다!

물론 그로 인한 뒤탈이 약간—주의, 수영에게 '약간'이란 단어는 일반적인 의미와 큰 차이가 있다—꺼림칙하긴 했지만, 지금과 같이 위급한 상황에 그런 생각은 사치일 뿐. 그리고 무엇보다도…

"내가 더 이상 참을 수가 없거든."

콰앙!

지금껏 억지로 꾹꾹 눌렀던 그 성질머리를 폭발시키듯 수영은 철문을 박차고 제1운영실 내부로 들어섰다.

Chapter 2

진군하다

"야, 이거 일을 너무 크게 벌이는 거 아니야?"

언젠가 한 번 등장한 적이 있는 분위기파(?) 암중인들. 그 중 한 명이 뭔가 불안한 감을 드러낸다. 그러자 다른 한 명이 상대의 불안을 일축시키려는 듯 아주 자신만만하게 말했다.

"걱정 마. 그냥 '이벤트'라고 밀어붙이면 돼. 어차피 회사 측이 게임 내에 큰 영향력을 행사하지 못한다는 사실은 공공연한 비밀이고, 유저들 역시 그것을 잘 알고 있어. 그러니 '그 애'가 행동만 조심하면, 그저 '세상' 내부에서 발생한 지극히 자연스러운, 그러나 어쩔 수 없이 벌어진 하나의 사건으로 여길 거야."

"그래도… 워낙 일이 일이니만큼……."

상대의 자신만만한 태도에도 불구하고 못내 뭔가 찜찜한 첫 번째 암중인. 하긴 그들이 획책한 일이 어디 보통 일이던가? 족히 수만, 아니, 수십만 명의 유저가 떼죽음을 당할 가능성이 농후한 일대 사건인 것이다. 그러니 두 번째 암중인의 태도는 어찌 보면 지극히 당연한 반응. 하지만 두 번째 암중인은 뱃속의 간덩이가 일반인들의 그것과는 형질 자체가 다른 모양이다.

"그리고 솔직히… 게임이라면 이렇게 화끈한 맛이 있어야 재미있잖아, 안 그래?"

"…하긴 뭐, 그것도 그러네."

전혀 설득력없는 마지막 말에 그대로 홀라당 넘어가 버린 두 번째―어느 정도는 정상인이라 여겼던―암중인.

…유유상종이란 말이 괜히 있는 게 아니었다.

*   *   *

말론 왕국 내 알짜 노른자위에 해당하는, 이른바 삼대영지에 속하는 파소크 영지의 영주 일란 후작. 평소 남다른 식도락을 자랑하던 그는 그 후덕한(?) 인상만큼이나 호화찬란한 세 가지 풀 코스 요리가 늘어진 식탁 앞에서 점심 식사를 하는 도중 집사를 통해 황당한 이야기를 들어야 했다.

"도적단?!"

"예, 후작님. 대략 백여 명 남짓의 무뢰한들이 대담하게도 호론 영주성에 난입했다고 합니다."

"허어, 참. 아무리 요즘 흉흉한 일이 많아졌다곤 하지만… 그래서? 전부 잡아다 족쳤겠지? 하긴 호론 영주가 어디 보통 사람인가? 내가 이웃 영지라서 그러는 건 아니지만, 그 양반 성격이 보통이 아니거든. 그나저나 감히 영주성을 공격하다니, 산닝이가 뭇다 못해 배 밖으로 빠져나온 녀석들이군, 고작 그 정도 숫자로 영주성을 공격하다니."

간만에 터진 흥미진진한 사건에 그토록 좋아하던 바다가재 요리조차 내팽개친 채 흥분하는 일란 후작. 별다른 유희거리가 없어 식도락이 유일한 취미생활인 그로선 이런 화제가 반갑기까지 하다. 하지만 후작이 똥오줌도 못 가릴 어릴 적부터 봐오던 나이 지긋한 집사에겐 그 흥분이 매우 못마땅했다.

"크흠~ 영주님, 말씀이 천박하십니다."

"…미안하네."

아무리 후작이라고 해도 이 영주성 내에서만큼은 집사의 권력(?)이 그보다 위에 있었다. 하긴 자기 기저귀까지 갈아주며 키워준 사람에게 이런 일로 강하게 나갈 순 없지 않은가? 결국 후작은 이 기회를 십분 활용한 집사에게 한바탕 잔소리를 들어야 했다.

"크흠~ 병사들과 어울려 지내시는 건 좋지만 귀족으로서 품위는 늘 생각하고 행동하십시오. 적어도 귀족이라 함은… 어쩌고저쩌고…(중략)… 그리고 제가 그 무뢰한들에 대한 이 야기를 한 건 호론 영주의 활약상을 알려 드리기 위해서 아니라, 그들의 정체가 심상치 않기 때문입니다."

"응? 그건 또 무슨 소린가?"

"그러니까……."

모락모락 김이 피어오르던 바다가재 요리가 차디차게 식은 다음에서야 끝이 난 집사의 잔소리. 하지만 정작 본론은 그 잔소리가 끝난 다음부터가 시작이었다. 그리고 그렇게 재차 이어진 집사의 이야기는 일란 후작으로 하여금 식탁을 걷어차게 만들기에 충분했으니…….

와장창!

"그, 그게 정말인가?!"

"예, 그렇습니다. 호론 백작은 현재 중태에 빠졌고 기사단은 전원 사망, 호론 영지는 치안 공백으로 인해 극도의 혼란 상태……."

"으득, 한낱 폭도 따위에게 당하다니! 내가 호론 백작을 잘못 봤군. 준비하게!"

"예, 알겠습니다."

집사의 설명을 거칠게 잘라먹고 밑도 끝도 없이 소리치는 일란 후작. 하지만 후작의 다혈질적 성정과 이후 벌어질 일에 대해 어느 정도 예상했던 집사는 그저 담담히 그의 말을 수용할 뿐이다. 그리고 잠시 뒤…

영주성 앞 연무장에 도열한 2,000명의 상비군과 75명의 기사, 그리고 그의 몸무게만큼이나 무거운(비싼) 갑주로 무장한 일란 후작. 그들은 귀족을 능멸한 도적단을 응징하기 위해 호론 영지로 행군을 시작했다.

한편 그 시각, 열혈귀족과 그의 군대의 표적이 된 도적단의 수뇌는…

"에취~ 훌쩍~ 누가 내 욕을 하나?"

간질거리는 코와 귀를 연신 만지작거리며 사방을 멍청히 두리번거리고 있었으니, 그 인영의 정체는 바로 수한이라.

세계 정복을 부르짖던 녀석이 한다는 게 고작 강도 짓이라니… 정말 할 말이 없다. 하지만 주인공의 행동엔 나름대로 사정이 있는 법! 수한이 괜히 영주성을 습격한 게 아니다. 그 이유인즉…

"에효~ 게임한다고 정신이 팔린 사이, 설마 빚이 그렇게 늘어났을 줄이야. 이거, 어느 세월에서 진짜 독립을 하나……."

팔라스 연합에 넘어온 이후, 지속적인 수입원(마교 고수들의 무공 비급 상납)이 끊긴 수한. 얼마 전 대마왕이 된 이후 간만에 여유를 갖고 현실 세상에 신경을 썼을 땐 이미 '때'가 한참 늦은 뒤였다. 설마 지난 1년간 이자를 연체한 것이 그렇게 큰 타격이 될 줄이야.

…고금리에 복리 이자란 게 결코 만만한 게 아닌 것이다. 이래서 사채(?)는 절대 쓰지 말아야 하는 건데.

큼큼~ 어쨌든! 얼마 전까지 꾸준히 이자를 낸 것이 무색할 정도로 눈덩이마냥 커진 빚. 이러다가 유일한 자산이자 최후의 희망인 집까지 차압당하는—수영은 그러고도 남을 사람이었다—최악의 사태까지 예견되는 와중에 결국 수한은 피눈물을 흘리며 과거의 자신을 후회해야 정상… 이겠지만 지금의 그가 어디 보통 신분이던가?

세계 정복을 꿈꾸는 대마왕, 그것도 강력한 어둠의 군세를 이끄는 존재로서 수한은 돈을 마련할 방법이 무궁무진했다. 그리고 그 무궁무진한 방법들 중 가장 빠르고 손쉬운 방법이 바로 강도 짓.

…이 모든 것이 게임 세상 내에서 벌어지는 일임을 기억하자. 결코 상식 선에서 생각하면 안 된다. 특히 수한이 현재 키우는 캐릭의 특성을 상기해야 한다!

결국 현실의 경제적 여건을 고려, 자신의 강렬한 힘을 아낌없이 강도 짓에 투자하기로 결심한 수한. 이왕 하는 김에 쪼잔하게 지나가던 상단을 터는 것도 아니라, 아예 근처 큼직한 영지의 영주성을 목표로 삼아버렸다. 그리고 이후 벌어진 일은 그야말로 한 편의 비디오라…….

수한이 나설 것도 없이 100기의 헬 나이트가 알아서 검을 뽑으니, 그 결과는 일방적인 대학살극. 수한은 그저 영주성의 창고에 쌓인 보화와 각종 아이템들을 행랑창에 넣어 처리하기에도 바빴다. 그리고 그렇게 간만에 아이템 거래 시장에 대파란을 불러일으킨 결과, 밀린 이자를 청산하고 원금을 포함한 빚 전액을 1년 전 수준으로 회복시키는 데 성공한 수한(대체 얼마나 빚진 건지 왠지 알기가 두려워진다).

그런데 문제는 크게 한탕해 제법 짭짤한 재미를 보자 이번엔 세계 정복이라는 당초의 목표가 흐지부지해져 버렸다는 것.

"아, 이거 고민이네. 세계 정복도 좋긴 하지만 게임을 한 목적 자체가……."

…이런 줏대없는 녀석 같으니. 얼마 전까지 대륙 전체를 뒤엎을 것 같던 시커먼 다크 오라가 아깝다. 그 넘치는 힘에 짱짱한 졸개까지 거느린 주제에 고작 생각한다는 게…….

하지만! 게임을 시작한 목적 자체가 돈—그것도 엄청난 액수의!—인 만큼 수한의 이런 생각도 나름대로 이해가 가는바. 이것 참… 글의 진행상 참으로 난감하다. 그런데 바로 그때!

"이히히히히히~ 짜잔! 세상 모든 미소년들의 도우미, 수진 강림!"

차차차창.

—웬 놈이냐?!

"…왜 안 나오나 했다."

어디선가 불쑥 텔레포트로 등장하는 수진과 그녀의 갑작스러운 등장에 일제히 검을 뽑아 드는 헬 나이트들, 그리고 그 광경에 절로 한숨이 흘러나오는 수한.

24시간 스토커 짓을 하는 것도 아니고, 수진은 대체 어떻게 매번 수한을 찾아내는지 궁금할 지경이다. 하지만 빠른 진행을 위해 그런 의문은 접어두고…….

잠시 헬 나이트들과 실랑이를 벌인 뒤, 수한과 대면하게 된 수진. 그 특유의 괴상망측한 웃음소리로 수한의 기를 죽인 뒤 뭔가를 '제안' 한다. 하지만! 그에 대한 수한의 반응은 왠지 평상시와 큰 차이를 보였으니…

"크크크. 누나, 난 이제 더 이상 과거의 그 호락호락한 애송이가 아니거든? 빚은 내가 알아서 갚을 테니 이제 그딴 엉터리 제안 따윈 하지 않는 편이 좋을 것 같은데?"

"엥? 이놈 봐라?"

얼마 전까지 수진의 말이라면 그저 발발 떨며 겁먹은 강아지 표정을 짓던 수한. 그러나 지금은 마왕의 찐한 다크 포스를 내뿜으며 수진을 비웃고 있다.

그렇다! 이제 대마왕이 되어 대륙 전체와도 능히 싸울 수 있는 '힘'을 지니게 된 마당에, 거기다 왕국의 보물 창고를 습격할 생각에 두 눈이 벌게진 녀석에게 수진의 감언이설이 무슨 소용이 있겠는가? 덕분에 난생처음 수진에게 반항다운 반항을 꾀하는 수한. 드디어 누나들의 꼭두각시 신세에서 벗어나 진정한 주인공다운 첫걸음을 내딛는다는 건가?

하지만! 수한이 뛰어봤자 벼룩이요, 날아봤자 수진의 손바닥 위라. 수한을 지금껏 훈육(?)해 온 수진이 이런 그의 반응을 예상치 못할 리 없다. 잠시 수한의 반응에 당황했던 것이 무색하게 이내 비실비실 웃더니 새로운 팻감을 끄집어내는데…

"오호~ 그래? 그럼, 예전에 약속했던 '부탁' 중 하나를 쓰면 되겠네?"

"딸꾹!?"

수한이 대미궁에서 벗어난 직후 수진과의 일 대 일 대결에서 패배한 대가로 맺어진 계약. 그녀의 부탁을 무조건적으로 세 가지 들어줘야 한다는 내용이다. 실제로 그 부탁 중 '하나'를 들어준답시고 수한이 삼대재앙 토벌전에 끼어들었던 게 얼마 전 일이지 않은가?

"이히히히, 설마 그 약속을 잊은 건 아니겠지? 만약 그것을 어기면 평.생. 여장을 한다고 한 것도 말이야. 이이히히히히."

"커억?!"

대마왕이 되었다는 기쁨에 잠시 까맣게 잊고 있었던 족쇄. 난생처음 수진을 몰아붙이던 기세는 어디 가고, 수한은 완전히 핀치에 몰려 하얗게 질려 버린다. 그러나 거기에 만족 못하고 재차 연타를 가하는 수진.

"아참. 그리고 보니 얼마 전에 경매 사이트에 아이템을 왕창 풀어서 치솟던 아이템 가격을 조금 진정시켰던 '바보'가 있었는데…….."

"커어억?!"

"세상에! 아무리 '급전'이 필요하다지만, 그런 식으로 ㄷ 이템을 처리하다니. '매번' 그런 식으로 아이템을 처분하ㅁ 결국 남는 게 없을 텐데 말이야."

"커어어억?!"

"아, 그리고 보니 1년 전인가 청제국에서도 무공 비급 가격을 완전히 폭락시킨 바보 중의 바보가 있었다고 들었는데… 설마 팔라스 연합에서도 같은 '실수'를 그대로 답습하려나? 그나저나… 수한아?"

"으응? 왜에?"

뻔히 아는 주제에 모른 척 수한을 좌절 모드로 몰아붙이는 수진. 식은땀까지 흘리며 자신의 과거를 심히 반성하는 수한에게 마침내 최후의 일격을 가한다.

"…설마 넌 그런 '바보', '멍청이'에 '쪼다' 같은 짓은 하지 않겠지? 그렇지, 응?"

"크아아아아아악!"

반달 곡선을 그린 눈으로 연신 의뭉스럽게 수한의 대답을 촉구하는 수진.

…크리티컬 다연발 연속 공격의 위력이 이러할까? 죽은 자

들의 군주이자 마계의 오대마왕 중 하나인 데스로드, 수한은
수진의 몇 마디 말에 피를 토하며 쓰러졌다.

"에효～ 에효효효효～"

수진과 협상—…라고 썼지만 협박이라 읽자—타결을 맺은
뒤, 멀어져 가는 그녀의 뒷모습을 바라보며 그저 한숨만 내쉬
는 수한. 그 기색이 너무 노골적이어서일까? 토일을 비롯한
수한의 권속들이 수한의 눈치를 살피며 안절부절못한다. 하
긴 그들의 주인이 한숨만 푹푹 내쉬며 축 늘어졌으니…….

하지만 언제까지 그러고만 있을 순 없는 노릇. 결국 주위의
은근한 부추김에 인해 수한과 가장 많은 시간을 보낸 토일이
연신 헛기침—해골이 기침이라니, 이런 억지가…—을 하며 수한
에게 다가가 말을 붙여본다.

—허험～ 마스터, 대체 저 마녀, 아니, 여성 분과 무슨 이야
기를 나누신 건지……?

…이런, 너무 직설적이다. 적어도 은근슬쩍 구렁이 담 넘듯
빙 둘러서 말을 꺼내야 정상이건만. 하지만 마법 연구와 계약
용 재료템 수집, 그리고 도주 생활로 인생을 대부분을 허비한
토일에겐 그건 너무 과한 요구였던 모양.

그러나! 수한 역시 여타의 대마왕과는 그 성격이 판이한 존
재. 감히 권속 주제에 로드의 속내를 알려 했다는 불호령 대
신 선선히 토일의 질문에 대답해 준다. 하긴 일반적인 진행을

기대하기엔 수한 일행의 구성원 하나하나가 나름대로 문제가 많았으니.

"에효~ 그냥 제 개인적인 일입니다. 그보다 앞으로의 계획에 대해서인데……."

─예, 로드. 말씀하십시오.

"이제부터 우린……."

토일과 시드, 그리고 지옥의 기사들. 그들은 그 존재 의미조차도 마스터이자 로드인 수한에게 의지하는 권속들. 항명은 결코 있을 수 없는 일이다. 하지만… 솔직히 지난 며칠간의 일에 대해선 조금 실망스러웠던 것이 사실.

당장이라도 왕국 하나를 짓밟을 수 있는 전력을 지녔으면서 고작 왕국의 중소 영지 하나를, 그것도 영주성의 보물 창고를 목표로 움직였으니. 이제 암흑제국을 개국할, 어둠의 군세 최선봉으로 활약할 것을 기대했던 그들로선 실망감이 이만저만이 아닌 것이다. 그런데! 방금 전 정체불명의 마녀─이보다 더 정확한 표현이 어디 있으랴?─가 다녀간 뒤 그들의 마스터에게 큰 변화가 생겼다.

그리고 그 변화는 토일들을 만족시키기 충분했다.

"…이런 계획입니다. 그러니 앞으로 각오 단단히 하십시오."

─예스, 마이 로드!

영주성 습격 및 보물 탈취 같은 쪼잔한 일이 아닌, 스케일

크면서도 뭔가 그럴듯하게 들리는 수한의 새로운 계획! 강자
와의 대결을 목말라 하는 칼잡이들, 시드와 헬 나이트들은 두
눈의 안광을 번뜩이며 소리쳐 대답한다. 그리고 마법사답게
'나름대로' 신중한 성격인 토일 역시 수영의 의도를 의심쩍
어하면서도…

　─마스터의 뜻에 따르겠습니다.

　금세 모든 의문을 접으며 수한의 계획을 찬성했다.

　"크르릉～ 대체 그 망할 놈들은 어디 있는 거지?"

　"조금만 더 기다려 주십시오. 이미 사방에 정찰대를 보낸
상탭니다. 곧 연락이……."

　영주성을 떠난 지 고작 하루가 지났건만, 불타오르는 열혈
남아의 피는 너무나 뜨거워 일란 후작은 도통 진정을 못한다.
덕분에 옆에 있는 기사단장은 연신 진땀을 빼며 일란 후작을
상대해야 했으니… 그의 솔직한 심정으론 당장 기사단장 자
릴 반납하고 초야에 묻혀 안빈낙도하고 싶을 정도.

　'싸가지없는 귀족 나부랭이가 아니긴 하지만, 이런 타입도
정말 만만치 않게 민폐군.'

　순수혈통주의자의 극단적인 귀족우월론을 부르짖는 최악
의 경우는 아니지만, 귀족으로서의 프라이드가 지나치게 강
한 일란 후작. 타 영주들에 비해 평민이나 병사들을 잘 대해
주는 편이면서도 신분제에 관한 문제만큼은 철저하다. 그래

서일까? 어디까지나 이웃 영지의 일이건만 한낱 도적단 따위가 영주성을 습격했다는 사실을 일란 후작은 도저히 용납할수가 없었다. 덕분에 괜히 옆에서 고생하는 기사들과 병사들.

물론 호론 영주성을 습격한 도적단이 그들 영지에도 침입할 수 있으니 사전 예방 차원에서 이러는 거라면 어느 정도이해가 가능하다.

…단지 문제가 있다면 그 규모. 도적단 토벌을 위해 아예영지의 사활을 걸고 모든 병력을 총동원했으니.

'호론 백작과 무슨 친분이 있는 것도 아니면서 이게 대체뭐 하는 짓인지 원…….'

내심 흘러나오는 한숨을 억지로 집어삼키며 일란 후작을원망스럽게 바라보는 기사단장. 그런데 바로 그때!

따그닥~ 따그닥~

"아, 이제 찾은 모양입니다."

일란 후작을 어르고 달래는 것에 지칠 대로 지친 기사단장을 반색하게 만드는 말발굽 소리. 정찰을 마친 정찰대가 마침내 저 멀리서 달려오고 있었다.

"헉헉, 동쪽 약 5㎞ 지점에 다수의……."

"아아~ 알겠다! 동쪽이라고? 좋아, 모두 날 따라라! 제일먼저 반역도의 수급을 자르는 자는 포상금 10골드에 일 계급특진이닷!"

"우와와와와~"

전령의 말이 채 끝나기도 전에 병사들을 반광란 상태로 몰아넣은 뒤 선두에서 질주하는 일란 후작. '도적단'이 언제부터 '반역도'로 승급(?)했는지는 모르겠지만, 모두 분위기에 취해 지적하는 사람이 없다.

…어쨌든 그렇게 광란의 질주 아닌 질주를 5분 정도 했을까? 유일한 취미생활이 식도락인 탓에—…무게가 무게인 만큼—기사 대열의 후방에서 헥헥거리는 일란 후작. 그나마 나름대로 노력을 한 덕에 대열에서 이탈하지 않고 기사들과 함께 일단의 무리와 조우한다(…병사들은 저 뒤에서 열심히 달려오고 있었다).

"크크크, 좋아. 일단 나와 기사들이 일제 기마 돌격한 뒤, 뒤따라오는 병사들에게 마무리를… 모두 거창!"

상대의 정체를 확인하는 절차(?)조차 생략한 채 무작정 기사들에게 랜스차지를 준비시키는 일란 후작(상대가 그냥 지나가던 상단이면 어쩌려고 그러는지…). 하지만 어릴 적부터 군주에게 절대 충성을 세뇌받아 온 기사들은 군소리없이 랜스를 옆구리 사이에 끼운다. 그리고 일란 후작의 호령에 마침내 돌격!

"뭉개 버려!"

두두두두두~

말발굽 소리가 요란하게 울리는 가운데, 일란 후작을 위시한 75명의 기사는 그렇게 정체불명의 무리를 향해 돌진했다.

비록 상대가 그들보다 숫자가 조금 많아 보이긴 했지만 한낱 도적단 따위가 말까지 탄 중급 기사들을 상대할 리 만무라는 일반적인 상식을 굳게 믿은 탓인지, 일란 후작들은 넘치는 자신감을 주체 못한 채 시간이 지날수록 한층 더 기세를 올리는 모습들.

그러나… 그런 흘러넘치는 전의도 잠시뿐이다. 거리가 가까워질수록 점차 뚜렷해지는 예상과 동떨어진 목표의 모습에 일란 후작 기사단의 돌격세가 점차 주춤거리기 시작하는데…

"어어? 뭔가가……."

돌격하는 일란 후작의 기마대를 맞이해 빠르게 진형을 구축하는 흑색 갑옷의 인영들. 그 날렵한 몸놀림이나 통일된 갑옷 차림, 그리고 그들이 형성한 진형은 한낱 도적 떼가 보일 모습이 아니었다. 말을 탄 사람이 없다 뿐이지, 마치 어느 귀족의 호위 행렬 같지 않은가? 그 모습에 그제야 자신이 뭔가 실수를 했음을 인지하는 일란 후작.

"이런, 안 돼! 멈춰!"

상대가 자신들의 목표인 도적 떼가 아니라는 생각에서일까? 일란 후작은 황급히 기마대의 돌격을 중지시키려 했다. 그러나 이미 가속도가 붙은 기마대가 멈추라고 해서 멈춰지겠는가, 심지어 일란 후작 그 본인조차 함께 질주하는 마당에?

'크윽~ 젠장! 가뜩이나 간식비로 재정 상태가 안 좋은

데…….'

결국 앞으로 벌어질 참극에 그저 두 눈을 딱 감고, 자신의 급한 성정과 정찰대의 무성의한 보고를 욕하는 일란 후작. 손해배상청구서(?)상의 터무니없는 금액과 그로 인한 집사의 잔소리를 생각하며 부르르 치를 떤다. 그리고 일란 후작이 그렇게 앞날을 걱정하는 동안, 마침내 충돌하는 기마대와 흑색 갑옷들.

…그런데 정작 그 충돌로 인해 벌어진 결과는 일란 후작의 예측과 크게 동떨어진, 심지어 일반적인 상식선에서조차 벗어난 광경으로 나타났다.

콰콰쾅!

"크아아악!"

히이이잉~

육중한 갑옷과 마갑으로 무장한 기마대와 정면에서 충돌했음에도 도리어 기마대 중 일부를 허공으로 날려 버린 흑색 갑옷의 주인들. 창병들이 이중 삼중으로 방어진을 짜서 기마대의 돌격을 완화시킨 것도 아니고, 단지 검 한 자루만으로 기마대의 돌격을 튕겨낸 것이다. 거기다 그들 전원이 나선 것도 아닌, 고작 방어 진영의 선두에 있던 10여 명 정도만으로 그런 믿을 수 없는 광경을 연출했으니… 아니, 무엇보다도 그들의 검에서 이글거리는 거무칙칙한 저것은!?

"오…러 블레이드?!"

비록 색깔이 검게 변색되긴 했지만 방어 진영의 전면에 등장한 십여 개의 오러의 집합체는 분명 기사로서 극에 도달한 자만이 얻을 수 있는 오러 블레이드! 특히 방어 진형의 가장 선두에 있는 덩치 큰 흑색 갑주의 그것은 마치 그 크기가 어느 대신전의 기둥뿌리를 뽑아 휘두르는 듯한 모양새다. 한마디로 그들은 일란 후작이 어릴 적 침대 머리맡에서 동화책을 읽으며, 막연히 상상이나 해봤던 진짜 강자들!

자연 기마대 후열에 있던 일란 후작은 두툼한 살집 사이의 실눈을 쟁반 크기로 확대시킬 수밖에 없었다.

"이… 럴수가? 대체 이들이 누구란 말인가?"

오러 블레이드라 함은 최소 일국의 왕실 기사단의 단장 급 인물 정도는 돼야 구현할 수 있는 것. 그런데 그런 기사단장 급 인물이 무려 10여 명씩이나 한곳에 모여 있다고?!

그 경악할 만한 사실에 일란 후작은 순간 정신이 아득해졌다. 상대가 인류의 공적인 헬 나이트라는 사실을 모르는 그로선 저런 강자들과 단지 오해로 원한을 맺었다는 사실을 그저 외면하고픈 심정인 것이다. 아무리 그가 일국의 후작이라 하나, 상대의 신분이 제국의 황제(?) 수준임에야.

하지만 상황이 어쨌든 간에 이대로 가만히 원한의 골을 크게 벌릴 순 없는 노릇. 지금으로선 일단 사태 수습을 위해 싸움을 멈추게 하는 것이 최우선이다! 때문에 일란 후작은 황급히 소리쳐 양 진영 간의 충돌을 멈추게 하려 했다. 그러나…

"잠깐 모두 멈춰! 이건 어디까지나 오……."

콰앙! 파시시식~

"아아악!"

일란 후작의 애원 섞인 외침이 채 끝나기도 전에 그를 덮친 큼직한 녹색의 구체. 어디선가 불쑥 등장한 화려한 로브 차림의 마법사가 날린 '포이즌 오브'였다. 그리고 독의 정화를 정통으로 뒤집어쓴 일란 후작은 순식간에 녹아들어 그대로 핏물이 되는, 나름대로(?) 처참한 최후를 맞이하는데…

"어억?! 후작 각하?!"

"이런, 말도 안 돼!"

기마 돌격을 시작한 이후 너무나 급격한 상황 전개에 적응을 못한 기사들. 그러나 자신들의 주군이 뻘건 액체(?)가 되는 광경에 그제야 제정신을 차렸고, 동시에 분노했다. 아무리 일란 후작이 모시기 까다로운 주군이라곤 하지만, 그리고 지금 상황이 오해로 빚어졌다곤 하나 그들의 주군이 죽은 것이다.

이에 꽉 막힌 캐릭의 표본인 기사로서 어찌 복수를 외치지 않을 수 있으랴?

"으아아아! 후작 각하의 복수를!!"

"복수를!!"

처음 격돌에서 그나마 살아남았으면 현실에 순응해서 도주할 것이지, 그놈의 자존심 하나만을 믿고 재차 검은 갑옷들과 마법사를 향해 돌진하는 기사들. 결국 잠시 뒤, 전원 일란 후작과 거의 비슷한 수준의 처참한 최후를 맞이한다. 그에 반해 그들의 상대는…

"아씨~ 이게 뭐야? 조금 살살 좀 할 것이지. 덕분에 뭐 하나 건질 만한 게 없잖아."

─…죄송합니다, 로드.

사방에 널린 기사들의 잔해(?)에 괜히 짜증을 내는 일행의 수뇌. 이에 그저 고개를 숙이며 사죄하는 검은 갑옷들과 마법사. 그렇다. 그들의 정체는 바로 수한과 헬 나이트, 그리고 토일이었다.

…일란 후작은 정말 제대로 드래곤 꼬리를 밟은 것이다.

"에효~ 잘만 했으면 새로운 '전력'을 공짜로 얻었을 텐데… 이래서야 원. 그나저나 이놈들 대체 뭐야? 왜 난데없이 나타나서 공격한 거지?"

서서히 회색으로 물드는 시체들을 바라보며 여전히 아쉬움의 한숨을 흘리는 수한. 웬일인지 일란 후작과 기사들의 무구들보다 그들의 '시체'에 더 관심을 가지는 모습이다. 그런데 수한이 한참 아쉬움을 드러내는 바로 그때!

두두두두두두~

"와와와~"

"엥? 저건 또 뭐야?"

밀려서 다가오는 거대한 흙먼지. 일란 후작이 내건 포상에 눈이 뒤집힌 채 질주하는 2,000명의 병사가 만든 인공 기후 현상이다. 그리고 그들이 점차 접근함에 따라 점차 벌어지는 수한의 입.

"크크크, 역시 하늘은 주인공을 돕는다는 건가? 내 '병력'이 될 제물들이 알아서 찾아오는군."

2000명의 병사를 바라보는 수한의 두 눈은 이미 대살성을 넘어선 악마의 그것과도 같았으니… 그리고 그렇게 한 시간 뒤.

―우오오오오!

'죽은 자들의 군주'를 중심으로 2000마리의 구울은 하늘을 향해 함성을 내지르고 있었다.

＊　　　＊　　　＊

―삐이이익!

"아악?! 또!"

귀청이 떨어져 나갈 것 같은 경고음. 하지만 최강준은 비명을 내지른 이유는 그로 인한 육체적 고통 탓이 아니었다.

"이 미친 자식! 대체 뭐야?! 벌써 일곱 번째잖아! 얼마나 깨부숴야 속이 후련해지겠어?!"

자신을 이다지도 미치게 만드는 존재가 바로 코앞에 있다는 듯 고래고래 소리를 지르는 최강준. 그러나 주위 팀원들은 그의 광란을 말리기는커녕 동조하는 분위기다. 그리고 그런 최강준과 팀원들을 더욱 절망의 구렁텅이에 빠뜨리는 기음.

—삐이이익!

"아아악?! 또?! 젠장! 아까 거하고 지금, 어디 어디야?!"

"에… 로하니 영지와 오초 영지입니다!"

최강준의 절규에 모니터 앞에 있는 팀원이 구울들에게 습격당한 일곱 번째, 여덟 번째 영지의 이름이 반쯤 울음 섞인 음성으로 소리쳤다.

"'큐티 보이'의 이동 경로는?"

"전체적인 양상으로 볼 때… 동쪽으로 일직선을 그리고 있습니다."

"큭~ 그럼 말론 왕국의 수도가 목표가 아니란 건데… 대체 어딜 목표로 움직이는 거야?"

수한의 알 수 없는 행동에 머리를 쥐어뜯으며 고민하던 최강준. 하지만 그의 불행은 거기서 끝나지 않았다.

"부팀장님!!"

"아악! 이번엔 또 뭐야?!"

이제 거의 폭주 상태에 돌입한 최강준의 처절한 울부짖음. 그러나 상대는 겁에 질릴지언정 끝끝내 자신의 임무를 달성했다.

"팬 사이트에 누군가가 구울들에 관한 정보를……."

"커억? 벌써?! 어느 수준까지?!"

"그게… '큐티 보이'의 존재와 그가 이끄는 권속들, 그리고 그 목적에 대한 추측들을⋯⋯."

⋯한마디로 운영팀조차 제어 못하는 재앙 급 존재에 대해 유저들이 거의 눈치 깐다는 의미. 이제 앞으로 벌어질 혼란은 한낱 운영팀의 팀장 대리가 감당할 수준이 아니었다. 이에 결국 자포자기성 비명을 한껏 내지르는 최강준.

"아아악! 팀장님, 제발 저 좀 구해주세요!!"

지금 이 순간, 최강준은 늘 자신을 괴롭히던 수영의 존재가 너무나 절실히 그리웠다.

"설마했지만 어떻게 이런 일이⋯⋯."

처음엔 조심스럽게 말을 걸어보고, 이후엔 톡톡 두들겨 봤으며, 지금에 이르러선 아예 전용 노트북으로 강제 접속을 시도해 본 지 십여 시간. 그런 갖은 발악 아닌 발악을 한 다음에서야 수영은 눈앞의 상황을 받아들일 수 있었다.

루나가 사라졌다. 아니, 보다 정확히 말하면 루나의 자아를 발현하던 인공지능 프로그램이 소멸됐다! 즉 'NEW WORLD'와 운영실을 연결하며 그 전체적 밸런스를 조절하던 슈퍼컴퓨터가 완전히 먹통이 되었다는 뜻이다. 그것도 무려 석 달 전에!

그 믿을 수 없는 사실에 루나의 본체 앞에서 망연자실해진 수영. 하지만 역시 진성 여왕답게 이내 냉철한 이성으로 현 상황의 원인을 분석하기 시작했다. 그리고 마침내 내린 결론…

"젠장, 역시 모르겠어!"

…실질적인 컴퓨터 관련 전문가가 아닌 이상 제아무리 수영이라도 방법이 없는 것이다. 그나마 할 수 있는 거라곤 현재 루나, 아니, 루나의 본체에 남겨졌을 데이터들을 살피는 것뿐. 적어도 무슨 단서라도 찾아야 되지 않겠는가? 하지만…

"후우~ 미치겠네. 그걸 어느 세월에 다 뒤져 보나?"

슈퍼컴퓨터가 괜히 슈퍼컴퓨터가 아니다. 지구 크기의 거대한 가상현실 공간 내 모든 정보들을 분석, 그중 세상의 균형을 깰 만한 요소를 운영팀에게 알려주는 역할을 하던 존재인 것이다. 그런데 그런 대단한 컴퓨터가 보유한 어마어마한 정보 기록을 일일이 살펴볼 수는 없는 노릇. 뭔가 결정적인 '키워드'가 필요했다. 그리고 지금처럼 아무런 정보가 없는 수영에겐 그것은 불가능한 일이기도 했으니.

그런데… 역시 이론(?)과 현실은 다르다고 해야 하나? 어처구니없게도 수영은 컴퓨터 내부 자료들을 훑어본 지 딱 8분 23초 만에 그 키워드를 발견해 버렸다.

"…이게 뭐야? 내부 보안 시스템 가동으로 인한 정보 차단?"

슈퍼컴퓨터와 접속해 파일들을 대충 넘기고 있는데 그중 하나에 이런 문구가 떠 있다. 이거야 원, 수상하게 여기지 않을려야 않을 수가 없잖아!

"그나저나 보안 시스템? 이게 왜 가동된 거지? 그렇다면 역시……."

각 운영팀과의 실시간 정보 공유를 위해 슈퍼컴퓨터의 '내부' 보안 시스템은 늘 OFF 상태로 두는 것이 관례였다. 그런데 그것이 잠시 잠깐 가동되었다? 그 말인즉…

"이 변태 오타쿠 녀석, 드디어 꼬리를 잡았다!"

현재 회사에서 슈퍼컴퓨터의 내부 시스템을 가동시킬 수 있는 사람은 단 세 명뿐. 바로 회사 사장인 원준과 3운영팀장인 길범, 그리고 4운영팀장인 수영 그녀 자신이다. 그리고 이 중 길범은 최근 들어 뭔가 수상한 낌새를 보이는 요주의 인물이었으니…….

확실한 증거가 없어 잠자코 있었던 수영으로선 그야말로 호재. 이렇게 명백한 증거가 있는 이상, 제아무리 길범이라 할지라도 그녀 앞에서 더 이상 느물느물 의뭉을 떠는 건 불가능할 것이다.

"크크크. 좋아, 일단 내부 보안 시스템을 가동한 코드 넘버를 복사한 뒤, 그 녀석 면전에 내밀면… 어라?"

앞으로 벌어질 피의 제전(?)을 기대하며 보안 시스템의 가동 시기 및 그 외 기록을 복사하던 수영. 그런데 정작 복사지에 씌어진 코드 넘버가 그녀의 짐작과는 전혀 다른 숫자인 게 아닌가?

"이건……?"

수영조차 전혀 예상치 못한 사태. 그렇다. 슈퍼컴퓨터의 내부 보안 시스템을 가동시켜, 정보 차단을 한 흑막이 길범이 아니라 ㈜F.C.사의 사장, '원준'이었던 것이다(만약 수영 본인의 것이었더라면 정말 제대로 반전이었을 텐데…). 그리고 그 사실은 수영에게 나름대로 큰 당혹감을 안겨주었다.

"헐? 경영권에만 신경 쓰던 돈벌레 녀석이 왜 이런 짓을……?"

대체 무슨 생각으로 세상을 사는지 모를 길범이라면 모를까, 게임 운영에 관해서만큼은 철저히 무관심을 표방하던 원준이 이런 일을 꾸몄다니… 도저히 따라잡을 수 없는 상황 전개에 더욱 혼란만 가중된다. 하지만 분명한 사실은…

"좋아, 일단 뭘 감추려고 했는지부터 확인하면 그 내막을 알 수 있겠지."

수영은 보안 시스템에 가려진 '진실'을 알아내기 위해 재차 키보드를 두들기기 시작했다.

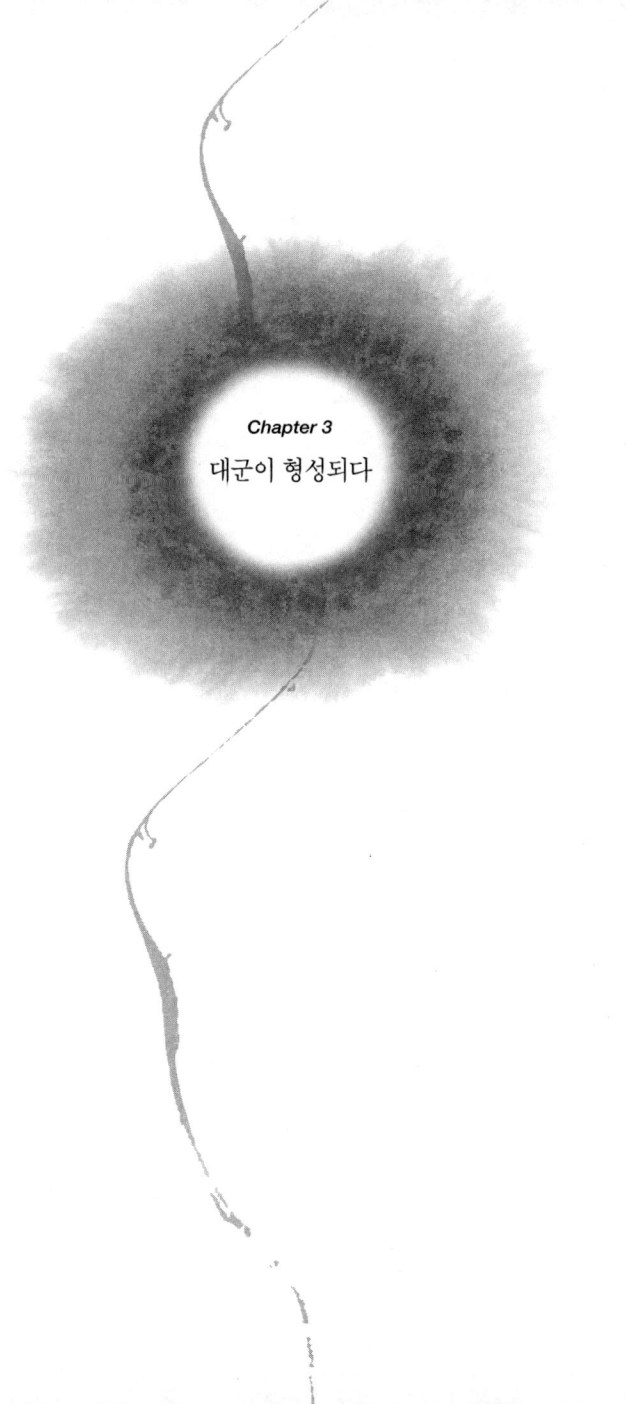

Chapter 3

대군이 형성되다

가상현실게임의 선두주자, 'NEW WORLD'. 그 공식 팬 사이트에 최근 어마어마한 화제를 불러일으키는 선전 문구가 떴다. 바로 팔라스 연합에서 발발한 제2차 항마전쟁!

1차 항마전쟁 이후 흑마법사가 멸절된 팔라스 연합에 갑작스럽게 등장한 데스로드. 50년 전 대륙을 멸망시킬 뻔했던 그가 다시 한 번 죽음의 군세를 일으켜 세웠다! 현재 말론 왕국의 삼분지 일이 초토화된 상태, 그리고 그에 따라 점차 불어나는 죽음의 군대들. 과연 유저들과 팔라스 연합인들은 파죽지세로 밀려오는 죽음의 물결을 막을 수 있을 것인가?

이 난데없는 이벤트에 대해 유저들의 반응은 그야말로 각양각색. 아주 소수의 다크 사이드 유저들은 환호했고, 일부 평범한 유저들은 공포에 떨었으며, 대다수의 호전적인 유저들과 상위 랭커들은 이것을 하나의 기회로 여겼다.

그렇다. 이것은 절호의 기회. 지금이야말로 폭렙과 명성치를 통한 신분 상승, 그리고 득템을 노릴 때인 것이다!

재상의 오랜 외유로 행정 업무가 정지된 자이드 제국을 제외한 대륙 내 모든 제국과 왕국, 그리고 공국들은 데스로드와의 결전을 위해 이미 자국의 모든 병력을 소집하고 있는 상태. 유저들 역시 그 흐름에 맞춰 너도나도 기존 길드에 가입하거나 새로운 길드를 창설해, 각 왕국의 임시 상비군이나 용병단으로서 몸을 의탁하기 시작했다.

그리고 그렇게 모여든 대륙 연합군은 신성 나티아 제국과 말론 왕국의 접견지 부근의─여러 가지 정치적, 지리적 여건을 고려, 최상의 집결지라 여겨지는─대평원에 속속 집결하기 시작했으니…

대륙의 운명을 건 대전쟁을 이제 목전에 둔 상황이었다.

그 끝이 보이지 않은 드넓은 평원과 그 평원을 가득 메운 듯 바글거리는 사람들. 그렇게 병영을 구축하기 위해 구슬땀을 흘리는 수많은 병사들로 인해 작은 도시 하나가 평원 중심에서 형성되고 있었다. 그리고 그 장대하기까지 한 광경을 작은 구렁 위에서 팔자 좋게 내려다보는 인영들이 있었으니.

…역시 계급이 짱이란 건가?

"하아~ 진짜 많네요. 정말 셀 수가 없어요. 책에서 봐오던 100만 대군이니 뭐니 하는 게 설마 이렇게 엄청난 것일 줄이야……."

명실상부 'NEW WORLD' 내 최대 길드로 꼽히는 '퍼펙트 길드'의 길마인 후레지아. 그녀는 완전히 질린 얼굴로 개미 군난의 일사불란한 머이 이동 과정을 연상시키는 병영지를 바라봤다. 거대 길드의 길마 직을 맡고 있다곤 하나, 이런 장관은 그녀에게 지나칠 정도로 큰 자극이었던 것.

한편 그런 그녀의 감탄에 뒤에 있던 또 다른 인영은 약간 깔보는 듯한 말투로 입을 열었다.

"글쎄요, 레.이.디. 제가 알기론 이곳에 집결한 병력은 고. 작. 30만에도 못 미치는 것으로 알고 있습니다만… 아, 물론 내일 도착할 프로인 왕국의 '깡통' 녀석들과 사흘 뒤 도착할 리든 왕국의 '땅꾼'들을 합친다면, 어중간하게 레이디가 원하시는 병력이 만들어질 듯하군요."

"…예, 그렇군요."

싸가지란 걸 안드로메다 성단에 두고 왔는지 후레지아의 속을 완전히 뒤집어 버리는 그 녀석. 거대 길드답게 오천여 명에 달하는 길드원을 이끌고 온 후레지아를 우대한답시고 말론 왕국 측에서 보낸 부관이다. 그런데 고작 부관인 주제에 무슨 백작의 셋째 아들이라며 연신 거들먹거리는데… 거기다

간간이 후레지아가 여자라고 노골적으로 깔보기까지 한다. 덕분에 인간성 하나만으로 길마가 된 후레지아가 하루 수십 번씩 토막 살인극의 주인공을 꿈꾸는 게 현 상황.

하지만 대륙 연합군 수뇌부와 연결된 유일한 끈이기에 후레지아는 차마 그를 쫓아버릴 수가 없다. 하물며 전략적 식견이라곤 백 명 이하의 레이드가 한계인 그녀로선 이런 녀석이라도 옆에 있어야 안심이 되는 게 솔직한 심정.

…그리고 그런 사실 때문에 더욱 침울해지는 후레지아였다.

'하아~ 만약 로빈이 지금 이 자리에 있었더라면, 적어도 나보단 나았겠지?'

구관이 명관이라 했던가? 이전 길마인 로빈과 지금의 그녀는 너무나 비교되었다. 여자, 남자의 문제가 아니라 그 능력으로 인한 문제. 특히 지금과 같이 큰 싸움을 앞두고 있는 상황에선… 과거 로빈을 탄핵해 길드에서 쫓아낸 간부들조차 자신들의 결정에 회의를 품고 있으니, 상황이 얼마나 심각한지 알 만하다. 덕분에 더욱 위축되는 길마로서의 영향력, 그리고 속속 길드를 탈퇴하는 길드원들.

후레지아는 생각하면 할수록 자신이 더욱 비참해짐을 느꼈다. 대체 어디서부터 잘못된 것일까? 자신이라면 그보다 훨씬 더 잘할 수 있을 것 같았는데… 그래서 그를 그토록 미워하고 사사건건 트집을 잡아 결국 탄핵까지 했건만. 그런데 막상 그가 길드를 떠나고 자신이 길마가 되는 순간…

'…모든 것이 엉망이 되었어.'

자신의 선택을 후회하며 남몰래 한숨을 내쉬는 후레지아. 만약 시간을 되돌릴 수만 있다면 모든 걸 본래대로 되돌리고 싶은 심정이다. 그런데 바로 그때! 한참 우울의 늪에서 허우적거리는 그녀를 번뜩 제정신을 차리게 만드는 기음.

―끼이이이익!

"헉? 습격?"

머리 위에서 들려오는 비행 마물의 포효. 후레지아는 그 즉시 사제용 로드를 치켜세우며 방어 마법을 준비했다. 나름대로(?) 고수 급인 그녀다운 놀라운 대처 속도. 그러나 왠지 비웃음이 가득한 부관의 시선을 느끼는 순간, 자신이 뭔가 착각했음을 깨닫는 후레지아. 이에 다시 한 번 모멸감이 치밀어 오른다.

"후후~ 리든 왕국의 자랑이자 최후의 보루, 와이번 나이트로 이루어진 하이퍼 기사단입니다. 이거 참, 리든 왕국에서 이번에 정말 단단히 마음먹은 모양이군요. 하긴 얼마 전 수도가 마족에게 유린당한 일도 있으니……."

하늘에서 서서히 하강하는 십여 개체의 와이번을 가리키며 밉살맞게 설명하는 부관의 모습에 입술을 깨무는 후레지아. 생각 같아서 당장 로드로 머리통을 후려갈기고 싶지만… 사회적(?) 체면과 현실 사정을 고려, 속으로 분노를 삭일 수밖에 없다. 거기다 와이번 나이트란 존재가 게임 시작 이후 처음인지라 이내 관심이 거기로 쏠릴 수밖에 없었으니.

일반 야생 와이번보다 규칙적인 식사량과 관리가 잘 되어서인지, 월등히 큰 체구를 자랑하는 와이번들. 그리고 그 거체 위에 걸터앉아 5m짜리 초거대 랜스를 장난감같이 다루는 기사. 공중 낙하 랜스차지 공격으로 지상의 동급 레벨 마물 백여 개체를 상대한다는 와이번 나이트들이다. 일설엔 그들이 기사단 정수만 채웠다면 대륙 삼대기사단이 아닌 대륙 사대기사단이 되었을 거라 알려진, 그야말로 연합군 최강의 전력인 셈.

"휴우~ 하이퍼 기사단까지 동원되었다면 이거… 사흘 뒤 도착할 리든 왕국의 땅군 역시 장난이 아니겠는데……."

정신없이 와이번을 바라보는 후레지아의 등 뒤에서 언뜻 부관의 중얼거림이 들렸다. 그녀 앞에서야 별게 아닌 척 프로인 왕국군을 깡통, 로든 왕국군을 땅꾼이라 비하하는 그이지만, 역시 속으론 하이퍼 기사단의 존재가 놀라웠던 모양. 하물며 저 막강한 전력들이 본대도 아닌 선발대였으니… 앞으로 계속 추가될 병력들을 생각하면 절로 아찔해진다.

'거기다 곧 합류할 삼대마탑의 전력까지 생각하면……'

타 게임과는 달리 귓말이 존재하지 않는 세상이기에 실시간으로 연락을 주고받는 게 불가능한 'NEW WORLD'—물론 그것 때문에 유저들 사이에 말이 많다. 생각해 봐라, 게임할 때 얼마나 불편할지. 그러나 그게 가능하면 게임 내 현실성이 떨어진다는 게 운영팀의 입장—하지만 로그아웃 이후 전화 혹은 채팅으로 먼 거리의 정보를 공유할 수 있는 존재가 바로 유저들이다. 덕분에 후레지아는 대륙에 산재한 길드원들을 통해 연합군을 향해 다가오는 마탑 정예의 움직임을 대륙 연합군의 수뇌보다 먼저 알고 있었다.

대륙의 거의 모든 마법사들에게 그 영향력을 행사하며, 고위 마법사들을 가장 많이 보유한 삼대마탑. 그런 그들이 대륙 연합군에 합류한다? 부관의 기겁하는 모습을 느긋이 감상하려는 생각에 비밀로 하고 있지만, 충분히 놀랄 일이 아닐 수 없었다.

'각 왕국의 마법병단만 해도 만만치 않은 전력인데… 기껏 모인 병사들이 활약할 기회조차 없겠어. 아니, 어쩌면 우리 유저들 역시 단순한 들러리가 될 가능성도…….'

대륙 내 거의 대부분의 병력과 강자들이 한자리에 모이는 상황. 후레지아는 그 어마어마한 군세들 사이에서 자신이 한 축을 담당한다는 사실에 자부심을 느끼는 한편 큰 부담감 역시 느껴야 했다. 적어도 유저들 사이에 그 명성이 자자한 대길드의 길마로서 어느 정도 활약을 해야 하지 않겠는가? 만약 그것이 어렵다면 하다못해…

'그를 넘어서는 건 애초에 무리였다. 하지만 현상 유지라면… 그래, 최소한 피해를 극소화하는 방향으로…….'

자신의 마지막 자존심을 위해 이를 악무는 후레지아. 그녀는 자신이 감당할 수 없는 거대한 물결에 맞서 전의를 다졌다. 그리고 옆에서 자꾸 이죽거리는 부관 녀석은 그런 그녀의 의지를 계속 갈아 마셨다.

　후레지아가 그렇게 부관에게 구박(?)받으며 눈물의 나날을 보내는 와중에도 시간은 계속 흘러 하루 뒤, 프로인 왕국은 자국 병력을 완전히 거덜 낼 생각인지 40만 병력과 왕국의 모든 기사단을 이끌고 합류해 사람들을 놀라게 했고, 다시 이틀이 지난 뒤엔 리든 왕국의 최정예 레인저 부대와 기사단, 그리고 10만의 정예 병사가 연합군에 합류했다. 그리고 재차 사흘이 지나자, 후레지아의 예상대로 삼대마탑의 탑주를 비롯한 다수의 마도사와 마법사들이 연합군에 들이닥쳤다.

　…아쉬운 점이 있다면 마도사들이 평소의 그 거만함으로 그냥 불쑥 등장하는 대신 수뇌부에 사전 연락을 취했다는 점. 덕분에 후레지아는 밉살맞은 부관의 기겁하는 모습을 포기해야 했다. 그러나 그땐 이미 그런 자잘한 일에 연연할 상황이 아니었으니…

　"단장님, 사령관 녀석이 우릴 선봉으로 내세울 모양인데 어쩔 생각이십니까?"

　"크크크, 잘 됐네. NPC 따위가 나설 것도 없이 우리가 그냥 싹 쓸어버리지, 뭐. 안 그래, 단장?"

　"…여러분들의 생각은 어떻습니까?"

수십 명의 인원이 둘러앉은 작전회의실 상석에서 억지로 무표정을 연기하는 후레지아. 지나친 부담감에 날이 갈수록 야위어가던 그녀는 설상가상으로 '퍼펙트 길드'의 길마라는 브랜드(?) 가치로 인해 얼떨결에 연합군 내 모든 유저들을 대표하는 입장이 되어버렸다. 그리고 그로 인해 얻은 지위가 바로 군단장. 지속적으로 늘어나는 연합군에서도 무려 10만에 달하는 유저들을 효율적으로 통솔하기 위해 연합군 수뇌부가 던져 준 감투였다.

…물론 말이 좋아 군단장이지, 각 길드의 길마들의 의견을 조율하는 역할이 전부였다.

"일단은 받아들여야죠! 아무리 우리가 유저라 할지라도 상하복명은 명확히……."

후레지아가 의견들을 묻자 제일 먼저 누군가가 현실에 순응하는 의견을 내놓았다. 그러나 그 말이 채 끝나기도 전에 반박하는 모 길드의 길마.

"아, 젠장! 지금 여기가 군대인 줄 알아! 우린 지금 게임을 하는 거라고! 어디서 NPC 따위가 명령을……."

…왠지 군대에서 심하게 고생을 한 듯, 반항적인 말투. 심지어 유저 우월론자이기도 했다. 그러나 그런 의견은 어디까지나 소수일 뿐.

"쯧쯧~ 아무리 게임이라도 지킬 건 지켜야지. 그리고 솔직히 우리가 유저라고 나름대로 대우해 주잖아."

"그래, 맞아! 그리고 선봉이라면 전공을 올릴 기회가 얼마나 많은데… 당연히 승낙해야지."

회의실의 전체적인 분위기는 선봉을 승낙하는 게 대세였다. 하긴 그들은 죽지 않는 '불멸자' 들. 약간의 패널티가 있을지언정 영원한 안식은 존재하지 않는다, 적어도 이 세상에서만큼은.

"후우~ 좋습니다. 따로 다수결로 정할 필요 없이 유저 동맹은 선봉을 맡는 걸로 알겠습니다."

너무나 압도적인 차이로 의견이 좁혀지자, 결국 후레지아는 연합군 수뇌의 제안을 받아들이는 것으로 회의를 마쳤다. 그리고 그들의 그런 결정으로 인해, 10만 명에 달하는 중고렙 유저들은 대륙 연합군의 진영 가장 앞으로 자리가 옮겨졌으니. 이로써 대륙 연합군은 죽음을 불사하는 최강의 방패를 얻은 격.

폭렙에 대한 기대로 전의가 넘쳐흐르는 10만 명의 불멸자. 그리고 각국에서 차출된 최정예 기사단과 그 뒤를 받쳐 주는 100만에 육박하는 대륙 연합군. 거기에 각국의 마법병단과 더불어 그들을 지원하는 삼대마탑의 마도사들까지.

대륙 연합군은 그렇게 막강한 전력으로 수한과 그가 이끄는 어둠의 군세를 기다리고 있었다.

크어어어~

족히 1만에 달하는 흐느적거리며 움직이는 시체들. 할 줄 아는 것이라곤 그저 맹목적으로 걷는 것과 신음성같이 느껴지는 울부짖음뿐인 그들은 호러 영화에서 극히 사랑받을 것 같은 광경을 연출하며 묵묵히 행군하고 있었다. 그리고 그렇게 생자에 대한 맹목적인 적대감을 괴성으로 표출하는 그들의 정체는 세간에 그 악명을 떨치고 있는 데스로드의 어둠의 규세, 구울들이었으니.

그 행렬의 중심에서 한숨 소리로 주위 분위기를 흐리게 만드는 인영의 정체는 당연한 말이겠지만, 바로 수한이다.

"하아～ 이제 어떡하지?"

생각하면 할수록 어처구니가 없는 수진의 '두 번째 부탁'이었다. '최대한' 전력을 확보한 뒤, 100일 내로 자이드 제국의 새로운 황도, '홀리 그라운드'를 공략할 것. 그리고 그 과정에서 벌어지는 모든 일들은 일체 불문, '텔레포트'를 제외한 모든 수단과 방법을 가리지 말 것.

아무리 막나가는 수진이라지만 이 정도면 정말 두려울 지경이다. 수단과 방법을 가리지 말고 목적을 달성하라는 건 둘째 치고, 최대한 전력을 확보하라니. 설마 그 말뜻을 알고 그런 말을 한 건지 원. 하물며 현재 수한이 있는 위치에서 홀리 그라운드까지의, 대략 5,000㎞에 달하는 엄청난 거리의 의미는 드래곤 산맥을 제외한 팔라스 연합 전체 크기의 절반을 그대로 가로지른다는 뜻.

이른바 대륙 횡단이라고 해야 하나? 자연 그로 인해 벌어질 충돌과 살상, 그리고 대륙 전역에서 벌어질 대혼란은 그야말로 불문가지.

하지만! 그 계획의 과격성 때문에 토일을 비롯한 권속들은 수진의 제안을 적극 환영하는 모습들이다. 어차피 어둠의 군세가 일어선다면 대륙의 모든 존재들과 격돌할 것이 당연지사. 그럴 바에서 차라리 크게 한판 벌이자는 생각인 듯. 어쩌면 그들의 머릿속엔 대륙 최강국의 황도를 암흑제국의 수도로 만든다는 김칫국물(?)이 출렁거릴지도 모른다.

그나마 토일들이 그 어처구니없는 계획에 우려를 드러내는 것이 있다면… 바로 시간 제한에 관한 것. 말이 5,000km지, 그 거리를 어떻게 100일 만에 횡단할 수 있단 말인가?

물론 수한 진영의 병사들 전부가 언데드인 만큼 그 무한 체력을 바탕으로 하루에 50km씩 걸으면 별문제가 없을 것도 같다. 일단 하루 24시간 전부 걷는다 치고 대략 한 시간에 2, 3km 정도는 충분히 걸을 수 있다는 자기 최면을 걸면 왠지 그 무모한 계획을 달성할 수 있을 것 같지 않은가?

어디까지나 중간에 아무런 방해가 없다는 전제하에.

"젠장, 그럴 리가 없잖아!"

언급할 가치도 없는 일이지만, 사람들이 언데드로 이뤄진 수한 일행을 그냥 내버려 둘 리 없다. 하물며 병력 충원, 즉 구울 확보를 위해 지나가는 와중에 수십 차례 크고 작은 영지들을 습격까지 한 상황이었으니… 그나마 지금에 와선 어느 정도 자제하고는 있지만, 얼마 전까진 구울들을 사방팔방에 풀어 '새O의 저주' 내지 '데드 O라이브' 같은 좀비 영화를 수십 편 자체 제작했던 수한인 것이다.

그 탓에 수한 측에 대한 적대감은 이미 한계치를 돌파한 지 오래. 각국의 수뇌부들, 특히 가장 많이 피해를 입은 리든 왕국의 경우엔 아마 수한이 눈앞에 있다면 잘근잘근 씹어 먹고 싶은 심정일 것이다. 즉, 수한이 그냥 길만 빌려달라고 애원한다 해도 그냥 '어서 지나갑쇼' 할 가능성이 전~혀 없었다.

자연 가는 길목마다 방해꾼들이 득실거릴 게 뻔할 뻔자. 100일 내 수한 일행이 홀리 그라운드까지 도착한다는 건, 보편타당한 상식을 지닌 자라면 누구나 절대 불가능한 일이라 부르짖을 게 훤히 보인다. 그러나 그런 사실을 너무나 잘 알면서도 수한은…

"…그렇다고 해서 포기할 순 없지."

이제 좀비 영화 대신 '미션O파서블'을 찍을 생각인지 결코 포기할 줄 모르는 수한. 적어도 그에겐 이 불가능할 것 같은 계획을 반드시 달성해야 할 절실한 이유가 있기 때문이다. 그리고 그 이유란 건…

"시간 전에 모든 일을 완수하면 한 시간당 총액의 1%를 탕감해 준다고 했었지? 그럼, 백 시간이면 빚에서 완전 해방? 크크크. 좋아, 한번 죽어보자."

역시나 수한에 대해 너무나 잘 알고 있는 수진. 어느 틈엔가 수한 눈앞에다 '당근'을 살살 흔들었던 모양이다. 이에 방금 전까지 반쯤 좌절 모드에 고개를 떨구던 폐인은 재차 의욕만땅의 대마왕이 되어 소리친다.

"크카카카! 자, 어서 가자! 세계 정복이 눈앞에 있다!!"

─예스, 마이로드!

─암흑제국을 위해!

수한의 외침에 그저 좋다 하고 기세를 올리는 토일과 시드. 그 외침의 진정한 속내를 알고도 그런 반응일지 의문이긴 하지만… 어쨌든 그 진실은 오직 수한만이 아는 가운데 죽음의 군세는 보무도 당당히 행군을 계속한다. 그리고 그렇게 거침없는 행군을 한 지 십여 일이 지나……

수진이 다녀간 지 두 달 하고도 열흘, 그리고 열세 시간이 지나 앞으로 남은 시간은 대략 28일. 그동안의 무식하기까지 한 강행군을 한 덕에 수한 일행은 목표점까진 대략 4분지 3 이상을 이동하는 데 성공했다.

아슬아슬하지만 어찌어찌 노력하면 수진의 부탁을 달성함과 동시에 빚잔치에서 벗어난다는, 거의 기적 같은 일이 벌어질 듯 같은 상황.

하지만! 언제나 늘 그렇듯 수한에게 마냥 좋은 일만 생기지 않는 법(이미 그것은 거의 법칙 수준에 가까웠다). 한껏 기대를 품고 있는 수한에게 크나큰 두 개의 악재가 야밤의 불청객마냥 들이닥쳤다.

"하아~ 젠장, 어떻게 된 게 난 왜 이렇게 되는 일이 없어!"

첫 번째 악재는 이미 나름대로 언급한 적이 있으니 자세한 설명도 필요없다. 구울의 이동 속도를 감안, 대략 하루거리쯤 떨어진 곳에 100만 대군—단순한 문학적 표현이 아닌 진짜 말 그대로……—이 떡하고 버티고 있었던 것.

그들이 뭘 노리고 있는지는 너무 뻔하니 그냥 생략하자.

두 번째 악재는 그 내용 자체만 보면 그리 심각한 문제가 아닐 수도 있다. 하지만 첫 번째 악재와 합쳐지니 수한에게 완전 절망, 좌절, 재앙 수준이 되어버렸다. 그 내용인즉…

"크아아아~ 이게 뭐야! 왜 구울들이 이것밖에 안 돼!?"

언데드 특정상 병참이 필요없고 부상자 걱정도 없다. 즉, 그 병력의 수가 많으면 많을수록 좋지 나쁠 이유가 하등 없었다는 뜻. 말 그대로 다다익선! 그런데 어찌 된 영문인지 수한의 주 병력인 구울들이 더 이상 늘어나질 않는 것이다.

악당의 진정한 로망이라는 인해전술이 처음부터 막혔다는 건가?! 수한은 정말 실망했다.

첫 번째 악재 같은 경우를 대비, 그리고 수진의 부탁을 고려, 꾸준히 구울의 숫자를 늘려왔던 수한이다. 특히 최근 일주일간은 대륙 연합군의 존재를 어느 정도 감지한 탓에 길목의 영지들을 집중 공략, 무자비하게 시체들을 일으켜 세웠었다. 그런데 막상 큰 싸움을 앞두고 구울의 숫자를 체크해 보니 그 개체 수는 고작 1만. 최소한 4, 5만의 구울을 기대했던 수한으로선 도저히 믿을 수 없는 결과였다!

이에 잠시 행군을 멈추고 마법사인 토일과 머리를 맞대며 그 원인 분석에 들어가는 수한. 그리고 대략 한 시간 정도 머리를 굴려 내린 결론은…

―통제력 문제입니다.

"크윽, 젠장. 한 번도 1만 이상 소환한 적이 없었으니… 분하지만 당연한 건가?"

이론적으로 구울 소환, 다시 말해 '애니메이트 데드(Animate Dead)'를 통해 시체를 일으켜 세우는 데는 숫자상 아무런 제한이 없다. 즉, 마음만 먹는다면 대륙 내 거의 모든 존재들―물론 레벨 300 이하의 존재에 한해―을 구울로 만들 수 있다는 의미. 다만 문제가 있다면 그 구울들을 통제하는 건 생성하는 것과는 다른 문제였다는 점이다. 이른바 스킬 마스터와 무관한 '요령' 문제라 할까?

중급 이상의 언데드의 경우 어느 정도 이성이 있어 데스로드인 수한에겐 통제가 그다지 어려운 문제가 아니었다. 하지만 주 전력이라 할 수 있는 구울, 이것들은 하급 중의 하급이라 이성은커녕 생자에 대한 증오와 식욕밖에 없는 녀석들. 그 탓에 일정 수 이상은 말을 들어먹지 않는다.

그로 인해 현재 수한의 주위에 있는 구울들은 고작 1만 남짓. 그 나머지 녀석들은 그의 통제에서 벗어나 자신들의 본능에 따라 사방으로 흩어져 버렸다는 건데…….

전대 데스로드의 경우 13개체의 본 드래곤과 1만의 데스 나이트, 그리고 사천만에 육박하는 구울을 수족같이 다뤘건만, 고작 1만의 구울에 헉헉거리고 있는 수한.

…역시 그는 마법사 체질이 아니었다.

―진작 확인했어야 했는데… 정말 죄송합니다, 마스터.

"이그~ 지금 잘잘못을 따질 때가 아니라고! 대책이 필요해, 대책이!"

사태가 이 지경이 되자 괜히 토일에게 짜증이나 내는 수한. 그러나 그러는 와중에도 100만의 군세가 시시각각 다가오는 상황에 그런 짜증이 무슨 소용이랴? 지금 당장 필요한 건 그린 책임 전가가 아닌 지금의 위기를 극복할 대책이었다.

"젠장, 역시 가장 큰 문제는 숫자 차이인데…….".

상대는 수한 측의 거의 백 배에 달하는 병력. 아무리 대마왕 특제 강화 구울이라 할지라도 백 명을 상대하기엔 무리가 있다. 하물며 그들은 데스로드를 상대하기 위해 고르고 고른 정예 강병일 터. 결국 수한과 헬 나이트들의 부담은 더욱 커져 결국 개인당 기본 1만은 책임져야 한다는 계산이 나온다.

…레벨 450의 헬 나이트라도 그 정도 다굴엔 당해낼 재간이 없다.

거기다 정찰을 통해 간혹 포착되는 와이번 나이트들이나 다수의 마도사들의 존재는 수한의 커질 대로 커진 간담조차 서늘하게 만들기에 충분했으니.

생각하면 할수록 최악의 극을 달리는 상황. 이에 급기야 수한은 이성을 상실한다.

"…그냥 미친 척하고 나 혼자 발악해 봐?"

언젠가 한 선각자(?)가 말한 바 있다, 먼치킨의 진정한 묘미는 대량 학살이라고. 수한 역시 먼치킨 중급을 넘어선 존재로서 청제국에서와 같이 자잘한(?) 수준이 아닌, 진정한 대량 학살에 눈뜰 모양이다(점점 수습이 불가능해지고 있었다).

대마왕이 되어 가뜩이나 넘치는 마나가 이젠 주체 못할 지경이 되었고, 거기다 스킬의 위력과 마나 효율 역시 크게 상승했다. 그 결과, 현재 일반(?) 십방장환의 경우 마나 소모가 고작 3000—일반 기사 유저였다면 한 번 쓰고 마나가 오링이다—이었고, 이형환위를 끼워넣는다 쳐도 최소 80번 정도를 연달아 구사할 수 있다.

궁극기 십방장환을, 그것도 이전보다 1.5배가 강화된 그것을 무려 80번이나 연달아! 그 정도 위력이라면 능히 산 하나를 평지로 만들 수 있을 터. 단순한 비유가 아닌 실제로 말이다. 왠지 잘만하면 수한 혼자서도 능히 100만 대군을 상대할 수 있을 것 같기도 하다.

…하지만 이론과 현실은 전혀 다른 법!

—절대 안 됩니다, 로드! 군대의 결집된 힘은 단순히 숫자로 논할 수 있는 것이 아닙니다!

수한 진영에서 그나마 전략, 전술적 식견이 있는 시드. 서서히 눈이 돌아가는 수한을 바락바락 악까지 쓰며 뜯어말린다.

무려 100만이다. 그들 전원이 각국에서 차출된 정예였고, 그들 중 일부는 대륙에 이름을 떨치는 강자들이기도 했다. 거기다 그들은 흩어진 것도 아닌 하나로 뭉쳐진 상태! 아무리 수한이 넌지긴 중고급을 부로짖는다지만, 어설프게 접근했다간 그대로 무한연속다굴에 의해 침몰할 게 뻔했다.

"에… 알았어, 시드. 너무 그렇게 흥분하지 마."

성정이 급하고 욕심이 많으며 단순하긴 하지만 아주 바보는 아닌 수한─주인공에 대한 평가치곤 너무 적나라하다─시드의 간절한─내심 무서운─만류에 간신히 제정신을 차린다.

확실히 시드의 말대로 혼자 날뛰는 건 너무 위험천만하다. 거기다 이미 그런 식으로 방심하다 리든 왕국의 수도에서 '퍼펙트 길드'에게 크게 한 번 당한 경험이 있지 않은가? 비록 그 당시 일이 경험 많은 고렙 유저들의 파티플레이의 결과라곤 하지만, NPC들의 공고한 진영을 이룬 다굴의 위력 역시 무시할 순 없을 터. 아니, 그들의 훈련된 군대의 힘은 어쩌면 유저들의 파티플레이조차 능가할지도 모른다.

결국 시드의 조언에 힘입어 보다 냉정히 머리를 굴리기 시작하는 수한. 혼자서 별의별 방법을 떠올리며 가능성을 타진하기 시작했다.

'이젠 어떡한다? 이렇게 된 이상 토일들만이라도 역소환한 뒤, 미친 듯이 이형환위를 전개해 대륙 연합군 진영을 통과해? 하지만 그랬다간 구울 전력을 완전히 포기해야 한다는 건데… 그럼, 홀리 그라운드는 어떻게 공략하지? 아무리 내가 먼치킨이라도 대륙 최강국의 수도를 공략하려면, 어느 정도 쪽수가 받쳐 줘야 가능할 텐데… 거기다 자칫 청제국에서처럼 천라지망에 걸려 계속 쫓기는 신세가 될 가능성도 있고… 물론 저놈들이 날 쫓아 죄다 흩어진다면 혼자서도 능히 상대할 자신이… 아니야, 역시 뒤에서 받쳐 주는 병력이 없으면 그대로 사냥당할 가능성이 높아. 하지만 아무런 대책도 없이 지금 이대로 계속 전진했다간… 아씨~ 방법이 없잖아!!'

어찌 된 게 머리를 굴리면 굴릴수록 더욱 혼란만 가중된다. 결국 머리를 부여잡은 채 그저 끙끙거리기만 하는 수한. 그런데 바로 그때, 주인공의 고난(?)을 더 이상 두고 볼 수 없다는 판단에서일까? 수한이 잠시 간과했었던 새로운 변수가 등장했다!

—아, 마스터. 동남쪽 약 9㎞ 지점, 25개체의 생명 반응이… 아무래도 연합군 측 정찰대인 것 같습니다.

"이거다!"

시간이 난 김에 자신의 능력을 적극 활용, 주위를 정찰한 토일. 그런 그의 보고를 듣는 순간, 그제야 수한은 토일이 지닌 '권능'을 떠올린다. 동시에 그 본인을 포함한 권속들 개개인이 지닌 무지막지한 '능력'들을 다시 한 번 깨닫게 되는데.

'…거기다 지금까지 행랑창에 처박아두었던 '그것'과 얼마 전 복귀한 '권속'까지 고려한다면…….'

그렇다. 시드의 말대로 군대의 집결된 힘은 단지 숫자로 판단할 수 없는 문제다. 하지만 그것은 연합군뿐만 아니라 자신들에게 적용되는 말이기도 했으니.

"크크크크, 어둠의 군대의 진짜 저력을 보여주지."

―마스터?

―로드?

방금 전까지 좌절 모드에 허우적거리던 수한의 분위기가 별안간 일변하자 절로 의문성이 흘러나오는 토일과 시드. 자신들의 로드가 또 무슨 일을 벌일지 불안한 모양이다. 그리고 그런 불안을 실체화시키기라도 하듯 선언하는 수한.

"앞으로 사흘 뒤, 연합군과 전면전이닷! 그러니 모두 그렇게 알고 준비하도록!"

―예?!

난데없는 전면전 선언. 가뜩이나 쪽수가 부족한 마당에 정면으로?! 그냥 언뜻 듣기에도 너무 무모하게 느껴진다. 하지만 그런 주위의 걱정과는 달리 왠지 자신감이 넘쳐흐르는 수한. 그는 작게 혼잣말을 중얼거리며 승리를 자신한다.

"앞으로 사흘, 약간의 '훈련'과 '준비'만 한다면… 크크크. 뭐, 간만에 폭렙 한번 해보는 것도 좋겠지……."

"어째서죠? 왜 기다리지 않는 거죠?!"

후레지아는 잔뜩 화가 난 음성으로 소리쳤다. 그러나 그녀의 노호성에도 불구하고 그녀의 부관, 아니, 연합군 수뇌부의 일방적인 통보를 알려주러 온 모 백작의 셋째 아들은 같은 말을 반복할 뿐이다.

"사흘 뒤 아침, 공격을 시작합니다. 그러니 차질없도록 해주십시오."

"왜… 어째서……? 아직 신성제국군이 도착하지 않았어요! 이제 일주일만 더 기다리면 되는데… 그런데 왜?"

이제 곧 그가 도착하는데… 진정한 퍼펙트 길드의 길마인 그가 오는데… 이제 조금만 더 기다리면 되는데…….

도저히 믿을 수 없다는 듯 재차 반문하는 후레지아. 그러나 상대는 더 이상 대답할 가치도 없다는 듯, 그대로 막사 밖으로 나가 버렸다. 결국 망연자실해진 그녀를 위로하는 건 옆에 있던 타 길드의 길마들이었다.

"어쩔 수 없는 일이죠. 신성제국군은 포기합시다. 그들을 기다리기엔 데스로드의 군대가 너무 가까이 와 있는 상탭니다. 아까 정찰대 얘기를 들어보니, 이곳에서 고작 15km 떨어진 곳에 머물러 있다고 하더군요. 지금이 밤이라서 그렇지, 아마 내일 아침엔 육안으로도 식별이 가능할 겁니다."

"맞아요, 단장. 그리고 언뜻 얘기를 들어보니간 신성제국

군 병력이 고작 1만 남짓밖에 안 된다는데… 솔직히 걔네들이 합류해 봤자 무슨 도움이 되겠어요?'

"야, 그건 좀 아니다. 걔들은 전부 성기사에 고위 사제들인데… 역시 양보다 질이지."

"맞아, 거기다 거긴 랭킹 1위도 있잖아. 아, 그리고 대륙 삼 대기사단 중 하나라는 무슨 기사단도 있다던데…….'

"쿨~ 알 만하군. 신성제국군에게 전공을 빼앗기기 싫다는 거지, 뭐~"

"음~ 말론 왕국이 신성제국을 견제한다더니… 역시 연합군 진영에서 제일 말빨이 세긴 세군."

'…이것들이 지금 뭐 하는 플레이야?

제 딴엔 위로랍시고 말들을 꺼내지만, 도리어 정신 사납게 만들기 바쁜 사람들. 후레지아는 서서히 인내심의 한계를 느끼며 두 주먹에 힘을 주기 시작했다. 그리고 그녀의 사제용 로드가 본래 목적이 아닌 구타용으로 활용되기 직전!

"헉헉~ 얘기 들으셨습니까?!'

"어, 뭐야? 뭐야?!'

난데없이 막사 안으로 뛰어들어 소리치는 모 중소길드의 길마. 무슨 큰일이라도 난 듯 호들갑을 떨며 사람들의 이목을 집중시킨다. 그리고 밑도 끝도 없이 초특급 정보를 말해 사람들의 혼을 쏙 빼놓는데, 막사 안의 사람들로선 그야말로 천운이었다.

"데스로드의 군세가 고작 1만 남짓이랍니다!"

"엥? 그게 무슨 소리야?! 명색이 데스로드라는 놈이 겨우 1만?!"

"맞아, 지금까지 일으켜 세운 좀비만 해도 족히 10만은 되겠다!"

"야~ 좀비가 아니라 구울이야."

"으그~ 좀비나 구울이나 그게 그거지!"

난데없는 초특급 정보에 시장통을 방불케 하는 막사 안. 결국 그 혼란스러움에 질려 후레지지아는 자신의 심난한 마음을 추스르기도 전에 사람들부터 진정시켜야 했다.

"여러분! 잠시만 조용히 해주세요. 그리고 아까 데스로드에 관해 말씀하신 분, 죄송하지만 그 정보는 어디서 얻으신 거죠?"

유저 동맹의 대표자라는 이름값이 먹힌 건지, 아니면 그녀가 미인이라는 사실이 즉효였는지는 모르겠지만 어쨌든 막사 안 소요는 잦아들었다. 그리고 좌중의 시선을 한 몸에 받으며 재차 입을 열게 된 정보 제공자.

"방금 전 3차 정찰대가 도착했습니다. 그들의 말로는 사방 30km 반경 내엔 처음 발견한 데스로드의 군대 말고는 구울들이 전무하답니다. 보다 자세한 건 후속 정찰대가 도착해야 알겠지만… 아무래도 데스로드의 병력은 더 이상 없다는 의견이 대부분……."

"호, 혹시 본대가 연합군 진영을 지나쳤을 가능성은……."

"절대 없습니다. 정찰 부대의 부대장에게 들었는데… 만약의 경우에 대비, 후방에도 정찰대를 파견했답니다. 그리고 재차 확인했지만 뚜렷한 대군의 이동은 전혀 없었답니다."

도저히 믿을 수 없는 사실에 재차 확인하는 후레지아. 그러나 나름대로 인맥 좋고 입담 좋은 상대는 그녀의 가정을 철저히 분쇄해 버린다. 결국 결론은 데스로드의 전체 군세가 1만 남짓이라는, 왠지 궁상스러운(?) 사실. 그리고 그것은 막사 안 사람들에게 크나큰 실망을 안겨주었다.

"에이~ 이게 뭐야!? 이래서야 칼질 한번 하겠어?"

"헐~ 그럼, 우리가 구울 한 마리에 열 명씩 달라붙어야 된다는 거야? 젠장, 차라리 어디 필드 사냥터에서 사냥하는 게 낫겠다."

"아무리 그래도 데스로드의 군대인데… 아, 그러고 보니 구울 말고 데스 나이트 비슷한 것도 몇 기가 있다고 하더라."

"에이, 그래 봤자 몇 마리나 된다고… 유저만 10만이다, 10만!"

그렇다. 대륙 연합군을 거론할 필요도 없이 현재 이곳에 모여 있는 유저들 숫자만 무려 10만 명! 그런데 정작 그 상대가 고작 1만 남짓의 구울이었으니… 폭렙을 기대하며 연합군에 참가했던 유저들로선 대실망인 것이다.

그런데… 그런 실망스러움 속에서 누군가의 작은 중얼거

림이 일순간 분위기를 반전시킨다.

"젠장, 그럼 데스로드를 노려야 하나? 뭐, 명색이 최종 보스급이니 뭔가 큰 거 하나는 나오겠지."

번뜩!

소란스러웠던 막사 안이 순간 조용해진다. 데스로드의 군대가 접근했을 당시야 대륙 전체를 뒤집어놓았다는 과거의 그 찬란한 악명 탓에 감히 데스로드를 직접 노릴 생각을 못했었던 유저들이다. 그저 연합군의 기사단과 마도사들이 데스로드를 상대하는 사이, 그 졸개들을 목표로 삼았다고 할까? 그런데 막상 뚜껑을 열어보니 뭔가 만만히 보이는 게 아닌가?

옛날에 비해 힘이 달리는지, 고작 1만의 구울을 이끌고 나타난 데스로드. 그에 비해 자신들은 무려 10만이다. 그것도 다수의 랭킹 유저들을 포함한.

"으흠~ 이거 간만에 레이드하는 기분으로 욕심을 내봐?"

"데스로드씩이나 된다면, 최소한 레어를 떨구겠죠?"

"야야~ 레어가 뭐냐? 아무리 그래도 데스로드다! 기본 설정 레벨이 1000대라고! 기본이 유니크다, 유니크!"

"좋아, 데스로드는 우리 '안경불패' 길드가 책임진다!"

"웃기고 있네. 우리 '로리만세' 길드를 지금 무시하는 거냐?!"

"어허~ '제복무적' 길드도 잊지 말라고!"

김칫국물에 허우적거리며 이전보다 더욱 전의를 불태우는

사람들. 그리고 그 전의만큼이나 경쟁심이 발동한다. 저마다 자신의 길드가 데스로드를 잡을 것이라 주장하는 길마들. 이미 길마라는 자리에 만정이 다 떨어진 후레지아만이 한숨을 내쉬며 그 경쟁에서 한 걸음을 물러났을 따름이다. 그리고 이곳 막사 안에서 벌어진, 이와 유사한 광경은 대륙 연합군 진영 곳곳에서 벌어지고 있었으니.

대륙의 공적인 데스로드에 맞서 한곳에 집결한 대륙 연합군. 그들은 데스로드의 예상 밖의 미약한 전력에 안도의 한숨을 내쉬는 한편, 조금씩 욕심을 드러내기 시작했다.

그렇다. 데스로드는 더 이상 대륙의 절망이 아닌, 대륙 최고의 명성과 부를 위한 일종의 디딤돌이 된 것이다. 그리고 그런 생각들로 인해 사흘 뒤 격전의 날이 밝았을 땐 대륙 연합군의 분열은 그 끝을 향해 치달았다.

"젠장, 이것들이 누굴 약 올리나?!"

유저 동맹의 어느 이름 모를 길마 한 명이 버럭 소리쳤다. 그러나 주위에 있는 어느 누구도 그를 타박하지 않았다. 아니, 도리어 동조하는 분위기였다.

"헐, 며칠 전까지만 해도 화살받이나 하라더니, 이제 상대가 좀 만만하게 보이니깐 후방이나 지키라고?! 빌어먹을… 저놈들 정말 NPC 맞아? 뭐가 이렇게 치사해?"

얼마 전까지 연합군의 전면에서 선봉을 자임했었던 유저

들. 그러나 지금은 후방에서 병참기지를 지키는 신세가 되어 있었다. 자연 오늘 있을 전투에 기대가 컸던 유저들로선 불만이 폭주! 심지어 몇몇 길드는 그대로 연합군에서 탈영하는 초강수까지 뒀다.

하지만 대다수의 유저들은 구시렁거리면서도 후방으로 이동할 수밖에 없었으니… 아무리 대우가 불만스럽다고 해도, 그들은 연합군에 고용된 용병의 입장.

계약 해약으로 인한 위약금은 무서운 법이다.

그리고 그런 불만과 구시렁 사이에서 홀로 냉정을 유지하며 안도의 한숨을 내쉬는 사람도 있었다.

'휴우~ 다행이다. 후방 지역이라면 그가 올 때까지 아무 탈 없이 기다릴 수 있을 거야.'

신성 연합군에 있는 '그', 로빈을 애타게 기다리는 후레지아. 그녀는 지금 상황이 도리어 기껍기까지 했다. 지난 며칠간 10만에 달하는 거대 집단의 수장으로서 책임감과 스트레스로 인해 이미 그녀는 거의 한계에 도달한 상태. 만약 예정대로 유저들이 대회전의 서전을 장식했다면, 최악의 경우 그녀 스스로 무너졌을 터.

하지만! 이렇게 후방에서 대기하는 이상 로빈이 올 때까지 적어도 본전(?)은 유지할 수 있으리라.

때문에 후레지아는 지금과 같은 상황에 전혀 불만이 없었고, 그 탓에 유저들의 불만을 달래야 한다는 의무감(?)을 느꼈다. 거기다 때마침 그녀의 눈앞에 나름대로 좋은 핑곗거리까지 보인다.

"자자~ 진정하세요. 그런 식으로 따지면 우리뿐만 아니라 저기 계신 마탑의 마도사님들 역시 같은 입장이십니다. 그러니 우리도……."

"에이~ 저 사람들이야 제 스스로… 으악~"

누군가 눈치노 없이 후레지아의 말에 초를 치다가 바로 응징을 당했다.

"험험~ 단장님이 그렇게 말씀하시니, 그냥 넘어가도록 하죠. 뭐, 어차피 데스로드와의 일전이 끝난 것도 아니고… 어쩌면 우리에게도 기회가 올 수도 있겠지요."

역시 미인 오라의 위력은 막강했다. 전쟁터에서조차 품위를 찾는답시고 후방에서 티타임을 즐기는 마도사들을 핑계로 댔음에도 도리어 호응을 얻는 후레지아. 그녀의 그런 노력 아닌 노력 덕분에 사람들의 흥분은 빠르게 식어갔다.

그렇게 한껏 과열된 흥분이 식자, 이젠 후방의 안전지대에 있다는 여유 탓일까? 유저들은 속속 로그아웃을 하거나 혹은 간만에 하우스(?)를 열어 친목을 다지는데…….

덕분에 방금 전까지 100만 대군이 주둔했던 야영지는 지나치게 한산하게 되었고, 자연 사주 경계는 소홀해질 수밖에 없었다. 한마디로 완벽한 방심 상태.

그리고 '그것'은 그런 방심을 틈타 너무나 갑작스럽게 등장했다.

—크아아아아아~

"뭐야? 이게 무슨 소리야?!"

"에? 벼락이라도 치나?"

난데없이 하늘에서 들려오는 괴성에 화들짝 놀라는 유저들과 엉덩이 무거운 마도사들. 그들이 황급히 하늘을 쳐다봤을 땐… 거대한 하늘의 재앙이 그들을 내려다보고 있었다.

인산인해(人山人海), 사람이 헤아릴 수 없을 만큼 많이 모인 상태를 말하는 가장 일반적인 표현이다. 그리고 지금 이 순간, 수한의 눈앞에 펼쳐진 광경에 너무나 적합한 표현이었으니… 전면을 가득 메운 대륙 연합군의 진영은 좌우를 둘러봐도, 그 끝이 보이지 않는다.

"젠장, 진짜 많네."

수한의 투덜거림 속에서도 점차 늘어만 가는 대륙 연합군의 병력. 어찌 된 노릇인지 그 증가세가 끝이 없다. 아니, 수한 측과 연합군 선두가 마주 선 지 세 시간 가까이 지났음에도 후방의 병참기지에서 출발조차 못한 병력이 있을 정도다. 한마디로 정말, 너무, 지나치게 많았다.

그 탓일까? 병력의 통제와 진영 구축에 정신이 없는 대륙 연합군. 수한 측 진영과 고작 1㎞ 거리를 둔 상황에서 진영이 완전히 갖춰지기 전까지 교전을 시작할 의향이 전혀 없어 보였다. 굳이 설명하자면, 자신들 병력이 월등히 앞선다는 자신 감에 아예 배짱을 부리는 모양새. 상대방 입장에선 자칫 자존심이 크게 상할 만한 광경이다.

그러나! 정작 그런 연합군의 행동은 수한이 바랐던 바였으니…

"토일, 어때? 저렇게 길게 늘어섰는데 '범위'에 전부 들어가?"

―예, 아슬아슬하지만 어찌어찌 될 것 같습니다.

"휴우~ 다행이군. 그나저나… 크크크. 토일의 '그거' 제법 쓸 만한데? 그럼 슬슬 시작해 볼까?"

―예스, 마스터. 연합군 측 병력이 90%가량 이동했을 때 이미 '신호'를 보냈습니다.

"호오~ 그래? 그럼, 저쪽에선 이미 시작했겠군."

삼대마탑 중 하나인 '철벽마탑'은 1차 항마전쟁 당시 데스 로드의 진격을 홀로 일주일이나 막아선 것으로 유명한, 방어 계열 마법을 특기로 한 마탑이다. 그리고 그때 당시의 엄청난 상흔으로 인해 최근 들어서야 간신히 삼대마탑 중 하나로서 그 위세를 회복한 곳이기도 했다. 자연 철벽마탑이 지닌 데스 로드에 대한 증오와 두려움은 남다를 수밖에 없었고, 탑주를 비롯한 대다수의 고위 마법사들이 지금의 대륙 연합군에 합류한 건 지극히 당연한 수순이었다. 그러나…

"쯧~ 괜히 이곳까지 발품을 팔았군. 하지만 설마 어설프게 소환된 반쪽 데스로드일 줄이야……."

50년 전과 비교하는 것조차 아까운, 심지어 인생무상(?)과 비애감마저 느껴지는 데스로드의 전력에 고개를 설레설레 흔드는 철벽마탑의 탑주. 선대의 원한을 갚기 위해 탑의 전력을 총동원한 것이 괜히 부끄럽다는 게 솔직한 그의 속내였다. 덕분에 지금은 완전히 의욕 상실, 후방에서 골방 늙은이 흉내를 내는 게 현재 그의 상황.

그리고 그런 방관 모드는 다른 마탑 역시 마찬가지다.

최근 마족에게 마탑이 무너지고 견습 마법사들을 대부분 잃은 '폭격의 마탑'의 경우, 처음엔 복수를 부르짖으며 선봉을 자처했었다. 데스로드와의 원한이 슬슬 잊혀져 가는 철벽마탑과는 달리 극히 최근에 피해를 입은 그들의 입장에선 데스로드의 존재는 결코 양보할 수 없는 문제인 것이다. 그러나… 대외적 위상을 위해 '대마왕 슬레이어'라는 타이틀이 필요했던 리든 왕국군은 모종의 로비를 펼쳐 순진한 마법사들에게 느긋이 티타임을 즐기는 여유를 선사해 버리는데… 역시 자금 압박 앞에선 마법사도 어쩔 수 없다는 건가?

그리고 마지막 남은 삼대마탑, '빛의 마탑'은… 애초부터 대륙의 위기에 관심조차 없는 마법 실험광들이 모인 곳. 그 탓에 빛의 마탑에선 그저 생색내는 수준의 중견 마법사들을 파견했고, 연합군 수뇌부는 그들이 큰 활약을 펼칠 가능성이 전혀 없다는 판단하에 특별히 종군을 허락해 줬다.

결국 이런저런 이유들로 인해 연합군 내 가장 강력한 전력이라 할 수 있는 마도사들은 죄다 후방에서 느긋이 내기 체스나 독서, 혹은 낮잠을 즐기는 등 평상시(?)와 다름없는 일과를 보내게 되었으니…

그런 방심의 대가는 너무나 치명적이었다.

—크아아아아~

대기를 진동시키는 짝퉁(?) 드래곤 피어. 비록 진룡(眞龍)의 그것만큼의 위력이 없다곤 하나 극히 소수의 고렙을 제외한 대다수가 스턴 상태에 빠져들었다. 그리고 그 소수의 사람에 속한.철벽마탑의 탑주는 자신을 내려다보는 그 위압적인 거체의 존재에 경악했다.

"본 드래곤?!"

족히 100m가 넘어 보이는, 뼈만으로 이루어진 거체. 최소 에이션트 급 드래곤의 사후 생성된 존재임이 분명했다. 그리고 그런 존재가 지금과 같은 시기에 이곳에 나타났다는 의미는…

"내가 무슨 짓을… 선대의 참극을 상기했어야 했는데……."

썩어도 준치라 했다. 마계의 오대마왕 중 하나인 데스로드의 능력을 어찌 한낱 인간이 함부로 예단할 수 있단 말인가? 철벽마탑의 탑주는 상대의 전력을 과소평가한 자신의 성급함을 뼈저리게 후회했다. 하지만 지금은 그렇게 후회만 할 때가 아니었으니…….

─크아아아아아~

다시 장내에 울려 퍼지는 드래곤 피어. 뒤늦게 부랴부랴 막사 안에서 뛰쳐나와 본 드래곤에 대응하려던 사람들은 앞서와 마찬가지로 하나둘씩 쓰러졌다.

보는 사람이 다 어이없을 정도로, 마치 도미노마냥 우르르 쓰러지는 사람들. 후방 지역이라는 안도감에 지나치게 경계를 소홀히 한 대가는 그렇게 참담하기까지 한 결과를 낳았다.

그리고 그 광경에 입술을 질끈 깨무는 철벽마탑의 탑주.

"크윽~ 이대로 당할 순 없지!"

마도사로서의 자존심이 있지, 어찌 이대로 순순히 당하겠는가? 철벽마탑의 탑주는 마도사다운 냉정함으로 그 즉시 공격 마법을 캐스팅하기 시작했다. 일단 저 골격미 넘치는 덩치의 주둥이부터 막으려는 생각. 그러나 그런 재빠른 판단에도 불구하고, 본 드래곤에게 제일 먼저 일격을 가한 사람은 정작 따로 있었다.

콰쾅~

─크아아아아아아~

"크카카카! 놈! 여기 내가 있다!"

격렬한 폭음 사이로 들려오는, 뭔가 자기 어필에 서투른 누군가의 외침. 방금 전까지 느긋이 티타임을 즐기던 폭격의 마탑의 탑주였다. 역시 공격 마법에 특화된 마도사다운 빠른 마법 공격. 이에 질세라 철벽마탑주 역시 그 공세에 가세한다.

파지직~ 콰쾅!

—크아아아아~

두 마도사의 연달은 공격에 잠시 주춤하는 본 드래곤. 그 틈을 타 스턴 상태에 빠졌던 사람들 역시 상태 이상에서 벗어나 공격에 합류했다. 덕분에 사방에서 날아드는 마법, 화살, 기타 각양각색의 공격에 노출된 본 드래곤은 잠시 정신없이 샌드백 신세를 면치 못하는데.

…그런데 시간이 지날수록 뭔가 낌새가 이상하다?

고오오오오~

"이런,,브레스닷~ 막앗!"

드래곤 피어를 발산해 시간을 끈 뒤 자신의 방어력과 항마력을 믿고 곧바로 브레스를 준비했던 본 드래곤. 딜레이가 긴 만큼 그 위력 역시 막강한 본 드래곤의 프리징 브레스(Freezing Breath)는 한창 공세에 신이 났던 사람들에게 그대로 작렬했다.

콰콰콰콰콰쾅~

본 드래곤, 아니, '데스윙' 의 입에서 방사형으로 뿜어져 나온 냉기의 결정체. 극저온 데미지는 둘째 치고, 그 자체 충격파만으로도 사람들은 갈가리 찢겨 회색으로 물들어간다. 그나마 철벽마탑주의 삼중 에어실드가 어느 정도 버티나 싶었지만…

쩌쩡!

"아아아악~"

9서클 앱설루트 실드조차 막아내기 버거운 공격을 어찌 마도사 따위(?)가 구현한 방어 마법이 막아내랴? 철벽마탑의 탑주 역시 잠시 후 주위 사람들과 마찬가지로 그대로 회색으로 물들며 세상에 환원되었다. 그리고 그렇게 마지막 저항다운 저항이 사라지자 이제 마음 놓고 날뛰기 시작하는 데스윙.

―크아아아아~

쿠콰쾅!

"아아악~"

아예 하늘에서 내려와 온몸으로 나뒹구는 데스윙의 파괴 행위에 아비규환이 된 연합군 병영지. 그나마 몇몇 유저들이 저항하긴 있지만, 브레스 공격에 대다수의 고렙들이 회색으로 물든 탓에 그야말로 중과부적의 형세라… 결국 데스윙의 날뜀은 시간이 지날수록 자유분방해졌고, 비명성은 더욱 커져만 갔다.

그리고 그 파괴의 현장의 한가운데에서 눈물을 떨구는 후레지아.

"흐흐흑~ 미안해요, 로빈. 저도 더 이상은……."

데스윙을 맞이해 그녀 나름대로 노력했으나, 레벨 300의 사제의 힘으론 턱없이 부족한 법. 사제용 언데드 공격기, '턴 언데드'를 해봤자 데스윙은 간지럽지도 않다는 반응이었다.

이에 후레지아는 미처 로그아웃을 못한 길드원들을 피신시킴으로써 간만에 길마 이름값을 하고자 애를 썼지만… 그 대가는 서서히 회색으로 물들어가는 그녀의 육신.

대혼란의 중심에서 얼쩡거린 이상 당연한 결과라고 할까?

그리고 혼란에 빠진 유저들을 그나마 추스르던 후레지아가 사망하자 상황은 더욱 악화일로. 중구난방으로 뛰어다니는 유저들 틈에서 데스윙만 신이 났다. 결국 뭐 하나 제대로 된 반격조차 못한 채 완전히 초토화가 되어버린 대륙 연합군의 후방 병영지.

2차 항마전쟁의 첫 번째 대회전은 그렇게 단 한 기의 본 드래곤의 활약상으로 시작되었다.

"큰일입니다! 무전사 말로는 연합군 병참기지에 본 드래곤이 기습, 최소 1만의 사상자와 식량을 비롯한 병참 물품이 거의 소실되어…….."

데스윙의 기습 공격에서 간신히 생존한 유저가 팬 사이트에 올린 긴급 정보. 그 내용에 신성제국군 진영, 보다 정확히 말하면 란슬롯과 그의 재앙토벌대 동료들의 막사가 발칵 뒤집혔다.

쾅

"젠장, 우리가 올 때까지 어떻게든 기다릴 것이지. 그랬으면 그딴 피핸 입지도 않았을 텐데…….."

"야야~ 진정해. 솔직히 말해 우리 좀 늦었잖아. 거기다 얘기를 들어보니 바로 코앞까지 왔다던데……."

막사 안 탁자를 내려치며 분통을 터뜨리는 성질 급한 레드. 신성제국군과 합류하지 않은 채 데스로드와 전면전이 붙은 연합군을 욕하며 분기를 드러낸다. 이에 어느 정도 분별력이 있는 팝콘은 그런 그를 진정시키려 애를 쓰는데… 다만 거기서 문제가 있다면 레드를 진정시킨답시고 꺼낸 그의 말이 란슬롯의 가슴속 상처를 사정없이 헤집었다는 점.

"휴우~ 죄송합니다. 저 때문에……."

"헉? 에, 그게……."

데스로드의 각성에 큰 공헌을 했다는 죄목으로 이단 심문관에게 사흘 밤낮을 시달렸던 란슬롯. 그리고 교단을 대표하는 무력이자 그 명성이 자자한 나인스타 중 한 명에 대한 이단재판으로 인해 한 달 가까이 늦어진 신성제국군의 출정. 신성제국 측이 연합군에 가장 늦게 합류하게 된 건엔 그런 숨겨진 사정이 있었던 것이다.

자연 팝콘의 말에 기가 죽어 축 늘어진 란슬롯. 가뜩이나 동료 성기사들의 시선이 안 좋은 터라 더욱 기가 죽은 모습이다. 덕분에 레드의 흥분으로 인한 막사 안의 뜨거웠던 열기는 순식간에 피식 꺼져 버리는데… 다행히 로빈이 다른 화제를 꺼냄으로써 재차 분위기를 살린다.

"험험~ 그나저나 걱정이군요. 언뜻 얘기를 들어보니 유저들 대다수가 로그아웃을 해서 '아주' 큰 피해가 없었다곤 하지만… 식량과 병참의 완전 소실이라니… 당분간 지금의 대륙 연합군의 대병력을 유지하는 건 조금 어렵게 되었습니다."

"헉?! 그럼, 그녀… 아니, 데스로드가 장기전을 노린다는……."

"아니오, 그렇진 않습니다. 현재 전 대륙이 데스로드에게 대항하기 위해 하나로 뭉쳐진 상태. 보급에 약간 차질을 빚어 군대가 조금 나누어질지언정 그대로 와해되진 않을 겁니다. 뭐, 사방이 보급 창고나 다름없으니… 다만 오늘 있을 전면전 뒤 잠시 동안 군사적 '절대' 우위가 무너진다는 게 조금 마음에 걸립니다. 제 생각엔 데스로드가 그 틈을 타 뭔가를 노릴 듯……."

지금까지도 이해할 수 없는 그 이동 경로와 파악조차 되지 않는 데스로드의 목적. 압도적인 병력 차로 승리를 자신하되 일말의 불안을 드러내는 로빈이다. 하지만 주위의 단순한 사람들에겐 그게 아닌 모양.

"에이～ 난 또 뭐라고… 시간은 좀 걸리겠지만 결국엔 이기겠네, 뭐～ 아무리 그래도 쪽수 차가 그렇게 나는데……."

"아까 얘길 들어보니 구울도 겨우 만 마리밖에 없다던데… 그럼, 일을 꾸며봤자 그리 큰일은……."

현 상황을 비교적 낙관적으로 보며 별다른 걱정이 없는 레드와 팝콘. 피해는 좀 입겠지만 결국엔 자신들이 승리한다는 식이다. 그리고 언뜻 들으면 그들의 생각이 옳은 것 같기도 한데…….

하지만 조금 전부터 로빈의 뇌리엔 뭔가 불길한 예감이 도통 떨어져 나가질 않는다. 왠지 수한이 뭔가 큰 것을 노리는 듯한 느낌이라고 할까? 그리고 그런 그의 불안의 원인은…

'모든 예측을 단번에 뒤엎을 수 있는 절대적 강함. 과연 이대로 호락호락 무너질까?'

대마왕으로서의 각성의 순간 수한의 그 절대적인 힘에 전율했던 로빈. 그는 필승을 부르짖는 주위 분위기와는 달리 도저히 불안을 떨칠 수 없었다.

Chapter 4

대군과 충돌하다

노트북 초호기(?)부터 8호기까지 동시에 가동하며 여덟 대의 모니터 내용을 쉴 새 없이 확인하길 보름째. 마침내 목적을 달성한 수영은 다크서클로 눈가를 진하게 화장한 채 환호성을 질렀다.

"뚫었다!!"

'NEW WORLD' 내 주신(主神)인 인공지능 '루나' 의 전신이자 운영팀과 가상현실을 이어주는 매개체 역할을 하던 슈퍼컴퓨터. 그 명성만큼이나 철벽같던 내부 보안 시스템을 무력화시키고, 마침내 수진은 원준이 숨긴 '그 무언가' 를 잡아낸 것이다.

그리고 그 내용을 확인하는 순간 수영은 물밀듯이 몰려오는 피로가 단숨에 사라질 정도로 경악했다.

"이, 이게 뭐야? G.T. 13,523시간 전 필멸자 18호 생성? 그것도 자체 생성의?!"

'필멸자(必滅者)', 운영팀의 '세상'에 대한 영향력 확대를 목표로, 3운영팀의 팀장인 길범의 주도 아래 진행했던 프로젝트. 그 내용은 유저이면서 동시에 NPC로 인식되는, 게임설정 제약에서 벗어난 '초인(超人)'을 인위적으로 생성한다는 것이었다.

하지만 당장이라도 폭렙을 거듭하며 게임 내 '절대지존'을 양산할 것 같았던 그 프로젝트는 일반 유저들과는 달리 단 한 번의 죽음이 곧 캐릭 소멸로 이어진다는 필멸자의 치명적인 약점으로 인해 결국 16번의 시행착오 끝에 동결되어졌다.

그러나 그 필멸자 프로젝트가 서서히 잊어질 즈음 운영팀의 통제에서 벗어나 세상 내 '자체 생성 코드'로 덜컥 '17번째' 필멸자가 되어버린 존재가 있었으니… 그가 바로 수영의 하나뿐인 남동생이자 영원한 꼬붕, 그리고 절대저주 캐릭인 수한. 그리고 그렇게 '단순운빨'로 필멸자가 된 수한은 현실 시간으로 단 1년 남짓 만에 천하제일고수—팔선을 제외한—가 되어 마교의 교주로서 청제국을 쟁패했다.

그런데 지금 이 순간, 그 엄청난—수한 같은 어리버리조차 먼치킨 중급으로 만든―잠재력을 지니고 있는, 그것도 그 정체조차 파악되지 않은 새로운 필멸자가 포착된 것이다.

'일단 시간상으로 보면 수한 녀석이 팔라스 연합으로 넘어가기 고작 몇 달 전에 필멸자가 되었다는 건데… 하지만 지금까지 살아 있다면 필멸자의 특징상 결코 만만치 않는 괴물이 되었겠지. 그럼 슬슬 부각을 나타날 때가 되었을 텐데… 대체 누굴까?

피로와 충격으로 인해 잠시 멍하니 앉아 있틴 수녕. 그러나 이내 냉정을 되찾은 뒤 지금 알게 된 충격적인 사실을 토대로 맹렬히 머리를 굴리기 시작했다.

'필멸자' 라 함은 상대가 곧 유저, 적어도 세상 내 NPC가 아니란 뜻이다. 그리고 수한과 같은 자체 생성인 만큼 타 운영팀의 의도적인 개입, 즉 길범과도 아무런 연관이 없다는 의미. 어찌 생각하면 수한과 같이 '단순운빨' 로 유저 중 한 명이 우연스럽게 필멸자가 된 것일 수도 있다. 하지만…

"문제는 원준 녀석이 이 사실을 숨겼다는 점이지."

루나를 통해 리버스 일당의 속내를 파악하겠다는 당초의 목표는 어디 가고, 어찌 된 노릇인지 늘어만 가는 의문들. 그러나 어쩌면…

"…일단 확인부터 하자."

머릿속으론 설마하지만, 그래도 왠지 그럴 것 같은 예감. 수영은 그런 자신의 생각을 그녀 스스로 불신하면서도 다시

키보드를 두들기기 시작했다. 그리고 그렇게 한참 컴퓨터와 실랑이를 벌인 끝에 마침내 모니터상에 나타난 필멸자에 관한 정보.

"으음~ 역시……."

기본적으로 깔린, 개인 정보에 대한 보안 시스템 탓에 필멸자의 구체적인 신원 정보를 아는 것은 불가능하다. 하지만 가상현실 내 모든 정보가 거쳐 가는 슈퍼컴퓨터에 아무런 단서가 없을 리 만무. 적어도 그 위치 파악 정도라면 어찌어찌 편법을 써서 알아낼 수 있다. 그리고 지금 수영이 찾아낸 정보는 새로운 필멸자가 장시간 거주했던 위치! 이제 그것을 파악한 이상, 옵저버들을 동원해 차근차근 필멸자의 종적을 추적하는 게 정석이리라. 하지만…

"빙고! …라고 해야 하나? 자이드 제국의 황도, '홀리 그라운드'란 말이지? 이거 따로 조사할 필요도 없겠군."

공교롭다고 해야 할지, 아니면 당연하다고 해야 할지 수영이 내심 필멸자 후보 1순위라 여겼던 자와 실제 필멸자가 한 동네에 산다. 그렇다면 더 이상 무슨 조사가 필요하겠는가? 거기다…

"큭, 필멸자란 말이지… 그래, 그 정도는 돼야 말이 되지."

마왕인 수한을 거의 가지고 놀던 그 말도 안 되는 능력을 봤을 때부터 뭔가 미심쩍었다. 그러나 그 능력이 필멸자의 그것에서 비롯된 것이라면… 수영은 '리버스'가 지닌 그 비정상적인 강함이 이제야 어느 정도 이해가 되었다. 그리고 거기에 덧붙여…

"단순히 정복욕에 들뜬 NPC가 아니라 뭔가 꿍꿍이속이 있는 유저란 말이지? 그리고 그 일엔 당연히 원준 녀석이 연관이 있을 테고……."

이거 참… 점점 흥미진진해진다 해야 하나? 어쨌든 이런 내막을 안 이상 이곳, 제1운영실에 있어봤자 시간 낭비. 이제 남은 건 원준을 달달 볶아 모든 흑막의 전모를 파악하는 것뿐.

하지만 그전에 먼저…

"일단은 한숨 좀 자고 나서 족치자. 아함~"

앞으로 벌어질 대격전을 대비한 휴식일까? 수영은 정말 오랜만에 수마의 유혹에 그대로 몸을 맡겼다.

*   *   *

뿌우우우우~
둥둥둥~

대륙 연합군 진영 전면에서 울려 퍼지는 뿔나팔 소리와 북소리. 그에 맞춰 대지를 뒤흔드는 발구름. 100만이라는 숫자는 그 자체만으로도 절대적 폭력을 행사하고 있었다. 그리고 그 '절대 우위'로 인한 자신감은 연합군 진영 전체에 퍼져 시간이 지날수록 더욱 확장, 증폭되는 전의와 기세.

"우와와와와~"

언제부터일까? 점차 수한 측 진영과 가까워짐에 따라 연합 군 진영 곳곳에서 터져 나오는 함성 소리. 전장의 광기에 잠 식되어 자신도 모르게 내지르는 그것은 연합군 전체를 집단 광란 상태로 빠뜨리기에 충분했다.

그리고 그런 집단 광란에도 불구하고, 윗선의 지시에 따라 무려 10㎞에 걸쳐 펼쳐진 연합군의 진영은 서서히 반원을 그 리기 시작하는데… 아주 노골적으로 포위망을 구축, 수한들 을 사방에서 압박하려는 속내. 그러나 그 광기의 물결이 수한 과 그의 권속들을 단숨에 몰아치기 직전!

누구도 예상치 못한 이변이 발생했다.

콰콰쾅!

이제 막 대륙 연합군의 월등히 많은 병력이 수한의 어둠의 군세를 뭉개 버리려는 찰나, 인해(人海)의 뒤편에서 들려오는 꽝음과 대지를 통해 전해져 오는 충격파. 그것이 데스윙의 프 리징 브레스에 의한 것임을 모르는—…알았다면 더 큰 혼란이 발생했겠지만—연합군 수뇌부로선 일시지간 공황 상태에 빠졌다.

"뭐야? 대체 무슨 일이 벌어진 거야?!"

"어떻게 된 일인지 어서 전령을 보내 알아봐!"

"젠장. 무시해! 코앞에 적이 있다!"

애초부터 명령 체계가 단일화되지 않은, 다수의 연합 세력이 모여 형성된 연합군이다. 그 탓에 예상치 못한 돌발 사태엔 그야말로 속수무책. 계속 공세를 유지할지 잠시 물러설지조차 의견이 분분하여 각국의 수뇌부들은 허둥대기 시작했다.

누군가 절대적인 카리스마를 발휘해 사태 수습에 나서면 좋으련만, 죄다 고만고만한 녀석들뿐이니… 항마전쟁 이후 지난 50년 동안 지금과 같은 대규모 회전이 없었던 탓에 이런 대병력을 지휘할 만한 지휘관이 없었던 것이다. 거기다 처음부터 총사령관이라는 감투라도 만들었으면 좋았을 텐데, 전공에 눈이 멀어 지휘 체계를 통합할 생각조차 하지 않았으니…

자연 그런 지휘부의 혼란은 연합군 전체 진영의 혼란으로 이어졌다.

"어어~ 밀지 마!"

"간격을 넓혀! 아악~ 깔린다!"

조금 전까지 질서정연하게 진영을 구축했던 대륙 최강 정예병들은 어디 가고 지금은 완전히 오합지졸의 형세라… 단숨에 모든 것을 끝낼 생각에 너무나 많은 병력을 한곳에 밀집했던 것이 총사령관 부재에 이은 또 다른 패착이었다.

그리고 그런 어처구니없는 광경을 바로 코앞에서 바라보는 누군가의 입장에선 절로 입가에 미소가 그려지는데…….

"크크크크, 이거 예상치 못한 효과인데? 데스윙이 정말 제대로 한 모양이야. 시드의 말대로 어젯밤 무리한 보람이 있었어."

사방에 깔린 정찰대의 눈을 어둠과 이형환위의 힘으로 속인 뒤, 연합군 후방에 몸소 데스윙을 살포시 떨구고 왔던 수한. 지금과 같은 옵션 효과에 만족하며 악당다운 다크 포스를 내뿜는다.

하지만 데스윙의 기습 난동은 어디까지나 연합군의 전.멸. 이후의 후속 조치를 한발 앞서 한 것에 지나지 않았으니… 한마디로 일종의 여흥이자 대회전의 시작을 알리는 신호탄이었던 셈. 지난 사흘간 수한과 시드들이 머리를 부여잡으며 짜낸 '작전' 은 이제부터가 진짜 시작이었다.

"자자~ 시드의 말대로 후방 교란은 끝났으니 이제 슬슬 놀아볼까나? 연합군 본대가 조금 흔들긴 했지만, 기껏 연습까지 했는데… 일단 큰 거 한 방부터!"

우우우우우웅~

양손에 모여드는 경력과 그로 인해 생성되는 두 개의 장환. 이어 두 개의 장환은 하나로 합쳐져 응축과 고속 회전을 거듭해 거대한 '강기탄' 으로 화했다. 그리고 수차례 연습을 통해 정해둔 '기준치' 에 도달했음을 손끝으로 느끼는 순간, 마침내 발사!

우우우우우웅~

거대한 에너지의 순간적인 방출로 인해 격렬하게 요동치는 대기. 그리고 그런 대기를 가르며 연합군 진영을 향해 쇄도해 가는 거대한 충격파. 코앞의 대적을 앞두고 자중지란에 빠졌던 대륙 연합군은 제대로 대응조차 못한 채 '절대강환포'의 희생양이 되었다.

콰아아아아앙!

"아아악!"

"케에엑?! 이게 무슨……?!"

뭐라 필설조차 할 수 없는 어마어마한 충격파에 비명을 내지르며 사방으로 튕겨져 나가는 중장보병들. 그 튼실한 방어 궁갑을 무기도 선면에 배치된 탓에 그 대가를 톡톡히 치른다.

그러나 그들은 그나마 운이 좋은 편. 수한의 정면, 일직선상에 있던 대다수의 사람들은 회색으로 물들 새도 없이 그대로 '증발'해 버렸다. 그리고 연합군 측이 간신히 제정신을 차리고 상황을 파악했을 땐…

"이건… 말도 안 돼!"

그 폭이 족히 십 미터에 달하며 길이는 무려 1㎞에 이르는 거대한 운하(?). 수한을 기점으로 연합군 진영의 중심부까지 이어진, 그 역사적(?) 결과물에 연합군 병사들은 잠시 말을 잃었다. 아무리 상대가 대마왕이라지만, 이건 정말 너무하지 않은가?

그러나 정작 그 놀라운 대공사의 주재자는 뭔가가 불만스러운 모양.

"쳇, 완전히 관통할 줄 알았는데… 역시 숫자가 워낙 많으니 무리가 있군."

일격에 족히 수천 명, 아니, 만 단위 이상의 사상자가 발생했음에도 뭔가 아쉬움이 남는 수한. 아마 연합군 진영이 완전히 두 쪽으로 양단되길 바랐던 것 같다.

하긴 방금 전 공격에 그의 먼치킨스러운 마나량이 절반이나 소모되었으니 그 기대치가 한없이 높을 수밖에. 마나를 투자한 만큼 그 위력이 더욱 증대되는 '절대강환포'인 만큼, 그런 그의 기대가 아주 잘못된 것도 아니리라. 하물며 대마왕으로 승급한 이후 그 위력이 1.5배나 더욱 강화된 상태였으니…

그러나! '대먼치킨 중급 장거리 저격용 일격 필살기' 다운 터무니없는 위력―하긴 드래곤조차 일격에 작살내는 스킬이니 따로 무슨 설명이 필요하겠는가?―탓에 범위 스킬이란 터무니없는 오해를 받곤 하지만, 절대강환포의 기본 설정은 어디까지나 대인공격용 스킬. 폭발형이 아닌 직선 광선형 공격 스킬로써 다수 허접 캐릭들이 아닌, 일인의 절대강자를 상대하기 위해 수한이 머리를 굴려 조합한 스킬이다.

다시 말해 절대강환포는 애초부터 대량 학살을 목적으로 조합, 생성된 스킬이 아니라는 뜻. 그 탓에 위력 면에선 드래곤 브레스조차 능가한다곤 하나, 마나 소모 대 효율비는 극악 중의 극악. 차라리 그 소모 마나량으로 십방장환을 연달아 전개하는 게 대량 학살 면에선 더욱 효과적이리라.

즉, 초반부터 자신의 가장 강력한 무기 절대강환포를 선보인 수한의 진짜 목적은 연합군의 수를 줄이는 것이 아니었다.

"뭐, 그래도 일단 '틈'을 벌려놨으니… 이제 본격적으로 해볼까?"

뭔가 의미심장한 소리를 중얼거리며 품 안에 손을 집어넣는 수한. 잠시 뒤 그의 행랑창에서 나온 건 언젠가 한 번 선보인 적이 있는 드레이크 뼈다. 그리고 그 수는 무려 수십여 개!

"크크크, 지금과 같은 경우를 위해 아껴뒀는데… 좋아, 이번 기회에 아주 제대로 한번 질러보자!"

'어둠의 탑' 당시, 탐험기 및 유서 학살용으로 애용했던 스켈레톤 소환용 재료! 수한은 대회전을 앞두고 올인을 선언했다. 그리고 그런 그의 의지에 따라 서서히 몸을 일으켜 세우는 수백, 수천의 스켈레톤들.

―크오오오오~

"아이고~ 그놈들 참 늠름하기도 하지."

어느 틈엔가 마스터에 도달한 수한의 '라이즈 스켈레톤(Raise Skeleton)' 스킬. 거기에 대마왕 승급과 템빨로 인한 마법 효과 상승에 대한 옵션.

그 탓인지 소환된 스켈레톤의 기세가 평상시완 차원이 다르다. 소환되자마자 하늘을 향해 포효하질 않나, 본 아머와 본 소드에 본 실드까지… 그 모양새는 척 보기에도 단순한 병졸이 아닌 기사의 그것과도 같았다. 자연 그 모습에 흡족한 수한.

…하지만 아직 끝난 게 아니다.

"토일! 다음 단계로!"

—예스, 마스터.

그렇다. 어찌 여기서 끝낼 수가 있겠는가? 지난 사흘간 준비된 것은 이제부터가 시작인 것을. 그리고 그런 기대에 부응하듯, 수한의 부름에 양팔을 활짝 펼치며 뭔가를 준비하는 토일. 이어 고조되는 분위기 속에서 마침내 터져 나오는 토일의 외침!

—어둠의 축복(Blessing of Darkness)!

히이이잉~

토일의 의지가 발현됨과 함께 스켈레톤 나이트들을 삽시간에 뒤덮는 검은 기류. 그리고 토일이 간만에 활약을 마쳤을 땐 스켈레톤 나이트 전원이 해골마를 탄, 기마병의 모습을 하고 있는 게 아닌가?

그런데 그 멋들어진 광경에 자신도 모르게 딴지를 거는 수한.

"이햐~ 그것참, 템빨 스킬치곤 너무 좋은 거 아니야?"

—허험~ 마스터, 마법 무구를 착용하는 것도 어디까지나 능력이 돼야 가능한 겁니다.

'어둠의 축복', 능력 치 상승과 최강 모드(?) 구현이라는 어둠의 사제 전용 최상급 스킬! 그런 대단한 스킬을 단지 템빨의 힘에 의지, 자유자재로 구현하는 토일의 모습에 수한이 조금 질투가 난 모양이다. 하지만 아이템에 걸린 이상한 제한들—라고 쓰고 저주라고 읽자—탓에 차마 욕심을 못 내는 수한.

아쉽지만 대미궁에서 슬쩍한 대부분의 아이템들은 어디까지나 토일과 시드 전용 물품인 것이다.

결국 수한이 '어둠의 축복' 같이 멋있고(?) 쓸 만한 스킬을 얻으려면 스킬북을 통해 습득하는 방법밖에 없다는 건데… 대마왕이란 타이틀 덕에 스킬 습득 제한이 전무, 일단 익히는 순간 그 숙련도는 99.9%다. 만약 스킬북만 있다면 지금 당장이라도 토일 이상으로 잘 활용할 자신이 있는 수한이다.

하지만 1차 항마전쟁의 여파로 흑마법사는 토일을 제외하고 완전히 멸절된 상태. 그 탓에 흑마법 관련 스킬북(마법서) 역시 완전히 대륙 내에서 찾아볼 수 없는 상황이었다. 뭐, 마 속성 아이템이 그득했던 대미궁에서라면 어딘가 있을 수도 있겠지만 발록에게 워낙 호되게 당한 전적이 있는 수한으로선 그곳에 다시 갈 마음이 눈곱만치도 없었다.

자연 이곳, 팔라스 연합—청제국에서야 마교 총단에 쌓이고 쌓인 게 마공 비급이다!—에서만큼은 아무리 수한이라도 스킬 습득이나 아이템 착용이 어렵다는 소리! 수한의 주인공치곤 썰렁한 장비 내역이나 스킬 개수엔 이런 남모를 사정이 있던 것이다.

그나저나 지금은 이런 잡생각이나 할 때가 아닌 것 같은데…….

―마스터, 이제 슬슬 시작을…….

"크험~ 어쨌든 할 건 해야겠지? 기껏 틈을 벌려놨는데 다시 메워지면 곤란하니."

―아, 예, 마스터.

수한이 잠시 템빨지존에 관해 망상을 하는 사이 왠지 연합군 진영의 낌새가 심상치 않다. 하긴 연합군 수뇌부도 아주 바보가 아닌 이상 언제까지고 혼란 상태에 머무를 리 만무. 수한 측 진영에 난데없이 등장한 수천 기의 스켈레톤 나이트의 존재에 기겁하며 중장창병들을 전면에 앞세우는 모습들이 속속 보인다.

물론 그래 봤자 이미 때는 늦었지만.

"돌격!!"

―쿠오오오오오~

수한의 외침에 일제히 함성을 터뜨리며 연합군 진영을 향해 돌격하는 수천 기의 해골기마대. 기마 돌격하는 과정에서 어느샌가 일사불란하게 뱅가드를 형성, 하나의 거대한 송곳이 되어 연합군 진영을 들이치는 그 모습은 그야말로 장관이었다.

물론 당하는 입장에선 재앙 중의 재앙이었지만.

두두두두두~ 콰쾅!

"이런! 막아!"

"아직 진영이… 아아악!"

대마왕 특제 소환물인데다가 토일에게 축복까지 받은 해골기마대의 평균 레벨은 족히 400대. 그들 모두가 왕국의 기사단장 수준의 무력을 지닌 괴물들이다. 이미 수한의 절대강환포로 인해 큰 혼란 상태에 빠진 연합군으로선 그들을 감히 막아낼 방법이 없었으니… 하물며 그 사기틱한 기마대는 수한이 만든 '운하'를 목표로 돌격한 탓에, 정작 일차 충돌 지점엔 방어 진영이 전혀 구축되지 못한 상태.

결국 대륙 연합군은 해골기마대의 기마 놀격의 여파를 조금의 가감도 없이 그대로 감당해야 했다.

두두두두두~

"아악~ 크아아악~"

각양각색의 비명성과 함께 단 한 번의 일제 기마 돌격에 의해 족히 수천, 수만의 사상자가 발생한 연합군. 조금 전까지 든든한 중장보병의 뒤에서 내심 하품이나 해대던 일반 보병과 궁수대로선 그야말로 날벼락인 셈이다.

그러나 해골기마대는 거기에 만족 못하고, 재차 기마 돌격의 기세를 올리는데… 덕분에 연합군 본대의 전체 진영이 그대로 양단될 가능성까지 엿보인다. 이에 다시 한 번 뒤집어지는 연합군 수뇌부.

"빌어먹을! 1, 2군단은 포기한다! 후방 전열이나 가다듬어!"

"안 됩니다. 이미 너무 늦었습니다! 차라리 좌우측 진영을 보강하는 편이……."

"젠장, 항명이냐! 시키면 시키는 대로…….."

"기사단은?! 기사단은 지금 뭐 하고 있는 거냐?!"

"크윽! 이대론 안 돼! 진영을 재구축할 때까지 적을 견제한다! 하이퍼 기사단 출격!"

압도적인 수적 우세에도 불구하고 시간이 갈수록 더욱 악화되는 상황. 그나마 해골기마대를 견제할 수 있는 전력인 기사들과 기마병들은 혼란에 빠진 아군 보병부대에 휩쓸려 돌격은커녕 운신조차 힘든 상태였다.

그렇다고 마법사들이 광역 마법을 난사했다간 자칫 아군의 피해만을 늘릴 뿐. 결국 연합군 수뇌부는 자신들의 비장의 무기를 출동시킬 수밖에 없었다. 하지만…

─끼아아악!

"좋아, 아무리 막강한 기마 병력이라도 공중에서의 공격이라면… 어? 왠지 숫자가……?"

서서히 활공하는 와이번 나이트들의 모습에 잠시 희망을 갖던 연합군 수뇌부들. 그러다 불현듯 하늘에 떠 있는 와이번 개체 수가 지나치게 많다는 사실을 깨닫는다.

하이퍼 기사단에 소속된 와이번은 십여 기. 그런데 정작 하늘엔 족히 백여 개체가 넘어 보이는 거체가……. 그렇다면 설마?!

"크크크크. 좋아, '훈련'의 성과를 보여줘! 시드!"

─예스, 마이로드!

수한의 외침에 하늘 위에서 소리쳐 대답하는 시드. 그리고 그에 맞춰 하이퍼 기사단을 요격하는 헬 나이트들(어쩐지 모습이 안 보인다 했다).

그렇다. 지난 사흘간 나름대로 준비한 건 수한 혼자만이 아니었던 것이다.

하이퍼 기사단에 대한 대비로 근처의 와이번 군락지를 급습, 와이번들을 현지 조달한 '죽음의 기사단'. 데스윙이 지닌 마물 지배력과 기사의 무지막지한 깡다구로 빌어붙이니 결국 죄없는 와이번늘만 고생이라… 하지만 지난 사흘간의 훈련을 빙자한 구타 및 가혹 행위로 인해 와이번들은 시드와 헬 나이트들의 날틀로써 충분한 능력을 갖추게 되었다. 그 결과…

─끼아아악!

"이런, 안 돼! 아아악!"

한 기의 와이번 나이트에 우르르 달라붙는 십여 기의 야생 와이번과 헬 나이트들. 하이퍼 기사단에 비해 한 수 처지는 덩치와 역량을 쪽수로 극복하는 모습이었다. 그리고 지금까지 수십 년간 무적을 구가하던 그들의 입장에선 너무나 억울하고 허망하겠지만… '다굴불패'의 절대법칙에 따라 하나둘씩 추락하는 하이퍼 기사단.

자연 그 광경을 지켜보던 연합군 측의 입장에선 사기가 바닥을 치는 정도가 아니라 아예 무저갱으로 치닫는다. 그러나 그 정도로도 아직 부족하다는 걸까? 보다 확실한 승기를 잡기 위해 재차 쐐기를 박는 수한.

"아직 부족해! 구울 부대 진격!"

절대강환포가 바늘이고 해골기마대의 기마 돌격이 송곳이라면, 지금의 구울들의 공세는 날카로운 비수! 해골기마대가 만든 진영의 큼직한 구멍에 지금껏 수한 측 진영에서 대기하던 1만의 구울들이 달려들었다. 그리고 이내 모래에 스며드는 물마냥 진영 틈새 사이를 장악한 뒤 전황을 난전으로 이끄는데…

—쿠오오오오!

"아아악!"

"말도 안 돼! 구울 따위가 왜 이렇게 강한 거야?!"

"빌어먹을! 진영을 짜! 혼자 힘으론… 아악~"

대마왕 특제 구울답게 거의 레벨 300에 근접한 그들은 개개인이 기사 급 전력. 일반 보병 따위가, 그것도 진영조차 갖추지 못한 연합군 병사들이 당해낼 리가 없다. 자연 구울들의 파상 공세에 연합군 진영의 전면부는 완전히 붕괴되는데… 그러나 여전히 뭔가가 부족하다는 듯 연신 입맛을 다시는 수한.

"큭, 역시 수가 너무 많으니 이 정도론 부족하군."

지금까지의 전황을 언뜻 살펴보면, 수한 측이 압도하는 것처럼 보인다. 그러나 연합군의 실제적 피해는 고작 10% 내외. 그것도 부상자까지 합친 숫자가 그 정도다. 만약 지금 당장이라도 연합군이 피해를 무릅쓰고 인해전술로 밀어붙인다면 수한 역시 파탄날 게 뻔할 뻔자.

역시 100만이란 숫자는 결코 만만한 게 아닌 것이다.

하지만! 간만에 주인공다운 활약을 하려는지 수한은 이미 그것을 염두에 두고 작전을 짰었다.

"크크크. 토일, 드디어 네가 '진짜' 활약할 시간이야."

—예스, 마스터. 그 말만을 기다렸습니다.

이미 '어둠의 축복'으로 자신의 이름값을 한 토일. 그러나 그것은 어디까지나 템빨의 힘일 뿐 그의 진정한 권능은 아직 선보이지도 않았다.

'데스 템플러'로 전직한 시드의 경우 그 본신 능력에 치중한 탓인지 수한의 왼팔인 '데스 제너럴'로서의 권능이 미약하다. 아니, 나인스타 중 하나였던 본신 능력을 회복시키기 위해 수한의 '가호'가 줄어들었다는 표현이 정확하리라. 그럼에도 시드는 반경 1㎞ 내 아군(언데드)의 능력 치 10%를 상승시키는 '극대암흑오라(Absolute Unholy Aura)'라는 '특수 스킬'을 얻을 수 있었다.

그렇다면 토일의 경우는 어떠할까?

애초부터 레벨 50대 초반의 흑마법사 도제에 지나지 않던 토일. 그 탓에 데미 리치로 전직했음에도 별다른 능력도 없이 여전히 템빨에 의존하는 모습이다. 물론 레벨 499의 데미 리치라는 조건은 장비 착용 조건들을 대부분 충족, 이전엔 감히 꿈도 못 꾸던 유니크, 레어 아이템들로 도배해 웬만한 마도사급 실력을 갖춘 상태지만.

그런데 여기서 문제는! 그런 비정상적인 캐릭 특징으로 인해 수한의 오른팔, '데스 커맨더'로서의 권능이 극대화되었다는 것. 이에 토일이 얻게 된 스킬은 무려 궁극기, '절대지휘권능'!

절대지휘권능(Absolute Order Power). 일정 범위 내 모든 사물들을 실시간으로 탐지하고, 범위 내 다수의 특정 개체에게 메시지 마법을 구현할 수 있는, 말 그대로 지휘자 전용 스킬.

정찰대와 전령을 따로 쓸 필요도 없이 실시간으로 광범위 정찰과 거대 군세의 흐름을 조율한다! 이것이야말로 모든 지휘관들의 로망이 아니겠는가?

게다가 절대지휘권능의 범위는 궁극기답게 무려 반경 10㎞! 제국의 황도 규모의 범위를 단 한 명이 실시간으로 조종할 수 있다는 뜻이다. 그야말로 궁극의 사기 스킬! 그리고 지금 이 순간, 수한의 지시에 따라 그 사기 스킬이 발동되고 있었다.

위잉~

"오호~ 언제 봐도 놀라운데… 이렇게 보니 전황이 한눈에 보이잖아?"

―예, 그렇습니다, 마스터.

토일의 어깨에 손을 얹자 수한의 눈앞에 거대한 원형의 상황판이 생성된다. 그리고 그 원형판의 중심에 있는 두 개의 선명한 붉은 점은 바로 수한과 토일. 그렇다면 원형판 상층부 전체를 뒤덮은 녹색 점들과 그 사이에서 종횡무진 날뛰는 붉은 점들의 정체는 따로 설명할 필요가 없으리라.

"좋아. 일단 시드들은 저기 여기 후방 지역을 공격하고, 스켈레톤들은 현재 위치에서 좌측으로 꺾어 계속 직진, 다시 연합군 진영을 분단시켜. 아참, 그리고 중심부까지 도달한 구울들은 스켈레톤 뒤를 따라 혼란을 극대화시키라고 해. 미처 뒤따르지 못할 정도로 거리가 벌어진 구울들은 그냥 사방에 퍼뜨려서 난전을 유도하고."

—예스, 마스터.

전장의 상황이 한눈에 보인다. 거기다 자신의 유닛(?)들을 토일을 통해 실시간으로 조종할 수 있으니… 이거야말로 실시간 전략시뮬레이션 게임이 아니고 무엇이랴? 이에 신이 난 수한은 쉴 새 없이 지시를 내리기 시작했다.

언뜻 듣기엔 천재 전략가의 그것과도 같은 현기가 느껴지지만, 그 내용은 지극히 간단.

공중의 헬 나이트들이 밀집 대형의 방어진을 흩트리면, 해골기마대가 냉큼 달려와 그곳을 뭉개 버린다. 이어 해골기마대에 의해 혼란 상태에 빠진 연합군 진영에 뒤처리반인 구울들을 몰아넣으면 끝!

한마디로 병종상의 우위만을 믿고 그냥 무식하게 밀어붙이는 방식이다. 하지만 적과 아군의 병력 차, 그리고 그 병력의 위치를 실시간으로 알 수 있다는 이점을 적극 활용, 뭔가 약하다 싶은 곳을 집중 공략하니 당하는 입장에선 그야말로 각개격파!

한편 전세가 훤히 보이는 수한과는 달리 연합군 지휘부는 터무니없을 만큼 넓게 퍼진 아군 진영과 난전으로 치닫는 전황 탓에 아군의 피해 현황조차 제대로 파악하기 힘든 상태. 거기에 밀집 대형 파해 와중에 짬짬이 그들을 직접 타격하는 헬 나이트들의 존재는 지휘부로 하여금 생각할 여유조차 허용하지 않았다.

끼아아아악~

"어서 피하십시오! 뭐 하나? 호위대는 어서 사령관님을 모셔라!"

"궁수 부대! 어서 화살을 날… 아아악!"

"젠장, 너무 빨라! 방법이 없어!"

어느 틈엔가 요령이 붙었는지 하이퍼 기사단에 버금가는 역량을 선보이는 헬 나이트들. 특히 시드는 고공에서 그대로 초고속 수직 낙하, 밑에 있는 지휘부 사람들을 사뿐히 지르밟은 뒤 재차 급상승하는 공중 비행 묘기의 극을 보인다. 덕분에 연합군 수뇌부로선 미치고 팔짝 뛸 노릇. 마법이나 활로 견제하려고 해도 도통 그 속도를 따라잡을 방법이 없으니 괜히 밑에 있던 엉뚱한 병사들만 하늘에서 떨어지는 화살에 그 피해가 막심했다.

결국 그런 여러 가지 사정들로 인해 현 전황에 대한 대국적인 안목을 상실한 연합군 수뇌부. 그리고 수뇌부의 지휘 부재로 인해 연합군 최강 전력인 각국의 기사단들은 그야말로 우왕좌왕. 아군 보병들을 짓밟는 해골기마대의 뒤만 쫓다가 뒤처진 구울들을 상대하는 게 고작이다.

그나마 마법사들이 뭔가를 하면 좋겠지만… 최대한 난전을 꾀하는 수한의 꼼수 탓에 마법을 난사해 봤자 괜히 아군들의 피해만 속출할 뿐, 마법사들 역시 그저 발만 동동 구르며 해골기마대와 구울을 노려볼 따름이다.

이에 자연 해골기마대는 마음껏 종횡무진, 연합군 진영을 분단시키길 몇 차례. 연합군 진영의 혼란은 그 끝이 보이지 않았으며, 인명 피해는 계속 누적되어만 가는데…….

수한으로선 자신이 직접 나서지도 않고 수하들이 알아서 하니, 이제야 대마왕으로서 보람(?)을 느낄 수밖에 없다.

그러나… 인해전술 앞에선 모든 전략과 전술이 무용지물이라 했던가? 수한 측 개개인의 전력이 연합군 병사들에 비해 월등하고, 전장의 상황을 손금 보듯 본다곤 하지만! 역시 압도적인 병력 차이 앞에선 당해낼 방법이 없었다.

"큭~ 어느 틈에 이렇게……?"

―할 수 없지요. 연합군 측 병력이 워낙 많으니…….

언제까지고 계속될 듯하던 해골기마대의 거침없는 기마돌격. 하지만 제아무리 기사단장 급 전력이라곤 하나 사방에서 날아드는 화살과 창날 공세엔 대책이 없는 법이다. 연합군 측 피해에 비하면 조족지혈이지만, 보병들과 격돌할 때마다 조금씩 그 피해가 누적되더니, 지금에 와선 그 돌파력이 확연히 줄어드는데…….

거기다! 애초부터 워낙 많은 숫자가 동원된지라 그 큰 피해를 입고도 여전히 예비대 전력이 넘치는 연합군. 해골기마대가 한창 날뛰는 와중에 어느 틈엔가 다른 진영에 있던 중장보병들을 끌어다 그 주위에 마구잡이로 잔뜩 배치, 5중으로 밀집 방어진을 형성해 버린다.

어찌 생각하면 숫자로 밀어붙이는 단순무식한 방법이지만… 어리버리한 윗선의 최고 지휘관들과는 달리 나름대로 유능했던 현장의 소대장들이 제 딴엔 생존 전략을 구사한 것. 결국 그 과정이야 어쨌든 간에 해골기마대는 사방에 깔린 방어진에 의해 그 발길이 묶이게 되었다.

수천의 정예 기마병이라 할지라도 그 수배에 달하는 중장보병의 밀집 대형 앞에선 더 이상 무적이 아님이 당연지사. 설령 그것이 전원 기사단장 급인 해골기마대라 할지라도 병종 상성상 어쩔 수가 없다. 그 결과 중장보병들의 무수한 창날들에 의해 하나둘씩 침몰해 가는 해골기마대.

물론 헬 나이트들이 공중에서 나름대로 지원하긴 하지만… 역시 물량 공세 앞에선 중과부족이라 결국 시간이 지날수록 해골기마대의 수는 급속토록 줄어들었다.

"젠장, 벌써 반 이상 줄어들었잖아! 어라? 구울은 이제 전멸인가?"

─하아~ 이거 참. 조금 곤란하게 되었습니다.

해골기사대가 그 지경이니, 그보다 레벨이 낮은 구울들은 두말할 것도 없다. 해골기마대의 뒤만 졸졸 쫓아다니며 연합군의 혼란을 부추겼던 구울들은 사방에서 달려드는 연합군 병사들에 의해 어느새 녹아든 지 오래. '다굴불패'란 절대법칙이 어느 누구에게도 공평하게 적용된다는 증거였다.

그 결과 상황판에서 급속토록 줄어드는 붉은 점, 그리고 점차 찌푸려지는 수한의 얼굴. 토일 역시 옆에서 안타까움을 드러낸다.

이로써 수한이 제대로 활용할 수 있는 전력은 연합군 측 상공에 있는 헬 나이트들뿐. 물론 지금이야 시드를 위시한 헬 나이트들이 공중 급강하 공격으로 연합군의 간담을 서늘하게 만들고는 있지만… 그들 역시 연합군이 지금의 소요를 수습한 뒤, 궁수 밀집형의 대공 방어진을 갖추면 별 힘을 못 쓸 게 뻔했다.

그에 반해 연합군 측은 개전 당시의 전체 전력의 70% 이상이 남아 있는 상태. 100만이란 숫자는 그렇게 대마왕조차 질리게 만들기에 충분했다(뭐, 솔직히 1만 남짓으로 30만 가까이를 잡아냈으니, 수한도 나름대로 선전한 거지만).

어쨌든! 현재 결과만 놓고 보면 수한 측 전력은 거의 바닥인 데 반해 연합군 측은 전력의 대부분이 온전히(?) 남아 있는 상황. 이제 수한에겐 더 이상 희망이 없다는 건가?!

그런데 이미 결말이 뻔히 보이는 상황임에도 여전히 한 가닥 여유를 잃지 않고 있는 수한.

"크크크, 아쉽군. 어떻게든 최대한 수를 '늘릴' 생각이었는데… 뭐, 할 수 없지."

―마스터, 이제 마무리를 하시는 게… 저도 슬슬 한계가…….

눈앞에 펼쳐진, 패색이 짙어지는 전황에 뭔가 심상치 않은 포스를 드러내는 수한. 이에 기다렸다는 듯, 절대지휘권능으로 인해 마나가 거의 바닥난 토일이 앓는 소릴 한다. 그러자 마침내 수한은 자신의 최후, 최강의 카드를 꺼내 드는데…….

"크크크크. 좋아, 어차피 더 이상 상황판은 필요없으니… 자, 이제 시작해 볼까?"

우우우우웅~

100기의 헬 나이트와 1만의 구울. 고작 그 정도 전력으로 100만에 달하는 연합군을 상대한다는 것은 애당초 불가능한 일. 지금껏 나름대로 머리를 굴리며 선전한 것은 어디까지나 지금 이 순간을 위해서였던 것이다. 심지어 전투 초반 절대강환포에 절반의 마나만을 투자하고, 방금 전까지 얌전히 토일 옆에서 대기한 것 역시 그런 이유 때문이었으니…….

이제 어느 정도 분위기가 무르익은 이상 대미를 장식할 때가 왔다! '어둠의 탑' 시절부터 최후의 결정타 및 병력 충원 용으로 애용해 왔던 절대다굴의 스킬.

"크크크크크, 애니메이트 데드(Animate Dead)!!"

콰드드드드~

수한의 음침한 괴소와 함께 급속토록 검게 물들어가는 대지. 남아 있던 모든 마나를 총동원한 탓인지, 그 범위는 연합군 진영 전체를 아우르고도 남는다. 그리고 그 드넓은 검은 대지 위에서 서서히 일어서는 시체들.

—크아아아아~

"아아악~ 이게 뭐야?!"

"이럴 수가?! 마침내 심판의 날이……?!"

수한이 통.제.할 수 있는 구울의 개체 수는 어디까지나 1만. 그 이상의 개체는 그의 통제에서 벗어나 자기 할 일(?)만 하는 탓에 전력으로 써먹을 수 없다.

하지만! 연합군 진영 곳곳에 시체들이 산더미같이 쌓여 있는 지금, 일제히 구울을 소환한다면?

"크크크, 내가 따로 조종할 필요도 없이 알아서 사.람.들을 공격하겠지."

생자에 대한 본능적인 증오로 언데드를 제외한 모든 사물에게 적의를 불태우는 구울들이다. 그런 녀석들을 연합군 사이에 일시에 풀어버린다면 그 뒤 벌어질 상황은 명약관화. 하물며 그 수가 1만도 아닌 최소 20만—어쩌면 30만에 육박할지도…—이상이라면…….

"아아아악~ 살려줘~"

"이런! 방어진을 펼쳐, 어서!"

"오, 신이시여! 이건 말도 안 돼!"

연합군 진영 곳곳에서 들려오는 비명과 절규. 어디에서고 연합군을 공격하는 구울들 천지다. 그 결과, 진영이 흐트러진 병사들은 말할 것도 없고 기사들조차 구울들의 다굴에 하나둘씩 무너지는데… 그나마 몇몇 마법사가 강력한 광역 공격 마법으로 전세를 뒤집으려 했으나 그 역시 중과부적. 사방에서 덮치는 시체들의 해일에 하나둘씩 침몰해 갔다.

"크크크. 좋아, 아주 제대로 영화를 찍는구만. 이제 공포영화는 내 평생 볼 필요가 없겠어. 특히 좀비 영화는."

—우측 후위 진영엔 시체가 없어 아쉽긴 하지만… 연합군 중앙 본대가 무너진 이상 이제 전세는 완전히 기울어졌습니다.

눈앞에 펼쳐진 지옥도에 사악한 미소를 지으며 나름대로 감상평을 늘어놓는 수한과 토일. 이제 그들이 할 일이라곤 막장의 여흥으로써 헬 나이트들과 해골기마대를 활용해 최대한 난전을 유도하는 것뿐.

단 1만의 숫자로 100만을 잠시 잠깐 농락했었다. 그런데 지금은 20만이 넘는 구울들이 연합군 진영 곳곳에 퍼진 상태. 이제 완전히 혼란 상태에 빠진 연합군으로선 그 20만에 달하는 레벨 300의 구울들과의 난전에서 결코 살아남을 리 없으리라.

행여 연합군이 기적적으로 구울들의 광포한 식탐—왠지 섬뜩한 느낌이⋯—공세에서 벗어나 재차 반격을 한다면⋯

"운기조식한 뒤 다시 일으켜 세우면 그만이지. 크카카카카카!"

간만에 대마왕다운 모습을 보이며 광소를 터뜨리는 수한과 그 사악한 포스에 공포에 물들어 전율하는 연합군 병사들. 그리고 대마왕이 그렇게 지상에 지옥을 강림시킨 뒤 태양조차 그 위세가 꺾일 무렵엔⋯

레벨 9업이라는 대폭렙과 함께 지긋지긋한 빚잔치에서 벗어날, 어마어마한 전리품을 챙기게 된 데스로드.

⋯오직 고난과 역경만이 인생의 전부였던 진성 저주 캐릭 수한이 그 스스로 자신이 먼치킨 고급임을 증명함과 동시에, 잠시 잠깐 진정한 행복을 구가하는 순간이었다.

＊　　　＊　　　＊

"아아악! 누구든 좋으니까 저 미친놈 좀 말려줘!"

모니터상에서 벌어지는 대학살극에 최강준은 정말 미친 듯이 발광했다. 팀장 대리로서 일한 지 단 며칠 만에 발생한 사단, 아니, 대참사! 이건 단순히 책임을 떠나, 최악의 경우 회사의 존폐마저 위협하는 큰 사건인 것이다.

자연 최강준으로선 미치고 팔짝 뛸 노릇. 더불어 주위에 있는 다른 팀원들 역시 그에 동조하며 한숨 또는 괴성으로 자신의 심정을 한껏 토로하는데… 그 결과 온통 난장판이 된 4운영실(…게임 운영팀이 이래도 되는지 의문이다).

하지만 그렇게 현실을 외면한다고 해서 일이 해결될 리 없다.

"으으~ 이건 정말 최악의 상황이야. 게임 밸런스고 뭐고, 자칫하면 팔라스 연합이 쫄딱 망하게 생겼어. 이제 어떡하지?"

최강준은 머리를 쥐어뜯으며 정말 간만에―지금까진 수영 덕분에 그럴 필요가 없었는데――머리를 풀가동하기 시작했다. 저 제대로 미친 살육마를 진정시킬 뭔가 특단의 조치가 필요했기에! 그리고 그렇게 시간이 지나 바닥에 머리칼이 수북이 쌓이고 머리에 땜빵 자국이 십여 개로 늘어날 무렵, 그제야 모니터상의 폭주하고 있는 악마를 진정시킬 또 다른 악마를 기억해 낸 최강준. 하지만…

"아악! '더 웹'의 연락처를 아는 사람은 팀장님밖에 없잖아?!"

간신히 떠올린, 그리고 유일한 해결책은 그야말로 그림의 떡. 최강준으로선 어떻게 써먹을 방법이 없었다. 설령 그녀의 연락처를 안다고 해도 '수진'에게 감.히. 어떤 요구를 할 수 있을지도 의문이지만.

결국 최강준은 수영이 어서 귀환하기만을 기도하며, 임시변통이나마 사태 진화에 나서는 것 외엔 뚜렷한 대응책이 없었다.

"젠장, 어떻게든 머리를 써서 저걸 하나의 '이벤트'로 꾸며! 적어도 우리하곤 아무런 관련이 없는 일로 만들어야 해!!"

"옛!"

혹시라도 수한이 운영팀에서 비밀리에 기운 개릭이라는 사실이, 하다못해 그가 유저라는 사실만 발각돼도 정말 모든 게 끝장이다. 이에 바삐 여론 조작(?)을 지시하는 최강준. 유저들의 관심을 딴 곳으로 돌리기 위해, 각종 팬 사이트에 뜬 어설픈 추측들을 대신할 약간의 진실들을 공개한다.

이에 핵심에서 약간 벗어난, 그러나 유저들의 눈을 잠시나마 현혹시킬 화려한 이야깃거리—데스로드에 관한 간단한 설정. 프로필과 그가 현재 지닌 전력, 그리고 조금 전 전면전으로 인해 연합군이 입은 엄청난 피해들—들이 급속토록 인터넷에 확산되는데… 자연 유저들은 데스로드가 지닌 강대한 권능에 전율하며 대책 마련에 급급할 터.

하지만! 그것은 어디까지나 시간 벌기용 땜질일 뿐, 뭔가 근본적인 대책이 필요했다.

"어떻게든 저 악마를 진정시켜야 돼. 하지만 방법이 없으니……."

수한이 정식으로 운영팀 통제하에 있는 에이전트라면 아무런 문제가 없겠지만, 그는 어디까지나 돈을 내고 서비스를 받는 '일반 유저'의 입장. 거기다 운영팀의 영향력이 거의 전무한 'NEW WORLD'의 특징상 캐릭에 직접적인 제재를 가할 수도 없다. 적어도 게임 '외부'에선 말이다.

"빌어먹을… 드래곤들은 다 뭐 하는 거야? 저 미친 말종을 잡아 족치지 않고? 저렇게 난리를 피웠으면 진작 나타나서 사태를 수습해야지. 이젠 팔라스 연합 균형 관장자에 대한 내부 설정조차 문제가 생긴 건가?"

사상 초유의 사태를 맞이해 팀원이 정신없이 움직이는 4운영실. 그 혼란 틈새 사이로 왠지 허탈하게 느껴지는 최강준의 중얼거림이 공허하게 사그라졌다.

*　　　*　　　*

머리부터 꼬리까지 족히 150m에 달하는 거대한 체구와 그 몸집에 걸맞은 가공할 힘, 그리고 대마도사 급 마법 운용 능력. 노호성이라도 한 번 내지르면 천지사방이 공포에 물들었으며, 날개를 펼치면 하늘이 무너질 듯 흔들렸다. 말 그대로 강자 중의 강자인 절대강자.

그런 그의 정체는 모든 드래곤들의 대표자이자 팔라스 연합 균형자들의 부수장인 드래곤 로드.

그러나 지금 이 순간 그는 그 강대한 힘이 무색하게 경악과
분노의 힘을 빌려 서서히 감기는 눈을 간신히 지탱하고 있었
다.

─너… 너는 대체 누구냐? 어떻게 이런 일을…….

도저히 지금의 상황을 믿을 수 없다는 듯, 말조차 더듬는
드래곤 로드. 대체 무엇이 이 강대한 존재를 이렇게까지 놀라
게 만든 걸까? 하지만 정작 그의 정면에서 대답한 건 그와 비
등한 권능을 지닌 드래곤이나 마족이 아닌 단 한 명의 인간이
었다.

"그저 평범한 수면 마법입니다. 단지 그 효과가 아주 '강
력' 하다는 사실만이 다를 뿐. 뭐, 일단 넉넉잡고 한 달만 푹
주무십시오."

─이놈! 대체 무엇을 노리고, 이런… 크윽~

쿠우웅!

상대의 히죽거리는 말에 재차 경악 섞인 노호성을 내지르
는 드래곤 로드. 그러나 이내 쏟아지는 잠을 이기지 못하고
그 무거운 거체를 대지에 내려놓는다.

태생적(?)으로 엉덩이가 무거운, 게으름의 대명사라 불리
는 드래곤. 그 탓에 용생(龍生)의 절반가량을 느긋이 레어에
서 뒹구는 것이 대부분이다. 하지만 지금의 경우는 어디까지
나 타인에 의한 강제적인 수면. 드래곤 로드는 평소 그토록
하찮게 여기던 인간에 의해 그렇게 깊은 잠에 빠져들었다.

그러나 정작 그런 믿을 수 없는 일을 행한 인물은 지금 상황이 지극히 당연하다는 반응이다.

"아, 역시 이름을 하는군. 다른 녀석들에 비해 꽤 오래 버티는데?"

"대륙 전체를 뒤져도 그런 말을 할 수 있는 존재는 오직 마스터뿐일 겁니다."

이런 일이 처음이 아니라는 듯 그저 담담하기만 한 리버스. 옆에서 지켜보던 길란드로선 자신의 마스터가 지닌 능력과 그에 걸맞은 성격에 그저 경탄할 뿐이다. 하지만 그런 경탄도 잠시, 이후 벌어질 파장에 대해 걱정한다.

"마스터, 꼭 이러실 필요가… 지금이야 각개격파로 처리했다지만, 이들이 잠에서 깨어나면 전력을 다해 공격해 올 겁니다. 하다못해 생명을 취하거나 그에 버금가는 조치를……."

아무리 개인주의의 극을 달리는 드래곤이라지만, 자신들의 로드까지 당한 마당에 힘을 합치지 않을 리 없다. 그리고 지금까지 벌인 일, 드래곤 숙면 촉구 순회 원정으로 인해 훗날 수십 개체의 드래곤을 한꺼번에 상대한다는 건 제아무리 리버스라 할지라도 무리일 터. 그렇기에 기회가 될 때 수면 마법같이 어설픈 게 아닌 뭔가 확실한 조치를 취하길 원하는 길란드다.

그러나 그런 경고에도 불구하고 여전히 마이페이스를 유지하는 리버스.

"아아~ 쓸데없는 살생은 최대한 자제하는 게 좋아. 자칫 습관화가 되면 '무개념'이 될 가능성이 있거든."

"…예?"

뭔가 이해가 되지 않는 심오한 대답에 절로 반문하는 길란드. 물론 그에 대한 설명 대신 리버스는 재빨리 다른 화제로 돌려 사태 수습에 나선다.

"아, 걱정하지 마. '계획'이 성공만 한다면 드래곤이 수백, 수천이 몰려오더라도 진~혀 문제될 게 없을 테니. 그보다 여기가 마지막인가?"

드래곤 따윈 하등 무서울 게 없다는 터무니없는 자신감. 그러나 이미 리버스의 그런 태도에 어느 정도 감응되어서일까? 결국 길란드 역시 더 이상 지금의 조치에 관해 이야기하지 않았다.

"아, 예, 서너 개체 정도가 현재 유희 중인 것 같긴 하지만… 일의 진행을 막을 수 있는 웜 급 이상은 이곳을 끝으로 모두 처리됐습니다."

"흐음~ 좋아. 이제 돌아가서 슬슬 마지막 '준비'를 해볼까?"

"아, 이제 드디어……!"

마침내 길고 긴 외유를 끝내고 홀리 그라운드로의 귀환을 선언하는 리버스. 긴 객지 생활(?)에 질릴 만큼 질린 길란드는 자신도 모르게 탄성을 토하며 기쁨을 감추지 못했다.

그러나 그런 기쁨도 잠시, 이내 안색을 굳히는 길란드. 막상 귀환한다고 생각하자 뭔가 미진한 부분이 있어서일까?

"저, 마스터. 다스 일행에게선 연락이……?"

"아, 그거? 얼마 전에 두 개를 탈취하는 데 성공했다는군. 이제 남은 건 '방패' 뿐이야."

"설마… 신성제국의……?"

"응, 맞아."

"…조금 어렵지 않겠습니까? 거기다 이제 계획된 시간도 얼마 남지 않았는데… 여기 일이 끝난 이상 제가 가서 돕는 편이 낫지 않을지…….."

보다 완벽을 기하기 위해 귀환 시기를 조금 늦추길 원하는 길란드. 하긴 다스와 디엘이 제아무리 나인스타와 그에 버금가는 강자라 하나, 신성제국의 이름은 결코 녹록한 게 아니다. 하물며 그들의 임무가 신성제국의 최고 성물을 노리는, 가장 극단적인 전개가 가능한 극악 난이도의 일임에야… 적어도 그들 둘만의 힘으로는 무리일 게 뻔하다.

하지만 길란드의 그런 심각한 우려와는 달리 여전히 여유가 넘치는 리버스.

"아아~ 걱정하지 마. 길란드가 보기엔 조금 미심스러울지 몰라도, 다스 역시 한 실력하잖아? 게다가… '나름대로' 그들을 도와줄 녀석도 있으니 뭐, 알아서 잘하겠지."

뭔가 의미심장하게 느껴지는 미소를 지으며 자신하는 리

버스. 결국 그 속내를 알 길이 없는 길란드는 내심 고개를 흔들며 홀리 그라운드행 텔레포트 마법진을 그려야 했다.

그러나… 겉으로 드러난 걱정스러움과 달리 마음 한구석에선 벌써부터 안도의 한숨을 내쉬는 길란드.

그가 아는 한 그의 마스터는 불가능이 없는 절대존재. 대미궁의 발록을 농락하고, 드래곤 로드조차 강제로 잠재운 존재가 자신한 일에 무슨 착오가 있겠는가?

'뭐, 따로 생각하신 게 있으시겠시. 나는 그저 마스터의 곁에서 모든 것을 지켜볼 뿐.'

앞으로 벌어질 '대변혁'을 기대하며, 길란드는 그렇게 자신의 섣부른 우려를 지워 나갔다.

Chapter 5
천적들과 싸우다

쾅!

"이크~ 이봐, 문은 손으로 열라는 거지 발로 이단옆차기 하라고……."

"닥쳐!"

"넵!"

사장실을 난입한 수영의 험악한 기세에 어떻게든 좋은 분위기를 만들려던 원준. 그러나 그의 평화적 대화 구축을 위한 노력은 수영의 막말에 힘없이 사그라진다. 그리고 그렇게 한 번 기세에서 밀리자 더욱 몰리기 시작하는 원준.

"너, 다 알고 왔으니까 전부 불어!"

"에, 무슨 말인지 난 도통 모르……."

"이 자식이!"

"커억! 컥컥!"

무슨 놈의 여자가 이렇게 힘이 센 건지… 수영에게 멱살을 잡혀 허공에 대롱대롱 매달린 채 원준은 속으로 중얼거렸다. 이래서야 마치 밀림의 자이언트 고릴라에게 생존의 위협을 당하는 힘없는 선교사의 모양새지 않은가(수한이 괜히 수영에게 빌빌거리는 게 아니다).

'아무리 그래도 난 이 회사 사장인데…….'

그러나 그런 원준의 투덜거림을 아는지 모르지 이후 원준은 한참을 공중에서 탈탈 털린 뒤, 뇌사 직전까지 몰린 다음에서야 수영의 손에서 벗어날 수 있었다.

"자, 이제 슬슬 불지 그래?"

"컥컥, 알았어. 알았어. 후우우우우~"

"이 자식, 죽었어! 감히 어디다 대고?!"

수영의 닦달에 입으로 길~게 바람을 내뿜은 원준. 어디까지나 험악한 분위기를 조금 완화시키려는, 그 나름대로의 자구책이었다.

물론 그에 대한 수영의 응징은 가차없었다.

덕분에 두 눈에 흰자위가 보이고, 입에서 거품이 부글부글 일어나서야 간신히 인간다운 취급을 받는 원준.

"자자~ 이제 슬슬 숨기는 걸 내뱉지 그래?"

"켁켁~ 난 정말 네가 무슨 말을 하는지 이해를……."

"이미 슈퍼컴퓨터를 통해 다 확인했어! 18번째 필멸자, 신기(神器)를 모으고 있는 그 망할 놈의 리버스에 대해! 그러니까 지.금. 당.장. 털어놔! 참고로 말하는데… 이 회사 지분의 12%를 지닌 사람이 바로 나란 걸 명심해."

"…알았어. 일단 이것 좀 놓고, 숨 좀 고르고 이야길 하자."

회사 사장으로서 가장 민감하게 여기는 것으로 협박하자 그제야 진지해진 원준. 그리고 그린 빈화된 태도에 그제야 멱살을 놔주며 대화의 장을 여는 수영. 잠시 뒤, 어느 정도 진정된 분위기 속에서 원준의 이야기는 시작되었다.

"에… 어디서부터 말해야 되지?"

"전.부! 모.조.리! 하나도 빼놓지 말고 싹 다 말해!"

"으흠~ 할 수 없지. 그럼, 지금의 'NEW WORLD' 이전의, 그러니간 '진짜' 계획부터 말해야겠군."

"…진짜 계획?"

이미 어느 정도 예상한 일이었지만 직접 원준의 말을 듣자 수영은 심한 배신감을 느껴야 했다. F.C사의 창립 시절부터 지금까지 모든 것을 함께 공유했다고 여겼건만, 그런데 자신에게 뭔가를 숨겨? 아니, 단지 그 정도가 아니다. 지금 원준의 이야기를 듣고 생각해 보니 회사 창립 이전, 가상현실게임에 대해 함께 연구하던 'Four Children' 시절부터 그녀를 왕따(?)시킨 것 같지 않은가?

"으득~ 좋아, 계속해 봐!"

"하.하.하. 그렇게 노려보면 무서……."

콰아앙!

"알았어. 그냥 설명만 할게."

사장실 내부에서 소용돌이치는 수영의 다크 오라에 식은 땀을 흘리며 말을 돌리려던 원준. 하지만 한주먹에 탁자를 깨부수는 여성 차력사(?)의 험악한 모습에 잽싸게 다시 입을 놀려야 했다. 그리고 그렇게 재개된 그의 이야기는 수영이 감히 상상조차 못했던 내용을 담고 있었다.

*   *   *

막사 안 회의장의 분위기는 어두웠다. 예상치 못한 대패로 인한 당혹감, 지난 며칠간의 패잔병 규합으로 인한 피로감, 그리고 상대의 절대적인 능력에 대한 두려움. 그 모든 것이 혼재되어 사람들의 어깨를 짓눌렀다.

"다행히 2차 집결지를 미리 정해둔 덕에 생존자들이 속속 모이고 있습니다. 현재 집계한 바로는 그 숫자가 대략 7만 가량으로, 대부분이 경상 이하의 부상을 입은……."

"…제대로 싸워보지도 않고 도망친 겁쟁이들이란 말이군."

"크흠~"

"커흠~"

이어지는 보고 내용에 누군가 자신도 모르게 중얼거렸다. 이에 겁쟁이로 취급된 몇몇 인영이 불편한 헛기침을 늘어놓았고, 그로 인해 회의장 분위기는 더욱 침체되었다. 거기다 엎친 데 덮친 격이라고 할까? 보고자가 자신의 임무를 꿋꿋이 수행한 덕에 더욱 무거워지는 분위기.

"정찰병들의 보고와 생존자들의 증언을 토대로 한다면… 일단 사흘 정도의 여유를 갖고 지속적으로 패산병 및 부상병들을 수습할 경우, 대략 10만가량 병력을 재운용할 수 있을 것으로 보입니다."

"큭~ 100만 중 고작 10만이 살아 돌아왔단 말이지? 전멸이군."

전체 병력 중 생존자 수가 10% 수준이라면 대패가 아닌 전멸이란 말을 써도 그리 틀린 말이 아니리라. 그나마 상대가 퇴각 병력을 계속 추격하지 않아 이 정도이지 그렇지 않았다면… 생각하면 할수록 더욱 아찔해지는 사람들이었다.

결국 글 진행상 분위기 반전을 위해 누군가 나설 때가 되었으니… 이에 지금껏 잠자코 보고를 듣던 로빈이 마침내 입을 열었다.

"거의 전멸에 가까운 피해, 그로 인해 바닥까지 떨어진 사기. 거기다 대응할 방법조차 생각나지 않는 적의 강함. 확실히 지금 상황이 최악임에는 틀림없군요."

"아니, 그걸 누가 모른단 말이오!?"

뻔히 아는 일을 적나라하게 떠벌려 회의장 사람들을 절망의 무저갱에 집어던지는 로빈. 하지만 그의 말은 아직 끝난 것이 아니었다.

"그러나 아직 승산은 있습니다!"

웅성웅성~

너무나 자신감이 넘치는 로빈의 선언에 일순 당황하기까지 하는 사람들. 로빈은 그렇게 좌중의 이목을 한 몸에 집중시킨 뒤, 본격적으로 사람들에게 희망을 불어넣기 시작했다.

"지난번 교전에서 데스윙에게 큰 피해를 입었음에도, 불멸자들 대다수가 별 이탈 없이 재집결했습니다. 죽음을 모르는 그들 입장에선 데스로드에 대한 공포보단 복수를 먼저 생각하는 게 당연지사. 그런 불멸자들을 전면에 배치한 뒤 진영을 구축한다면 사기 문제에 관해선 그리 크게 걱정할 게 없을 겁니다. 거기다 얼마 전 저와 함께 합류한 신성제국군… 언데드와 극성인 그들이 최선봉을 맡아 데스로드 군단의 예봉을 꺾을 수만 있다면 병력의 압도적인 우위가 살아나……."

"잠깐! 100만 가지고도 이기지 못한 걸 고작 20만으로 상대하겠단 말인가? 대체 그 터무니없는 자신감의 정체는 뭔가?"

어딜 가든 꼭 이런 녀석이 한 놈씩 있다. 로빈이 한창 분위기를 띄우는데 찬물을 끼얹어 버리는 어느 모 엑스트라. 하지만 그런 거친 반박에도 불구하고 재차 말을 이어가는 로빈의 어조엔 전혀 동요가 없었다.

"아니오, 충분히 승산이 있습니다. 이전의 '분열' 된 100만과 달리 지금의 20만은 하나로 뭉쳐질 테니."

"허어~ 그럼, 예전의 대륙 연합군은 무슨 오합지졸이었단 말인가?!"

로빈의 뭔가 의미심장한 단언에 엉덩이를 들썩이는 회의의 주재자들. 연합군 측 수뇌부였던 각 왕국의 장군들은 로빈이 말에 담긴 의미를 제대로 이해하기노 전에 자신들이 모욕당했다며 분개한다. 그러나 재앙토벌 이전 로비 과정에서 선보인 그 눈부신 처세술(?)들을 어디다 팔아먹었는지 로빈은 상대를 아예 밟아버리는데…

"아니오, 1만을 상대로 100만 대군이 깨졌으니 어찌 오합지졸이겠습니까? 그냥 짚으로 만든 허수아비지."

덜컹!

"아니, 지금 뭐… 뭐라고?!"

"한낱 용병 주제에 감히 어디서 그딴…….."

로빈의 더욱 도발적인 대응에 마침내 자리를 박차고 일어서는 연합군 수뇌부들. 비록 패전지장이라 하나, 각국의 고위층에 속하는 그들로선 한낱 불멸자(유저)의 막말을 참을 이유가 없었다. 자연 그들 중 성질 급한 자는 분기탱천하여 허리에 찬 검을 뽑아 들기까지 하는데…

그러나 로빈은 그들보다 한발 빨랐으며, 동시에 더없이 냉혹했다.

"처리해!"

"응? 그게 무슨?! 커억?!"

스걱~ 퍼억!

로빈의 신호와 함께 회의장 내부에서 울려 퍼지는 절삭음과 파육성. 그 섬뜩한 음향 효과의 결과, 회의장 내 연합군 수뇌부였던 NPC 전원이 짓이겨진 고깃덩어리가 되어 천천히 회색으로 물들었다. 그리고 그런 잔혹한 장면을 연출한 각 길드의 길마들은 조금도 동요없이 병장기를 회수하는데……. 하긴 '지휘권 확보'를 위해 신중을 기해 선별한 사람들이니만큼, 그들이 죄책감에 몸부림친다면 그게 바로 코미디이리라.

하지만 회의장의 단 한 명만은 지금의 극단적인 전개에 일말의 우려를 드러냈다.

"꼭 이럴 필요까지 있을까요? 아무리 그래도 저들은 몹이 아니라 NPC인데……."

언제나 로빈이 하는 일에 딴죽을 걸던 후레지아. 그러나 이번만큼은 견제나 질시가 아닌, 순수하게 로빈을 걱정해서 하는 소리였다. 그리고 예전과는 다른 그녀의 마음을 알아서일까? 로빈 역시 길마 시절의 독선적인 날카로움이 아닌, 보다 부드러운 태도로 그녀를 대했다.

"지금 상황으론 이것이 최선입니다. 이전 전투에서 알 수 있었듯이, 명령 체계를 일원화하지 않으면 필패! 반드시 지휘권을 확보해야 합니다. 제 '작전' 을 제대로 펼치기 위해서라도!"

"그렇다면야……."

자신감 넘치면서도 자신의 생각을 억지로 강요하지 않고 이해시키려는 모습. 과거 길마 시절과는 확연히 달라진 로빈의 태도에 후레지아는 자신도 모르게 그 의견에 동조하고 말았다.

하긴 10여 명에 달하는, 그것도 고루할 대로 고루한 수뇌부들을 일일이 설득하기란 애초부터 불가능한 일. 하물며 등장하자마자 10만 유저를 순식간에 규합한 로빈의 능력에 그를 질시하고 견제했던 수뇌부의 태도를 상기할 때, 어쩌면 지금의 사태는 필연일지도 모른다.

그리고 그런 사정을 뻔히 아는 후레지아로선 어디까지나 말로만 우려를 나타낼 뿐, 진심으로 로빈을 반대할 생각은 눈곱만치도 없었다. 솔직히 길마라는 무거운 짐에 지칠 대로 지쳐 그가 오기만을 기다리던 그녀가 로빈이 하는 일에 어찌 딴죽을 걸겠는가? 단지 걱정되는 게 있다면…

"지휘부가 통째로 사라졌다고 해서 병사들이 우리 말을 순순히 따라줄까요?"

수뇌부에 대한 뒤처리는 이미 논의된 상태. 앞으로 벌어질 전투 중에 데스로드의 갑작스런 지휘부 타격에 의해 몰살했다는 식으로 입을 맞춰놨다. 다행스러운 점은 이전 전투에서 중간 지휘부인 기사들이 거의 대부분 전멸했다는 것. 로그 직업을 지닌 유저 몇몇이 수뇌부로 변장해 며칠간만 수고해 준다면, 시체가 남지 않는 게임 설정상 더 이상 수뇌부의 행방에 의문을 가질 사람은 없으리라.

그러나 방금 전 후레지아의 지적처럼 지금부터가 진짜 문제다. 아무리 무능하다곤 하나 각국 최고 지휘부들이 일시에 사라진 마당에 10만에 달하는 NPC 병사들을 제대로 통제할 수 있을까?

물론 '천무'와 함께 프로게이머의 양대 산맥이라 불리는 로빈은 그에 대한 대책이 있었고, 심지어 이미 시행 중에 있었다.

"훗~ 거기에 관해선 걱정 마십시오. 유저들이 패잔병들을 수습할 때 이미 조치를 취해놨습니다. 지휘부는 전혀 몰랐겠지만, 패잔병을 재규합하는 과정에서 각국의 병력들을 전부 뒤섞어놓은 뒤, 그 소대장들을 전원 퍼펙트 길드원들로 채워놨지요. 지휘 체계 자체를 그렇게 재구축한 이상, 약간의 혼란은 있을지언정 의문을 품을 사람은 없을 겁니다. 뭐, 유능한 길드원들로만 선임했으니 NPC 병사들을 통제하는 건 그리 어려운 일이 아닐 듯."

"세상에?! 언제 그런……?"

유저들과 합류한 지 단 며칠 만에 유저들만이 아니라 어느 틈엔가 NPC 병력까지 장악한 로빈. 주위에 있던 길마들 사이에서 절로 괴물이란 소리가 흘러나왔다. 그런 생각은 후레지아 역시 마찬가지. 적어도 그녀의 선택, 길마의 그릇(?)은 따로 있다는 생각이 옳았던 것이다. 하지만…

"…정말 이길 수 있을까요?"

로빈의 눈부신 업적에도 불구하고 뭔가 부족했다, 데스로드를 이길 수 있다는 확신을 가지기엔.

"저번 전투에선 데스로드가 직섭 나서지 않고 졸개들만 날뛰었다던데……."

"아니야, 개전 초반에 파동포(?)를 날렸었어. 그래서 진영이 일순간에 무너졌다고 들었는데?"

"파동포? 내가 듣기엔 에네르O파라던데……."

"어라? 난 반입자……."

약간의 자신감을 회복했으되, 여전히 일말의 두려움을 간직한 회의장 내 분위기. 데스로드가 펼친 활약상을 날조(?)하며 자신도 모르게, 그 두려움을 보다 확대 구체화시키는 모습들이다. 큰 싸움을 앞두고 적을 과대평가하는 이런 행동 자체가 우습지만, 그만큼 데스로드가 두렵다는 뜻.

비록 로빈이 비하하긴 했지만 대륙 연합군을 형성한 자들이 각국의 최정예였음은 부인할 수 없는 사실이다. 그런데 데스로드는 단 1만의 구울로 100만에 달하는 대륙 연합군을 거의 전멸로까지 몰아넣었으니… 그런 막강한 존재를 상대로 어찌 걱정되지 않겠는가?

그러나 주위의 그런 짙은 우려에도 불구하고 로빈은 그 스스로가 예언가라도 된다는 듯 여전히 승리를 자신했다.

"걱정하지 마십시오. 우린 반드시 이길 겁니다."

"하아~ 예, 저도 그러길 바라요."

"맞습니다. 암, 이겨야죠!"

'이런이런~ 내 말을 곡해한 건가?'

너무나 확신이 깃든 로빈의 말에 도리어 그것이 희망사항이라 여기는 후레지아와 길마들. 그런 그들의 모습에 로빈은 그저 답답하기만 했다. 하지만 그렇다고 해서 자신의 희망, 아니, 예언의 '근거'를 이들에게 말해줄 수도 없는 노릇. 그것은 오직 그 혼자만이 알고 있어야 할 '비밀'인 것이다.

'큭~ 게임 운영팀에서조차 데스로드를 어찌할 방법이 없다는 걸 알면 정말 큰 혼란이 일겠지?'

유저들과 합류하기 전 로빈에게 갑작스럽게 날아온 메시지. 그것은 바로 게임 운영팀으로부터의 특별한 제안이었다. 일종의 '의뢰'라고도 볼 수 있는 그것은, 한마디로 로빈을 비롯한 유저들의 힘을 빌린 데스로드의 격퇴! 그리고 그에 대한 대가는 데스로드가 지닌 모든 전력에 대한 정보였다.

언뜻 듣기엔 로빈이 그저 이용당하는 것 같은 제안. 그러나 로빈으로선 전혀 손해 볼 게 없었다. 아니, 도리어 큰 이익을 보는 내용이었다. 하긴 데스로드를 쓰러뜨린 뒤 얻게 될 명성과 그에 따른 부, 그 이상의 의뢰비가 어디 있겠는가?

물론 제안을 받아들이는 과정에서 최대한 뜯어내는 것도 가능했겠지만… 적어도 로빈은 요즘 빈번하다는 '머리 좋은 주인공들'과는 달리 최대한 운영팀과 좋은 관계를 유지하고 싶었다.

어쨌든! 그로 인해 로빈은 현재 데스로드가 지닌 모든 병력 개체수와 그 능력, 그리고 지니고 있는 스킬들을 낱낱이 파악히게 되었다. 평상시 로빈이 전략에서 가장 중요하게 여기는 부분이 바로 상대의 전력을 정확히 아는 것(특히나 최근 삼대 재앙 토벌로 인해 더욱 뼈저리게 느끼는 점이기도 했다). 그런데 이제 데스로드의 모든 것을 파악하게 되었으니…

'상대방 팻감을 전부 알고 치는 카드 게임이나 다름없지.'

이렇게까지 뒤에서 밀어주는데도 진다면, 프로게이머란 간판(?)을 당장 반납해야 팬들의 짱돌투척을 피할 수 있으리라. 거기다 로빈은 지금껏 길드전에서 무패를 기록한 전략가, 이런 큰 전투는 그야말로 그의 주특기인 것이다.

결코 지려야 질 수가 없었다. 하물며 지금 로빈의 곁엔 그의 사기를 한층 더 높여주는 존재가 있었으니…

"이제야 말하는 거지만, 복귀를 축하드려요. 그리고 미처 말하지 못한 게 있는데…….."

"그게 뭐죠?"

회의가 파한 뒤 단둘만이 남겨진 회의장. 왠지 얼굴을 붉히며 살포시 기대오는 후레지아의 모습에 로빈의 가슴이 요동친다. 그리고 마침내 로빈의 심장을 노린 크리티컬 히트!

"전… 당신이 가버린 다음에서야 깨달았어요. 당신이 제게 어떤 의미를 가지는지…….."

"아, 그게… 저……."

갑작스런 고백 모드에 당황을 금치 못하는 로빈. 그런 그의 모습에 후레지아는 작게 웃음을 터뜨린 뒤, 재차 그의 품 안에 안겨든다. 이에 로빈은 더욱 허둥대며 당황하는데…….

"쯧쯧~ 순진한 것들… 게임만 하다가 이제야 연애를 해보니, 완전 쑥맥의 전형이군. 에잉~ 글러먹었어."

"뭐, 어때? 분위기 좋잖아?"

처음으로 등장한 염장질에 나름대로 촌평을 늘어놓는 팝콘과 레드. 회의장 막사 밖에서 로빈들을 몰래 엿보는 그들의 모습은 부러움과 질투의 허울에서 벗어난, 득도한 솔로의 그것이었다.

*　　　*　　　*

"저, 정말 이래도 되는 걸까요? 유저에게 정보를 제공한 사실을 상부에서 알면…….."

"빌어먹을! 그럼 어쩌라고?! 유저들마저 패배했다간 정말 세상이 멸망할 수 있는데! 이건 게임, 아니, 회사의 존폐가 달린 문제란 말이야!"

언제나 늘 소란스러운 4운영실. 이번 역시 최강준의 짜증 어린 호통 소리가 운영실을 뒤흔든다.

게임에 대한 직접적인 통제가 불가능한 탓에 운영팀에서 할 수 있는 일은 극히 제한적인 것뿐. 결국 수한의 폭주를 막기 위해 최강준은 모종의 결단을 내리고 말았으니.

현재 기록에 남겨진 수한의 네이터블을 분석, 그에 관한 정보를 일개 유저에게 몽땅 넘겨준 것이다. 물론 그 유저가 현재로선 수한을 막을 가능성이 가장 높은 인물이긴 했지만, 윗선에서 이 사실을 알면 징계를 단단히 각오해야 할 일.

그보다 훨씬 세련되면서도 효과적인 방법도 있을 텐데, 참 요령부득이다. 그러나 평상시 팀장인 수영에게 의지만 해오던 최강준으로선 그것이 최선일 터. 결국 그 결과가 어찌 나오든 간에 이제 운영팀은 그저 기다리는 것 외엔 할 수 있는 일이 없었다.

하지만…

"그나저나 정말 머리 하난 좋단 말이야. 설마 그런 작전을 생각해 낼 줄은… 프로게이머를 그만두면 우리 운영팀에서 필히 영입해야 할 인재야. 아니, 최소한 전력 부문에 관한 고문이라도……."

내부 불만 세력(?)을 일소시킨 로빈에 대해 감탄을 금치 못하는 최강준. 필시 로빈에게서 앞으로 펼칠 작전의 개요를 들은 모양이다. 이에 승리를 자신하며 연신 키득거리는데… 적어도 그는 일의 승패를 떠나 자신의 선택에 대해 한 점 후회도 없는 것 같았다.

그러나 그 작전이란 것에 대해 하등 아는 바가 없는 팀원들은 불안하기 그지없었다. 대체 뭘 말해줘야 함께 기뻐하든 말든 할 텐데, 도통 입을 안 여니. 그리고 무엇보다도 그들이 걱정스러운 건…

"다른 건 모두 제쳐 둔다고 치고, '큐티 보이'는 대체 어떻게 견제할 생각이신지……?"

그렇다. 수한이 부리는 권속들은 로빈의 작전으로 어찌어찌 해결한다고 쳐도! 정작 제일 중요한 수한을 상대할 방법이 없다.

대마왕이란 건 말 그대로 '규격 외' 존재. 그 혼자만의 힘으로 능히 유저 2, 3만 명의 힘을 발휘하는 괴물 중의 괴물. 굳이 비교하자면 에이션트 드래곤 급 괴물인 것이다.

자연 20만의 병력으로도 뭔가 불안한 것이 사실. 하물며 이미 100만으로도 패한 전적이 있지 않은가? 그런데 놀랍게도 최강준은 이미 그에 대한 복안이 있었다.

"크크크, 걱정하지 마. 그놈을 상대할 수 있는 '사람들'이 이미 연합군에 합류한 상태니까."

"예? 그게 무슨?!"

"크크크. 기대하라고, 그놈이 왕창 깨지는 모습을."

부하 직원들의 궁금증을 해결할 생각은 않고 그저 혼자서 키득거리는 최강준. 간만에 업무 스트레스를 싹 해소할 생각에 정신을 못 차리는 모습이었다. 덕분에 괜히 궁금증만 커져 애꿎은 머리만 쥐어뜯는 팀원들.

그런 팀원들의 기세가 심상치 않아서일까? 혼자서 히죽거리던 최강준은 이내 제정신을 차리고 화제를 전환함으로써 지칫 벌이길 뻔한 하극상(?)을 미연에 방지했다.

"아, 그보다 '더 웹'의 위치는 찾아봤나?"

"예? 아~ 그게… 워낙 텔레포트를 자주 사용하는 통에… 게다가 현재 모든 인력을 '큐티 보이' 감시와 여론 조작에 투입한지라……."

워낙 난데없이 튀어나온 돌발 질문 탓에 말끝을 흐리는 팀원 중 누군가. 괜히 최강준 옆에서 얼쩡거리다 날벼락을 맞은 꼴이다. 그나마 다행스러운 건 최강준이 애초부터 제대로 된 답변을 원하지 않았다는 것.

"꿍~ 할 수 없지. 대체 어딜 그렇게 싸돌아다니는 건지… 그녀만 도와준다면 이렇게 일을 크게 벌일 필요가 없었을 텐데… 크크크. 뭐, 하긴 그녀가 돕지 않는다고 해도 이미 준비가 충분하지만 말이야."

부하 직원의 변명 어린 보고에 언뜻 실망하면서도 이내 얼굴을 펴는 최강준. 나름대로 만반의 준비를 한 탓인지 수진에 대해 더 이상 연연하지 않는 모습을 보인다. 하지만…

그렇게 승리를 자신하는 최강준도 이 모든 일의 진정한 원흉은 모르고 있었다.

*　　　*　　　*

"에취∼ 쿵쿵∼ 또 어디 누군가가 내 미모를 찬양하나?"

"또 욕먹을 짓을 하며 싸돌아다닌 게 아니고?"

행군 도중 난데없이 재치기를 하며 자아도취에 빠진 수진의 모습에 자신도 모르게 중얼거리는 수한. 물론 그런 하극상에 대한 응징은 곧바로 이루어졌다.

"헐∼ 요즘 아주 막 개기는데? 좋아, 오늘은 특별히 궁극의 모에캐릭, '고양이 귀 안경 메이드'로 세 시간 밀착 촬영을……."

"헉?! 제발 그것만은!!"

왠지 그 자세한 내용이 알고 싶지 않은 협박 아닌 협박에 눈물까지 글썽이며 수진에게 매달리는 수한. 도저히 대마왕, 데스로드의 체통에 어울리지 않은 모양새다. 자연 그 광경에 심기가 불편해진 시드와 토일.

─아무리 로드와 친분이 있다곤 하지만 너무 무례하군요.

─크흠∼ 마스터께선 대체 무엇 때문에 저 마녀에게 저리도 쩔쩔매시는지… 그 이유만 안다면 당장…….

수진을 몰래 째려보며 속으로 칼을 가는 두 최상급 언데드. 그런 그들의 시퍼런 살기가 전해져서일까? 한창 수한을 훈육(?)하던 수진이 부르르 몸을 떨며 수한에게서 한 걸음 물러선다.

"어라? 왜 갑자기 몸이 떨리지? 감긴가?"

둔하기 그지없는 그 감각에 경탄을. 그러나 그 이유가 어쨌든 간에 덕분에 수한은 한숨 돌리게 되었다. 그리고 그것을 기회로 흘금흘금 수진의 눈치를 살피며 입을 자꾸 달싹거리는데… 뭔가 심중에 중요한 할 말이 있는 모습이다.

하지만 수진의 그 끔찍한―그렇다. 그 외에 다른 무슨 적절한 표현이 있겠는가?―성격을 아는 탓에 차마 입을 열 수가 없는 수한. 그저 속으로 끙끙거리며 눈치만 살살 살필 따름.

'에효~ 이거 진짜 미치겠네. 일이 너무 커졌어. 어떻게든 타협을 해야겠는데… 하지만 말을 꺼냈다간 또 무슨 족쇄로 나를 묶을지…….'

청제국에서도 만만치 않게 살겁을 벌였지만, 그 대부분이 NPC를 상대로 한 것. 그러나 이곳 팔라스 연합에선 유저와 NPC를 가리지 않고 무차별 살육을 벌이고 말았다. 게다가 그에 의해 피를 본 사상자 수는 청제국에서완 그 숫자 단위조차 달랐으니… 청제국에선 전부 통틀어봤자 고작(?) 수천 명이었는 데 반해 이곳에선 족히 그 백 배가 넘는다.

한창 먼치킨의 묘미, 대량 학살을 벌일 당시에야 분위기에 취해 '아이, 좋아~' 를 연발했지만… 차차 시간이 지나 제정신을 차리니, 이거 보통 심각한 문제가 아닌 것이다. 한마디로 슬슬 겁이 나기 시작했다는 뜻. 자칫 수한, 그 본인의 정체가 드러났다간 사회적으로 매장당하는 것은 기본이요, 현피는 옵션이라.

그러나 충분히 피 맛을 봤음에도 여전히 고고(GOGO)를 외치는 수진. 덕분에 저번 전투로 인해 충분히 빚 갚을 여력이 생겼음에도 울며 겨자 먹기 식으로 진군을 강행하는 게 현재 수한의 실정.

애초에 빚이란 족쇄가 없었더라도 수진의 손아귀에서 벗어날 수 없는 게 그의 운명인 것이다.

그나마 시드와 토일이 옆에서 수진을 좀 말려줬으면 좋겠지만 그들 역시 행군의 선두에서 진군 나팔을 번갈아가며 불고 있으니, 수한으로선 그저 속만 타 들어갈 뿐. 그러나 수한의 그런 타 들어가는 속을 아는지 모르는지 수진은 여전히 마이페이스다.

"어라? 벌써 시간이… 쯧~ 옵저버 놈들 때문에 정말 귀찮다니깐. 뭐, 그래도 그놈들에게 걸리면 진짜 골치 아파지니… 수한아, 나 이만 간다!"

우우우웅.

"어어? 누나, 지금 어디… 에효~"

수한이 이제 막 용기를 내서 말을 붙여보려던 찰나, 자기

할 말만 하고 그대로 사라져 버린 수진. 그녀가 남긴 텔레포트의 여운이 누군가의 한숨 소리와 하모니를 이루는 가운데, 수한의 수심은 더욱 깊어져만 갔다. 결국 현시점에서 그가 할 수 있는 일이라곤…

"에효~ 이렇게 된 이상, 최대한 빨리 가는 것 외엔 방법이 없구나."

행랑창에 수북이 쌓인 아이템들로 인해 이제 자체적으로 빚청산이 가능해진 수한이다. 즉, 암흑세국 선국에 더 이상 연연할 필요나, 왕국의 보물 창고를 습격할 이유가 사라졌다는 뜻. 때문에 더 이상의 이유없는 무차별 살상은 자제하고 싶은 게 현재 수한의 솔직한 심정이었다.

적어도 그는 본성 자체가 극악(極惡)인 수진, 수영과는 달리 평범한 소시민(?)인 탓이다.

결국 그런 이유로 인해 최대한 조용히, 별 충돌 없이 홀리 그라운드에 가길 원하는 수한. 그래서 대륙 연합군과의 전투 이후 최대한 조심조심, 도시나 마을을 거치지 않고 몰래 이동하는 중이었다.

…그러나 진성 저주 캐릭의 끈덕진 손길은 그런 수한의 노력에도 불구하고 끝끝내 그를 놓아주질 않았다.

―응? 로드! 지금 정면에 정체불명의 병력이…….

"크윽~ 그렇게 당하고도 또 막아선다는 건가?"

상공에서 한창 정찰 중이던 시드의 외침에 약간 질린 음성으로 응대하는 수한. 얼마 전 그 큰 피해를 입고도 아직도 여력이 있는 연합군에 대해 두려움마저 느껴진다. 그리고 그 두려움의 틈새엔 다시 한 번 살육을 벌여야 한다는 죄책감도 있었으니…

그러나 그런 두려움, 죄책감과 별개로 금세 좌절 궁상 모드에서 전투 모드로 전환하는 수한. …역시 죽긴 싫은 모양이다.

"몇 명 정도지?"

―대략 1만 명가량입니다. 저희와 거의 비슷한 숫자군요.

"웅? 고작? 으음~ 뭔가 불안한데? 토일, 주위에 다른 병력은 없나?"

―예, 마스터. 제가 감지할 수 있는 범위 내엔… 아, 적 후방 3㎞ 지점에 대략 10여 명 정도가 감지됩니다만…….

"쯧~ 고작 10여 명 정도로 뭘 하겠어? 그냥 구경꾼이겠지. 그나저나 대체 뭘 노리는 거지?"

수한의 물음에 재빨리 '절대지휘권능'을 발동해 대답하는 토일. 그런 그의 대답에 수한은 일시지간 어리둥절해졌다. 이미 100만 대군을 격파한 전적이 있는 수한의 군대를 고작 그 정도 숫자로 막아선다? 물론 광범위 포위망을 구축했을 가능성도 있겠지만, 반경 10㎞ 밖에서 매복했다면 그게 무슨 소용인가? 토일의 절대지휘권능이 있는 한, 기마병이 전속력으로 다가온다고 해도 충분히 대응할 여유가 있다.

"좋아, 결국 저놈들은 그냥 간덩이가 심하게 부은 녀석들이란 건데… 걸어오는 싸움을 마다하면 내가 대마왕이 아니지. 전투 준비!"

—예스, 마이로드!

—암흑제국의 영광을 위하여!

—쿠오오오오~

조금 전까지 극평화주의자(?)를 자처하던 녀석은 어디 가고 깨치 대랑 살싱 조싱자의 살기를 느러내는 수한. 그리고 그런 수한의 선택에 따라 전의를 드높이는 어둠의 군세.

상대를 무시하고 조금 빙 둘러서 갈 수도 있으련만 전혀 그럴 의향이 없어 보인다. 하긴 괜히 어설프게 대했다간 두고두고 귀찮아진다는 게 뻔한 사실. 더구나 수한은 자신의 양심 때문에 일신상에 손해를 볼 생각이 전혀 없었다. 거기다 결정적으로…

"크크크, 고작 그 정도로 날 막아선단 말이지? 어디 얼마나 대단한 녀석들인지 볼까?"

자신이 무시(?)당했다는 생각에서일까? 왠지 평상시보다 그 특유의 다크포스 농도가 매우 짙어 보이는 수한. 그리고 그런 과격한 흥분으로 인해 마음 한구석에서 울려 퍼지는 경고성을 무시해 버리고 마는데.

그나마 다행스러운 점은 수한이 자신의 그런 실수를 깨닫기까진 그리 많은 시간이 필요하지 않았다는 점.

물론 그렇다고 해서 상황이 좋아졌다는 의미는 결코 아니다.

"젠장… 역시 호사다마냐?"

간만에 좋은 일이 있다 했더니, 그에 상응하는 악재가 들이닥친 모양이다. 수한의 눈앞을 가득 메운 백색의 물결과 그들 진영 곳곳에서 그 모습을 드러낸 깃발. 그리고 거기에 새겨진 백색의 성화에 의해 불타오르는 십자가.

바로 신성 나티아 제국의 상징이었다.

"상대 전력은 어느 정도 수준이지?"

─죄송합니다, 마스터. 제일 먼저 파악했어야 했는데…….

"괜히 뜸들이지 말고 얘기해 줘."

묻는 말에 바로 대답하지 않는 토일의 태도에 불안감은 더욱 증폭됐다. 그리고 마지못해 입을 연 토일의 말은 기어코 불안의 최종 오의를 발동시키는데… 순간, 눈앞이 깜깜해지는 수한.

─전면의 2,500가량은 성기사들, 그것도 상급 성기사들입니다. 특히 가장 선두에 있는 300명은 우리 측 헬 나이트들과도 비등한 수준의… 아마 나티아 제국의 방패라 칭해지는 '신성멸마기사단(神聖滅魔騎士團)'인 듯 보입니다. 그리고 성기사들 외 나머지는 전원 사제들이며, 최하 대사제 급의…….

"정말 제대로 걸렸군. 어떻게 저런 말도 안 되는 병력을……."

—신성 나티아 제국에서 이번 전투를 위해 모든 역량을 총동원한 게 아닐지… 그렇지 않고서야 저런 수준의 병력을 한곳에 모은다는 건 불가능한 일이겠지요…….

설명하는 자신도 기가 막힌지 말꼬리를 흐리는 토일.

그의 말대로라면 현재 수한의 눈앞에 있는 신성제국군은 수한 측과 거의 비등한, 아니, 어쩌면 압도하는 전력이란 뜻이었다.

말이 상급 성기사고 대사제 급이지, 그 의미는 최하 레벨이 300대 이상이라는 뜻. 아마 레벨 400대 역시 적지 않을 것이다. 하물며 그들 구성원 개개인 전부가 수한이 이끄는 언데드 군대와는 극성 중의 극성이었으니…

마왕 특제 구울이라 할지라도 바닷물에 빠진 소금마냥 일순간에 녹아버릴 게 뻔하다.

"젠장! 아무리 제국이라지만, 이건 정말 너무하잖아! 저번에도 그렇지만, 이거 어디 밸런스(?)가 맞아야 싸울 생각이 들지."

눈앞의 뻔히 보이는 현실에도 불구하고 현실 도피를 꾀하는 수한. 있는 그대로 사실을 받아들이기엔 너무 억울한 탓이다. 그리고 그가 그러는 사이 신성제국군은 어느 틈엔가 수한측 진영에 거의 코앞까지 다가와 있었다.

쿵쿵쿵!

고작(?) 1만 명, 아니, 전면의 성기사들만이 발을 맞추고 있음에도 마치 지진이라도 난 듯 흔들리는 대지와 아지랑이같이 일렁이는 유형화된 예기. 그들 개개인이 얼마나 고렙인지 알려주는 단면이었다. 그리고 그 뒤를 쫄쫄 따라다니며 각종 버프 마법과 축복들로 지원하는 사제 군단. 덕분에 신의 가호가 서린 번쩍이는 광취가 신성제국군 진영 전체를 뒤덮는다.

그 광경에 오직 식탐만이 삶의 전부였던, 심지어 간혹 가다 대마왕의 말조차 씹어먹는(?) 구울들조차 잔뜩 겁을 집어먹었다. 심지어 공중의 헬 나이트들조차 패배 후 보다 안전한 퇴각로를 구상하기에 여념이 없었으니… 자연 이렇게까지 사기가 저하가 되는 마당에 언제까지 현실 도피를 할 순 없는 노릇.

"칫~ 좋아. 피해는 크겠지만 가면서 벌충하지, 뭐. 대신…확실히 박살 내주마!"

서서히 전면전 양상으로 치닫는 분위기 속에서 마침내 현실을 받아들이고 반쯤 자포자기(?)하는 수한. 현재 전력을 온전히 유지할 생각을 아예 처음부터 지워 버린다. 그러자 한결 마음이 가벼워지며 보다 독한 마음을 먹을 수 있는데.

그렇다. 현 상황의 불리함을 인지하되, 자신이 진다는 생각이 눈곱만치도 없는 수한. 그가 걱정하는 것은 어디까지나 구울과 헬 나이트들이 입을 피해일 뿐. 제아무리 신성제국군이 강하다고 해도 패배를 생각하기엔 그가 지닌 힘이 너무나 압도적인 탓이다.

물론 양측 간의 병력 차가 크지 않다는 이유도 있지만.

"크크크크, 100만 대군조차 질리게 만든 내 절대강환포에 얼마나 살아남는지 볼까?"

우우우우웅~

천적인 신성제국군을 맞이해 처음부터 자신의 최강 궁극기이자 필살기를 꺼내 드는 수한. 밸런스 파괴의 선두주자인, 모든 방어력을 무시하면서도 막강 공격력을 자랑하는 절대강환포는 그렇게 신성제국군을 향해 거누이졌다. 그리고 시간이 지날수록 점차 뚜렷해지는 강기탄이 일정 크기 이상 형상화되는 순간… 마침내 발사!

우웅~ 콰콰콰콰~

대기를 가르며 신성제국군을 향해 쇄도하는 거대한 광선. 그것이 지닌 충격파는 그 시작점에서부터 드래곤 브레스를 능가했다. 일단 제대로 적중만 된다면 신성제국군 진영을 양단하는 것은 물론이고, 가장 선두에 있는 대류 삼대기사단의 수좌인 신성멸마기사단과 성기사들이 그대로 괴멸될 것은 당연지사. 그러나 지금까지 수한이 행했던 일이 어디 예상대로 된 적이 있었던가?

투우우웅~

콰콰콰콰콰쾅!

뭔가 거대한 현악기를 튕긴 듯한 소리와 함께 급격히 꺾인 절대강환포의 궤적. 그리고 양측 진영 사람들로 하여금 강제

적으로 땅바닥과 조우하게 만든 대폭발. 그 폭발의 여운이 잦
아들자 장내의 모든 이들은 경악했다.

"이, 이게 뭐야?! 튕겨냈어?! 내 절대강환포를?!"

—허억!? 어떻게 이런 일이?!

자신의 필살기가 허무하게 막혔다는 사실에 놀라 반쯤 이
성을 상실한 수한. 그리고 절대강환포가 지닌 엄청난 거력을
마법사로서 인식할 수 있는 토일 역시 그 경악의 정도가 남달
랐다. 이에 수한 측 최강 카드가 튕겨져 나간 원인을 찾고자
재빨리 절대강환포와 신성제국군과의 최초 충돌 지점을 바라
보는데… 그곳엔 바로 '그것'이 있었다.

—그렇군. 저 물건이 있었기에 튕겨낸 거군. 그래, 그렇기
때문에…….

5m 크기의 거대한 신성 오라를 형성하며 주위를 마나를 자
연스럽게 끌어당기고 있는 그것. 그렇다. 그것이 아니고서야
어찌 드래곤 브레스조차 능가하는 절대강환포를 튕겨낼 수
있으랴? 바로 오대신기 중 하나인 인과의 방패(Buckler of
Retribution)가 아니고서야…….

한편 수한과 토일이 공황 상태로 허우적거리는 그때, 정작
그들을 그렇게 만든 '신기'의 주인 역시 지금의 상황에 기겁
하긴 마찬가지다.

"이런, 말도 안 되는… 감히 신의 은총(?)을 거부하다
니……."

'인과의 방패'의 주인이자 신성 나티아 제국의 교황인 페러스. 그는 방금 전 신기조차 감당해 내질 못한 수한의 가공할 공격에 말 그대로 전율했다.

인과의 방패가 무엇이던가? 주신, 발드르가 직접 그들 교단에 내려준 성물이자 이단자들을 처벌하는, 교단의 무력을 대표하는 신물이다. 그리고 그 위력은 대륙을 통틀어 몇 손가락 안에 드는 최강의 무구이기도 했다. 실제로 아트란 산맥의 마룡을 일격—실제로 브레스를 반사한 것에 지나지 않지만—에 환원시킨 선대 교황의 일화조차 인과의 방패가 지닌 무수한 활약상 중 하나에 지나지 않았으니.

그런데 지금 이 순간 그 절대부동 믿음의 상징인 신기가 기대를 저버린 것이다. 자연 그 신기의 주인이자 광신도인 페러스의 입장에선 하늘이 무너지는 듯한 충격일 터. 그러나 마냥 신기만을 탓할 수 없는 것이…

"크윽~ 역시 데스로드… 과연 마의 권속 중 최강자답군. 아니, 그보다 내가 부족한 탓인가?"

신성멸마기사단과 함께 진영의 가장 선두에서 번쩍이는 흰색 갑주와 각종 보조 아이템, 그리고 신기로 무장했으나 현재 페러스의 레벨은 고작 300대 초반. 오직 신에 대한 믿음 하나만으로 교황 직에 오른 탓인지, 인과의 방패를 십분 활용 못하는 게 현재 페러스의 사정인 것이다.

그리고 그런 사정을 누구보다 잘 알고 있는 신성제국군 측의 총지휘관은 애초부터 인과의 방패에 그리 큰 기대를 하지 않고 있었다.

"신의 자비로 마왕의 공격이 무력화되었다! 발드르의 이름을 찬양하라!"

"오오! 발드르! 발드르!"

망연자실해진 페러스의 모습에 끌끌 혀를 찬 신성멸마기사단의 기사단장. 교황의 실망스런 태도에 잠시 주춤하는 성기사들의 사기를 자신의 높은 목청으로 한껏 끌어올린다. 어차피 당초의 목표인 절대강환포를 무력화시킨 마당에 뭘 그리 연연하냐는 반응. 그리고 솔직히 그 정도만 해도 인과의 방패는 충분히 제 몫을 한 것이기도 했다.

"예하, 어차피 '그자'의 계획대로 되고 있습니다. 그러니 이제 진군 명령을……."

"아, 그렇군. 발드르의 이름으로 전군 앞으로!"

"오오오~ 발드르! 발드르!"

기사단장의 은근한 타박에 그제야 제정신을 차린 페러스. 발드르의 첫 번째 종이자 신성제국의 교황이건만, 그 별 볼일 없는 능력—어디까지나 주위 괴물들과 비교해서—으로 인해 왠지 어리버리한 모습이다. 그러나 그는 누가 뭐라 해도 신탁과 신기의 선택에 의해 교황 자리에 오른 존재. 신성제국군의 어느 누구도 그의 진군 명령을 거부하지 않았다.

한편 페러스의 낮은 레벨 덕에 개전 초반부터 자폭하는 걸

모면한 수한. 페러스가 잠시 잠깐 좌절 모드로 접어든 틈—덕분에 신성제국군의 진군 역시 잠시 주춤했었다—을 타 토일에게서 모종의 이야길 듣고 재차 질러 버린다.

"빌어먹을! 또 신기야? 어찌 된 게 그놈의 신기와 난 이렇게까지 악연인지……."

'바람의 정화'와 '영광의 검'들과의 악연—그 본인은 몰랐지만, 지금 이 순간 수한은 오대신기 전부와 악연을 맺는 순간이었다—을 떠올리며 광분하는 수한. 뭔가 일이 잘 풀리려고 하면 그놈의 신기가 난장을 부리니 수한으로선 당연한 반응이다. 거기다 지금 경우엔 그 빌어먹을 신기가 그가 지닌 가장 강력한 무기를 무용지물로 만들었으니.

"으득~ 나중에 시간이 나면 그놈의 신기를 죄다 반 토막으로 만들어 버려야지!"

어차피 이번 일이 끝나면 계속 게임할 생각도 없는 주제에 뭔가 터무니없는 생각을 하는 수한. 옆에서 그의 혼잣말을 듣는 토일은 말릴 생각은커녕 대마왕다운 포부라며 연신 고개를 끄덕인다.

그리고 그들 만담 콤비(?)가 잠시 잠깐 딴생각을 하는 동안 슬슬 공격 태세를 갖추는 신성제국군. 반면 적들이 바로 코앞에 있건만, 넘치는 망상을 주체 못하는 수한들로 인해 구울들은 그저 우왕좌왕이다. 이러다간 찍소리 한 번 못해보고 모든 게 끝날 판국이다. 이에 그나마 망상이 적은 직종—원래 마법

사란 상상력이 풍부해야 하는 법이다─인 기사, 시드가 나름대
로 분전할 수밖에 없다.

　─진영을 흩뜨려! 난전으로 유도한다!

　─예스, 제너럴!

　끼아아악~

　시드의 외침에 와이번을 조종, 신성제국군을 진영을 향해
초고속 낙하 공격을 감행하는 헬 나이트들. 아군의 장점을 극
대화시키고 신성제국군의 기세를 조금이라도 감소시키기 위
해, 자신의 몸을 전혀 아끼지 않는다.

　하지만 이미 로빈으로부터 수한 측 전력에 대해 낱낱이 전
해 들은 신성제국군이 그런 시드들의 공격에 당황할 리 만무.

　"타락한 지옥의 기사들에게 신의 단죄를!"

　"단죄를!!"

　투투퉁~ 쐐애애액!

　시드와 헬 나이트들이 공격을 위해 고도를 낮추자마자, 신
성제국군 진영 곳곳에서 날아드는 각양각색의 신성마법과 단
창들. 이전 연합군과 달리, 사전에 미리 준비한 자들의 공세
는 시드들조차 찔끔 놀라게 만들기에 충분했다. 그리고 실제
로 그 공격들은 시드들에게 큰 피해를 강요했으니.

　─이런, 상승해!

　콰쾅! 퍼어억!

　─크아악!

사방에서 날아드는 빛줄기에 다급히 소리치는 시드. 그러나 그런 시드의 경고가 채 끝나기도 전에서 이십여 기의 와이번이 단창에 꼬치구이가 되어 우수수 추락한다.

물론 와이번에 올라탄 헬 나이트들 역시 신성마법에 떡실신(?)된 채로 지면에 나뒹굴었다.

하지만 신성제국군의 공격은 거기서 끝난 게 아니었다.

"좋아! 속박한다!"

"봉인!"

"봉인!"

갑작스런 추락의 여파로 차마 형용할 수 없는―고어물을 연상하자―처참한 형태로 꿈틀거리는 헬 나이트들에게 대사제 특제 '마물봉인술'을 펼치는 사제 군단. '스피릿 유니온'을 통한 헬 나이트들의 불사 능력을 아는 탓에 직접적인 공격 대신 봉인을 택한 것이다. 그리고 사전에 미리 연습까지 한, 그 번개 같은 봉인술로 인해 헬 나이트들은 그렇게 어이없이 전투력을 상실하는데.

자연 그 일사불란한 신성제국군의 대처에 절로 얼굴이 일그러지는 시드.

―이런, 당했다. 설마 이렇게까지 준비를 했을 줄이야…….

비록 와이번들의 피해는 크겠지만, 어느 정도 신성제국군에 타격을 입힐 줄 알았다. 하다못해 추락한 뒤 재차 육체를 수복한 헬 나이트들이 신성제국군 진영 중심에서 어느 정도 활약할 것이라 여겼건만.

그러나 정작 낙하 공격을 시작하자마자 피해를 입히기는 커녕 가뜩이나 모자란 전력을 왕창 깎아먹었으니.

그러나 시드의 그런 분전 아닌 분전이 마냥 나쁜 것만은 아니었다. 비록 피해는 컸으되 잠시 잠깐 신성제국군의 발걸음을 멈추게 했고, 그사이 수한과 토일이 망상에서 벗어나 현실을 직시하게 된 것이다.

―마스터, 이거 심상치가 않습니다.

절대지휘권능을 통해 전황을 실시간으로 파악할 수 있는 토일. 그는 방금 전 일어난 교전의 결과에 경악하며 다급히 수한에게 경고했다. 그리고 수한 역시 대마왕다운 먼치킨적 시력으로 파악한, 조금 전의 전투 내용에 기겁했다.

"뭐야? 이거 정말 장난이 아니잖아? 어떻게 뭐 하나 해보지도 못하고……."

레벨 450짜리 보스몹 이십여 기를 순식간에 녹여 버린 신성제국군의 저력에 그제야 사태의 심각성을 파악한 수한. 이제 더 이상 망상에 해롱거리지 않고, 마왕 본연(?)의 자세로 돌아와 전의를 다진다.

"젠장. 피해를 줄이니 뭐니 할 때가 아니군. 좋아, 전력을 다해 상대해 주지!"

그렇다. 상대는 그의 천적인 성기사와 사제. 결코 방심해서도 방심할 수도 없는 존재들인 것이다. 그러니 대마왕으로서 전심전력으로 상대해야 예의일 터.

"일단 토일은 구울들을 뒤로 물려. 나서봤자 괜히 녹는다. 그리고 데스윙은 좌측으로 이동, 내가 공격하는 것과 동시에 브레스를 날려. 아무리 인과의 방패라 해도 전부를 커버할 순 없겠지."

―예, 마스터.

그르르르. 예스, 마이로드.

수한이 내린 나름대로(?) 정확한 지시에 재빨리 움직이기 시작하는 토일과 데스윙. 그리고 데스윙이 공중에서 자리를 잡자, 수한은 다시 한 번 절대강환포를 준비한다.

우우우우웅―

"크크크. 좋아, 막을 수 있다면 막아봐. 대신 데스윙의 브레스가 너흴 덮칠 테니."

공격력이 최소 100만이 넘는 절대강환포나 40만에 육박하는 데스윙의 프리징 브레스나 막아낼 방법이 없긴 마찬가지. 인과의 방패 같은 신기가 하나뿐인 이상, 신성제국군은 선택을 할 수밖에 없으리라.

하지만 그와 같은 수한의 생각은 이미 누군가가 했었던 것이다.

쿠콰콰콰콰~

푸아아아악~

수한의 신호에 따라 동시에 전개된 절대강환포와 프리징 브레스. 각기 신성제국군의 정면과 좌측을 노린, 그 무지막지한 충격파들은 가차없이 신성제국군의 진영을 덮쳤다. 그러나 어찌 된 노릇인지 페러스는 조금의 고민도 없이 절대강환포를 향해 몸을 날리는데.

투우우웅~

콰드드드득. 콰쾅!

다시 한 번 들리는 기묘한 현악기 소리와 멀찍이 튕겨져 나간 절대강환포. 그리고 프리징 브레스는,

콰콰콰콰콰쾅!

"크윽~"

"으으윽~"

엄청난 폭음과 함께 일제히 주저앉는 수백의 성기사와 사제들. 그러나 약간의 부상자는 있을지언정 사망자는 단 한 명도 보이지 않는다.

"아, 아니… 이게 뭐야? 어째서?"

큰 피해까지는 아니더라도, 진영의 일각이 붕괴되는 것을 기대했던 공격이다. 그런데 아주 작은 피해만으로 데스윙의 프리징 브레스를 감당해 낸 신성제국군. 심지어 그 작은 피해, 부상자들조차 사방에서 난사되는 힐링 세례에 순식간에 회복이 되는 모습이었다.

이에 자연 경악할 수밖에 없는 수한과 토일. 그나마 토일은

마냥 놀라는 수한과는 달리 마법사다운 관찰력으로 신성제국 군 진영 곳곳에 번쩍이는 그 무언가를 발견하는데… 그리고 그것들의 정체를 아는 순간 재차 경악한다.

—아뿔싸! '다중신성방어막' 입니다!

"엥? 그건 또 뭐야?"

—그러니깐 그것이 뭐고 하니…….

자신도 모르게 튀어나온 수한의 의문성에 재빠르게 답하기 시작하는 토일의 설명. 그리고 그 특유의 지루한 설명으로 인해 잠시 진이 빠지는 수한. 그러나 그 설명 덕에 방금 전 믿을 수 없는 결과에 대해 어느 정도 이해할 수 있게 되었다.

"헤에~ 그러니깐 대사제 전용 방어막을 마법진의 도움으로 중첩 운용한단 말이지?"

—그렇습니다. 본래 드래곤이나 마족의 갑작스런 난입을 방지하기 위한, 대신전 자체 방어용 마법으로 알고 있었는데… 설마 그걸 이곳에서 보게 될 줄이야. 하긴 고위급 사제들과 성기사들을 저렇게 잔뜩 모은 마당에 그걸 못할 이유도 없겠지요.

토일의 설명을 듣고 수한이 찬찬히 신성제국군 진영을 살펴보니 역시나 지면 곳곳에 마법진 비슷한 것이 잔뜩 깔려 있다.

"헐, 아예 도배를 했군, 도배를 했어. 얼씨구, 지금 내 발밑에도 있네? 이거 정말 단단히 준비를 한 모양인데?"

―마스터, 감탄만 할 때가 아닙니다. 다중신성방어막은 대 드래곤 전용 방어 마법. 마스터의 절대강환포라면 모를까, 데 스윙의 그것으론 저들에게 피해를 줄 방법이 없습니다.

"아차, 내가 이러고 있을 때가 아니지."

마냥 경탄만 늘어놓는 수한의 모습에 슬그머니 대책의 필 요성을 언급하는 토일. 수한은 그제야 제정신을 차리고 신성 제국군을 맹렬히 노려본다. 하지만 노려본다고 해서 뭔가 뚜 렷한 공략 방법이 생겨날 리 만무. 결국 토일은 자신의 잡념 많은 마스터에 대해 포기하고, 나름대로 대책 마련에 머리를 굴리기 시작하는데.

그러나 토일이 뭔가 좋은 의견을 내놓기도 전에 재차 절대 강환포를 준비하는 수한.

우우우우웅―

―헉? 마스터, 어째서…….

점차 형성화되는 강기탄의 모습을 보며 왜 그런 쓸데없는 짓을 하냐는 말을 간신히 억누른 토일. 수한 역시 그런 그의 심정을 아는 탓인지 씁쓸한 얼굴로 대답한다.

"할 수 없잖아. 이렇게라도 견제를 하지 않으면 저놈들이 우릴 덮칠 텐데… 뭐, 운이 좋으면 저 녀석들에게 타격을 줄 수도 있고… 일단 내가 이러는 동안 구울들이라도 빨리 대피 시켜. 그리고 시드!"

―예, 말씀하십시오!

"아까처럼 무리하지 말고, 어떻게 견제만 해봐. 일단 발을 묶어두는 게 목표니까. 데스윙도 마찬가지!"

—예스, 마이로드!

—크르르르. 예스, 마이로드.

그 짧은 시간에 어느 틈엔가 나름대로 머리를 굴린 수한. 어느덧 성장한, 그의 장한—어디까지나 평상시와 비교해서—모습에 토일이 감격해 마지않는다. 아, 드디어 무뇌충에 힘만 앞세우던 다혈질—주인공에게 이렇게 걱너라한 표현이라니⋯⋯—에서 드디어 어느 정도 생각있는 사람 수준으로⋯⋯.

한편 토일이 그렇게 감격의 눈물을 흘리는 사이, 수한의 지시에 따라 나름대로 자기 할 일을 하는 시드와 데스윙. 수한이 절대강환포를 날리는 것과 동시에 제각기 신성제국군의 진영을 공격한다. 이에 장내에 연달아 울려 퍼지는 굉음과 폭음, 그리고 와이번들의 기성.

'아차, 나도 이러고 있을 때가⋯⋯.'

자신의 마스터와 동료들이 분전하는데 어찌 자신이 가만히 있을 수 있으랴. 토일 역시 수한들의 활약에 자극을 받아 재빨리 자기 할 일을 떠올린다. 이에 구울을 통솔해 후방으로 물러서게 하고 절대지휘권능을 활용, 신성제국군 진영의 약점을 파악하고자 노력하는데⋯⋯.

수한이 솔선수범하여 신성제국군 진영을 난타하고, 옆에서 데스윙과 시드들이 보조한다. 이어 토일이 그들에게 정확히 공략 지점을 조언하니, 신성제국군의 튼튼한 방어막도 조금씩 흔들리는 것이 당연지사. 하지만……

"힐링 웨이브!"

"그레이트 풀힐!"

축복이나 근력 강화 같은 버프 마법들도 대단하지만, 사제들의 최대 장기(?)는 어디까지나 회복 마법. 흔들리는 방어막에 성기사들이나 사제들이 잠시 잠깐 휘청거린다 싶으면 사방에서 회복 계열의 상급 신성마법들이 날아든다. 이에 재차 용기백배하여 방어막을 구축하니…… 수한 측이 '조금' 예리한 창이라면, 신성제국군은 '절대' 뚫리지 않는 방패 같은 형세라. 그리고 그런 공방전이 대략 한 시간이 넘어서자 인내심이 부족한 수한으로선 짜증이 솟구칠 수밖에 없다.

"젠장, 이게 뭐야? 이렇게까지 했는데, 대체 이놈들은……?!"

퇴각을 위해 발을 묶는다는 객쩍은 소릴 해대며 몇 차례나 절대강환포를 난사한 수한. 덕분에 현재 그의 먼치킨적 마나량조차 간당간당한 수준이다. 그러나 그런 막대한 마나량을 투자했음에도 정작 그 결과는 시원찮았으니.

구울을 퇴각시킨답시고 수뇌부들이 열심히 날뛴 것까진 좋은데, 이러다간 수한들이 신성제국군의 포위망에 완전히 갇힐 판국이었다. 결국 상황이 이렇다 보니 스켈레톤 나이트들의 장대한 기마 돌격이 더욱 아쉬운 수한. 그러나 드레이크 뼈를 남겨둘 걸 하며 후회해 봤자 이미 늦은 일이다.

…적어도 아직도 미련을 못 버리는 토일과는 달리 현실을 직시할 필요가 있었다.

―마스터, 조금만 더 하면 어떻게든…….

"아니야, 도저히 지금으로선 방법이 없어! 봐! 헬 나이트들이 벌써 반 이상 줄었잖아! 게다가 데스웡도 더 이상 브레스는커녕 피어조차 날릴 마나도 없고! 그리고 너! 이제 마나가 거의 다 떨어졌지? 그럼 절대지휘권능도 전개 못할 거 아니야?"

―…예, 마스터. 그렇습니다.

어찌어찌 분전은 하지만 도통 뚫릴 기미가 보이지 않는 신성제국군의 방어막. 마치 초합금 강화 등껍질을 지닌 거대 거북을 상대하는 기분이랄까? 결국 그 견고한 방어에 견디다 못한 수한은 결단을 내릴 수밖에 없었다.

"분하지만, 이제 어쩔 수 없지. 게다가 구울 대부분이 이미 몸을 피했으니… 좋아! 시드, 데스웡! 일단 후방의 구울들과 합류한다. 적어도 마법진이 없는 곳에서 싸우든지 해야겠어. 정 안 되면 이들을 상대 안 하고 빙 둘러서 가는 방법도 고려해 본다."

―예스, 마이로드.

―크르르. 예스, 마…….

쿠와왕!

수한의 지시에 황급히 날갯짓을 가다듬으며 전장에서 물

러서려던 데스윙. 그러나 그가 채 수한의 말에 대답하기도 전에 이변이 발생했다. 난데없이 그의 몸을 강타하는 오러 다발. 그로 인해 데스윙은 격렬한 폭음과 폭염에 휩싸인 채 공중에서 잠시 휘청거리는데…….

"뭐야? 무슨 일이야?"

뜬금없이 이루어진 공격에 어리둥절해진 수한과 그의 권속들. 그러나 그것은 신성제국군 측에서 기다리고 기다리던 하나의 신호였다.

"성공이군. 좋아, 이제 반격이다! 발드르의 적을 멸하라!"

"오오! 발드르! 발드르!"

지금까지 방어만 하던 것에 질렸던 것일까? 분연히 일어나 신성제국군의 사기를 올림과 동시에 공격을 명하는 신성멸마 기사단장. 이에 신성제국군 진영 곳곳에서 튀어나오는 각양각색의 신성마법 공격들.

"뭐야? 왜 갑자기?"

조금 전까지 천적 만난 거북이마냥 튼튼한 방어막 아래 숨어 있던 신성제국군. 그러나 지금은 한 달 만에 먹이를 만난 코모도 도마뱀—비유를 해도 왜 꼭 이런 식인지……—처럼 수한 측 진영에 달려든다. 덕분에 낮은 고도에 있던 헬 나이트들은 순식간에 추풍낙엽마냥 추락하는데……. 그 광경에 수한은 그제야 신성제국군이 지금껏 공격에 전력을 기울이지 않았음을 깨달았다.

"하지만 대체 왜?"

뭔가 설명한 길이 없는 불길한 예감. 그러나 그런 수한의 생각은 지나치게 늦은 감이 있었으니.

―어억?! 마스터, 큰일이……?!

"뭐야? 또 무슨 일이 벌어진 거야?"

급전개되는 상황에 채 적응하기 전에 재차 울려 퍼지는 토일의 비명. 이에 백문이 불여일견이라… 토일의 설명이 시작되기 전에 수한은 황급히 그의 이깨에 손을 얹었나. 그러자 수한의 면전에 생성되는 상황판. 비록 마나 부족으로 인해 연신 깜빡거리며 종국엔 완전히 사라졌으나, 수한은 토일이 울부짖는 이유를 금세 알아차릴 수 있었다.

"이… 이건?!"

―크흑~ 마스터. 죄송합니다. 잠시 신성제국군에만 신경쓰는 사이 이런 일이…….

마지막 순간 상황판에 언뜻 보였던 그것. 바로 사방에서 급속토록 접근하는 수천, 수만 개의 푸른 점들이었다.

"이햐~ 대단한데요? 역시 보우 마스터! 이 먼 거리에서 그걸 맞히다니…….."

"허험, 뭘 이런 걸 가지고……."

방금 전 데스윙에게 오러 애로우를 난사한 로빈의 실력에 아부 섞인 감탄을 늘어놓는 팝콘. 이에 로빈은 괜히 쑥스러워진다. 하긴 랭킹 십위권 안에 드는 고수로서, '멀티 오러 애로우' 따위를 보여봤자 무슨 자랑거리가 되겠는가? 게다가 먼 거리라고 해봤자 전황이 훤히 보이는 신성제국군의 후방 지역이었고, 자연 저 엄청난 덩치에 화살이 빗나갈 리 없다. 그리고 무엇보다도! 조금 전 화살 공격은 '신호'로써의 임무를 완수했을 뿐, 데스윙에게 큰 타격을 준 것도 아니질 않는가?

때문에 황급히 화제를 전환함으로써 스스로의 어색함을 걷어내려는 로빈.

"커험, 그보다 무전사들의 발빠른 행동을 칭찬하게. 덕분에 사방에 퍼진 200여 개의 분대가 일사불란하게 움직일 수 있었으니. 아마 대마왕으로선 한 방 얻어맞은 기분일걸. 설마 이렇게 최단시간 내에 저런 대규모 병력을 동시에 운용할 줄은 전혀 예상치 못했을 테니까."

"킥~ 솔직히 그게 뭐 어려운 일이라고…… 그냥 여기서 잠시 잠깐 로그아웃해서 게시판에 글을 올린 것뿐이지 않습니까? 그리고 수신자 역시 그냥 로그인해서 각 분대에 그것을 알려주는 것뿐이고……."

함께 있던 무전사들이 로그아웃한 탓인지, 함부로 말하는 레드. 그러자 옆에 있던 팝콘이 '나름대로' 그들을 옹호한다.

"그게 아니지! 적어도 수신자들은 엄청 힘들었을걸. 온종일 게시판 글을 지켜보는 게 얼마나 따분한데. 생각해 봐, 글 올라올 때까지 드라마도 못 보고 만화책도 대충대충 읽으며 온종일 긴장한 채 기다린다니……."

…뭔가 자신의 평상시 생활 모습을 알려주는 듯한 팝콘의 어설픈 변설(변명 섞인 설명). 그러나 놀랍게도 레드에겐 그게 통한다.

"그도 그러네. 굉장히 따분하겠어. 세상에! 드라마를 보지 못한다니. 그런 무시무시한 일이……."

'허허. 이거 참, 큰 싸움을 앞두고 이렇게 긴장감이 없어서야…….'

두 드라마 중독자(?)의 대화에 내심 어처구니없는 로빈. 그러나 그 역시 이 잠시 잠깐의 여유를 즐기긴 마찬가지다. 솔직히 이제 로빈이 할 일이라곤 포위망이 견고히 구축되길 기다리는 것뿐, 별다른 지시나 전황 조절은 필요치 않았다. 그만큼 지금까지의 전황이 낙관적이었다는 의미.

'설마 이렇게까지 일이 잘 풀릴 줄이야…….'

절대지휘권능, 시전되는 동안 제아무리 명장이라 할지라도 전략 전술에 우위를 자랑할 수 없게 만드는 집단 병진용 사기 스킬. 그리고 절대강환포, 공격력이 100만이 넘나들면서도 상대의 방어력을 깡그리 무시하는 사기 스킬의 최고봉.

그러나 대마왕 측이 지닌, 그 두 장의 최강 카드는 신성제 국군의 견고한 방어막에 막혀 허무하게 낭비되었으니…… 절대강환포가 총 일곱 번 작렬하고 개전한 지 두 시간 남짓이 지나는 순간, 이제 그 두 장의 최강 카드는 더 이상 위협적이

지가 않게 되었다. 거기에 로빈이 미처 생각지도 못한 또 다른 호재! '덤이긴 하지만, 데스윙의 브레스나 헬 나이트들에 대한 걱정도 덜었군. 거기다 대마왕은 후퇴할 생각은커녕 아직 신성제국군과 교전 중이고…… 큭~ 본격적으로 시작하기도 전에 승부가 난 건가?

절대지휘권능 범위 밖에 대기 중이던 10만 유저와 그와 같은 숫자의 NPC 정병들. 무전사의 연락이 취해진 지금, 그들 전원이 헤이스트 마법을 건 채 이곳을 향해 달려오고 있다. 그리고 그들의 접근을 이제야 알아차린 대마왕 측에선 황급히 이 자리를 이탈하려 하나 신성제국군이 끈덕지게 붙들고 있는 상황.

앞으로 10분! 그 정도 시간이 지나면 20만 병력에 의해 포위된, 더 이상 역전의 패가 없는 대마왕 측은 괴멸되리라.

"꺼져!"

콰콰!

"아아악!"

단 한 번의 손짓에 서너 명의 성기사와 사제들이 떡실신 상태가 되어 나뒹군다. 그리고 그런 무지막지한 손짓은 한 호흡에 무려 수십 번이 가능했고, 그 움직임은 한 마리 비호와도 같아 제대로 상대할 수 있는 자가 없으니… 가히 천인지경에 오른 고수가 아니고 무엇이랴? 하지만,

"젠장! 역시 너무 많아!"

사방에서 수한을 향해 날아드는 신성 계열의 마법들. 알게 모르게 HP을 깎아먹는 빛무리에 휩쓸려 허우적거리길 10여 분이다. 자연 대마왕이라도 지금 상황은 위기일 수밖에 없다.

"차앗!"

파악!

결국 주위의 파상 공세에 견디다 못해, 공중으로 몸을 날리는 수한. 비록 비행 마법 수준은 아니지만, 유니크 신법을 익힌 그에게 잠시 잠깐 허공답보를 흉내(?) 내는 건 그리 어려운 일이 아니었다. 하지만 그런 행동은 도리어 크나큰 실수였으니……

"일제 공격! 대마왕을 척살한다!"

"우와와!"

콰콰쾅~ 퍼퍼펑~

공중에 떠 있자 도리어 더 쉽게 표적이 되어버린 수한의 몸. 덕분에 사방팔방에서 날아드는 축복과 힐링 세례(?)에 정신이 다 혼미해질 지경이다. 이에 절로 욕설이 튀어나오는 수한. 하지만 그 욕설의 대상은 신성제국군이 아닌 불과 반시간 전의 자기 자신이다.

"크윽~ 빌어먹을! 내가 미쳤지, 미쳤어! 그냥 나 혼자 도망갔어야 했는데……"

난타당하는 데스윙과 속속 추락하는 헬 나이트들, 그리고 다굴에 서서히 말려드는 토일과 시드의 모습에 그 스스로가 미끼가 되고자 신성제국군의 중심에 뛰어든 수한. 자신의 무적 몸빵과 근력이라면 어찌어찌 시간을 벌 수 있다는 자신감에 그런 '미친' 짓을 하고 말았다.

그 결과 토일과 시드들은 신성제국군의 공세에서 벗어났으되, 그 자신은 이렇게 무한다굴에 휩쓸려 끙끙거리는 상태. 그나마 신성제국군에서 벗어난 토일과 시드들이 제대로 후퇴라도 했으면 덜 억울했을 텐데…… 이번엔 유저들의 포위망에서 허우적거리고 있었다.

수한으로선 정말 미치고 팔짝 뛸 노릇.

"크아아악~ 젠장, 왜 이렇게 되는 일이 없어!"

수한을 끈덕지게 붙잡고 괴롭히는 신성제국군. 그리고 토일들을 비롯한 죽음의 군단 수뇌부들을 다굴하는 유저들. 거기에 후방의 구울을 집단 병진으로 유린하는, 3차 포위망의 주축을 이루는 NPC 정병들.

포위망은 시간이 지날수록 더욱 견고해질 것이고, 그나마 쓰러져 있던 부상자들은 사제들의 힐링 웨이브에 속속 전선으로 복귀하고 있다. 한마디로 수한에겐 절망적인 상황. 어디에도 빠져나갈 구멍이 없었다.

대체 어디서부터, 그리고 무엇이 잘못된 것일까? 토일이 유저들의 접근을 알아차리지 못한 것? 아니면 절대강환포를 난사하며 마나를 함부로 낭비한 것? 아니, 애초에 신성제국군에게 겁없이 달려든 것 자체가 문제인 걸까?

…아니, 지금은 그런 쓸데없는 원인 분석에 신경 쓸 때가 아니다. 어떻게든 지금의 위기에서 벗어날 방법을 생각해 내야만 한다!

'일발역전으로 절대강환포나 십방장환을 난사하기엔 마나가 부족하다. 그렇다고 이형환위를 남발해 혼자 도망갔다간 결국 비참한 최후—게임에서든 현실에서든—가 기다릴 뿐. 결국 남은 건…….'

수한이 지닌 최후의 카드. 그 내용에 심히 문제(?)가 많으나, 그 적용 범위만큼은 압도적인 스킬.

'크윽~ '이것' 만은 절대 쓰고 싶지 않았는데…….'

그 위력은 둘째 치고, 대마왕의 체면을 심히 손상시키는 스킬이라 차라리 영원히 봉인하고 싶었건만. 하지만,

"…이대로 끝낼 순 없지."

지금까지 고생한 것이 아까워서라도… 행랑창에 수북이 쌓인, 그리고 경매 사이트에서 결제를 기다리는 아이템들을 위해서라도 결코 지금의 계정을 잃을 순 없다.

다시 말해… 절대 죽을 수 없단 말이다!

"크아아아아~ 나로 하여금 이것을 쓰게 만든 너희들 스스로를 원망해라!!"

수한의 뭔가 애달픈 절규와 함께 대마왕 데스로드가 지닌 최후 최강의 카드, 진명 스킬 '커스필드(Curse Filed)' 는 그렇

게 발동되었다.

*   *   *

"커어억?! 저건 또 뭐야?! 저런 건 기록에 없었잖아?!"

운영팀 중앙에 위치한 거대 모니터, 한창 벌어지고 있는 전장을 긴장된 시선으로 바라보던 최강준. 그는 난데없이 등장한 '그 무언가'를 보고 반쯤 패닉 상태가 되어 절규했다.

수십만 명이 바글거리는 전장을 단숨에 뒤덮어 버린 어마어마한 확장력, 그리고 그 내부에서 느껴지는 가슴 섬뜩한 사악한 기운. 뭔가 무시무시한 일이 벌어질 것 같은 예감이 최강준을 비롯한 운영팀 사람들의 뇌리를 스쳐 지나간다.

"아, 아무래도 '큐티 보이'가 지금 처음 사용한 스킬인 모양입니다. 일단 시전자가 그 스킬을 쓰거나 저희 측에서 직접 스킬 생성 과정을 포착하지 않는 이상 기록에 남지 않는 탓에……"

"젠장! 지금 그딴 게 중요한 게 아니야! 어서 빨리 저 스킬에 대해 알아봐!"

"옛!"

최강준의 불같은 노호성에 4운영팀원들 중 몇몇이 경쟁이라도 하듯 후다닥 키보드를 두들기기 시작했다. 그리고 그런 그들의 노력에 힘입어 잠시 뒤 수한의 시전한 '그 무언가'의 정체가 모니터에 드러나는데…….

"…이게 뭐야?"

예전 수한이 지닌 삼대 궁극기, '구걸하기', '미친척하기', '죽은척하기'. 세상에 다시없을 그 사기 스킬들과도 비견되는 충격적인 내용.

…최강준은 절망했다.

Chapter 6

격전을 벌이다

최초의 가상현실게임이 미국의 모 회사에 의해 현실화가
된 지 5년째 되던 해, 그러니깐 지금으로부터 약 7년 전. 머리
좋고(재훈), 돈 많고(원준), 재기가 넘치며(길범), 그 모든 요소
를 통합 정리할 줄 아는(수영), 네 명의 천재가 만나 세계 최고
의 가상현실게임을 꿈꾸며 'Four Children'이란 모임을 결성
했다. 그리고 3년 뒤, 그 모임은 F.C.(Fantasy Contriver)사라는
명칭의 거대 게임 회사로 성장, 마침내 기존의 가상현실 구현
의 한계를 훌쩍 뛰어넘은 'NEW WORLD'라는 차세대 가상
현실게임을 내놓아 가상현실게임계를 석권했다.

　…라는 게 'NEW WORLD' 탄생에 대해 일반적으로 알려

진 사실이었고, 그 당사자인 수영 역시 지금까지 그렇게 생각하고 있었다. 하지만…

"솔직히 처음엔 고.작. 게임이 목표가 아니었어. 완벽한 가상현실 공간을 구축, 인간 개개인의 기억과 영혼을 옮겨 영원히 죽지도 늙지도 않는 신인류로 도약하자! …라는 거창한 계획이었지. 일명 '매트릭스 프로젝트'! 어이, 노려보지 마, 그 당시엔 나름대로 멋진 이름이었다고!"

"하아~ 그래, 계속 지껄여 봐."

"큼큼~ 그럼, 다시…… 대부분 사람들은 영생을 꿈꾸지. 그러나 육신의 노화와 더불어 결국 죽음을 맞이해. 아니, 노화로 인한 죽음은 그나마 나은 건가? 각종 질병과 사고로 인해 자기 천수를 다 누리지 못하고 죽는 사람은 부지기수. 하지만 가상현실에서라면 어떨까? 각종 위협에 노출된 현실이 아닌, 무한한 가능성이 존재하는 가상현실에서의 새로운 삶! 병에 걸려, 혹은 사고를 당해 오늘내일하던 사람들에겐 그것은 하나의 희망이 아닐까?"

"장황하게 늘어놓는 걸 볼 때, 결국 실패했군."

자신의 실패나 실수를 미화하길 좋아하는 원준의 성격을 뻔히 아는 수영. 괜히 설명이 길어질 것 같자 가차없이 잘라 버린다. 이에 방금 전까지 야망과 열정이 넘쳐흐르던 사회 초년생은 어디 가고, 인생의 쓴맛을 볼 대로 본 장년의 노숙자만이 남겨진다.

"…조금 스케일이 크고 허무맹랑하긴 했지만, 당시엔 불가능이란 걸 모르던 시절이었단 말이야. 쳇, 원래 꿈은 크게 가져야……."

"좋아, 다 좋아. 바보 같을 정도로 거창한 꿈도 좋고, 그에 대한 치기 어린 열정도 좋아. 하지만! 왜 난 그런 계획에 대해 전혀 몰랐던 거지?"

자신이 따당했다는 생각에서일까? 머리에 슬슬 스팀을 올리며 주먹에 힘을 주는 수영. 그러나 이어지는 원순의 대답은 기껏 최종 모드(?)가 된 그녀를 허탈하게 만든다.

"아, 그거? 크크크, 한 여자에게 잘 보이기 위한 세 남자의 발악이라고 생각해 줘. 어디까지나 결과를 보인 뒤 널 깜짝 놀라게 만들 치기 어린 생각이었으니까. 그리고 솔직히 그 계획은 네가 합류하기 훨씬 전부터 우리 세 사람이 구상해 왔던 거였거든."

"하아~ 고작 그런 이유로…… 뭐, 좋아. 계속해 봐."

오해(?)가 나름대로 좋게 풀리자 장내에 감돌던 수영의 암흑오라가 조금 약화되는 듯하다. 이에 보다 좋은 분위기에서 재차 이어지는 원준의 이야기.

"아아~ 그러지. 어쨌든 우린 꿈을 이루기 위해 나름대로 노력했어. 그리고 어느 정도 성과도 이루었지. 너도 잘 알겠지만 재훈에 의해 지금의 'NEW WORLD'의 기본 베이스가 될 지구 수준의 거대 공간을 구축하는 데 성공했고, 그 안에서 더불어 살아갈, 인간과 거의 비등한, 혹은 능가하는 수준의 A.I.(인공지능)를 지닌 존재, '루나'와 몇몇 특별한 '뭔가'를 만드는 데도 성공했어. 이제 남은 건 실제 인간이 그 가상현실 내 주민으로서 정착할 수 있는지가 문제였지."

뭔가에 도취된, 반쯤 풀린 눈으로 과거의 어떤 일을 회상하는 원준. 하지만 그를 지켜보는 수영은 가차없었다.

"하지만 결국 실패했지. 같은 말 두 번 하게 만들지 마."

"크크크, 맞아. 거의 성공을 앞두고 실패했어. 원인은 알고 있겠지? 그 모든 프로젝트를 진두지휘하던 최고 책임자, 재훈이 난데없이 덜컥 죽어버렸어. 설마 그놈이 그런 병을 앓고 있을 줄이야 누가 알았겠어. 크크크, 역시 천재는 제명에 못 죽는다는 건가? 크크크크."

꿈을 달성하기 직전에 무너져 내린 자로서의 허탈감, 그리고 너무나 젊은 나이에 요절한 재훈에 대한 원망과 안타까움을 담은 채 원준은 쓸쓸한 괴소를 흘렸다. 그러나,

그런 원준의 모습에 동요해 사장실에 난입한 목적을 잊을 만큼 수영은 호락호락한 사람이 아니었다.

"아아~ 신파는 그만 떨고… 이제 본론으로 들어가지? 슬슬 지루해지는데 말이야."

"쳇, 역시 안 되는 건가?"

"콱! 헛짓하지 말고 어서 불기나 해! 대체 '리버스'란 녀석은 누구야?! 그리고 그놈이 신기를 모으는 이유는?!"

"아, 알겠어. 그러니깐 그게…… 에휴~ 할 수 없지. 그는 처음이자 마지막 '실험체' 야."

"실… 험체?"

지금 이 순간, 수영에게 그보다 더 불길한 느낌을 주는 단어는 없었다. 실험체? 그렇다면 혹시?!

"크큭~ 인권이니 뭐니 그런 말은 하지 마. 그 문제에 대해선 내가 다 알아서 했으니. 뭐, 정부를 통해 사형수 한 명을 고용했다고 생각하면 돼. 즉, 법적으로 전혀 문제될 게 없다는 뜻이시."

"후우~ 좋아, 지금 중요한 건 그딴 게 아니니까. 계속해 봐."

그냥 넘어갈 문제가 결코 아니지만, 본래 그 캐릭 성격이 선(善)보다 악(惡)에 가까워서일까? 엄청 중요해 보이는 문제를 그저 원준의 수완이 좋다는 식으로 슬쩍 넘겨 버리는 수영. 그리고 그런 악의 방관자의 재촉에 재차 입을 여는 악의 중심축.

"재훈이 죽은 뒤에도 도저히 포기할 수가 없더군. 그래서 난 그 녀석이 남긴 기록에 의지, 그 '실험체' 를 가상현실 공간의 주민, 아니, 신인류로 만들려 했어. 그리고… 아까 말했다시피 실패했지. 이론상으론 아무런 문제가 없었지만 어찌된 영문인지 가상현실로 옮긴 기억 데이터는 몽땅 날아갔고, 그 여파로 실험체는 사망. 나로선 더 이상 그 계획을 계속 진행할 엄두가 나지 않더라고. 결국 그 뒤엔……."

"재훈이 남긴 유작들을 토대로 길범이 게임을 만들었고, 지금의 'NEW WORLD' 가 탄생했지."

"크크크, 맞아. 그리고 길범은 나보다 더 미련이 남아서인 지, 그 위험천만한 실험의 데이터를 참고해 결국 '필멸자' 프로젝트를 진행시켰어. 뭐, 거기에 관해선 너도 아는 이야기니 넘어가지. 어쨌든 중요한 건… 얼마 전까지 죽었다고 여겼던 그 실험체, 아니, '리버스' 가 버젓이 'NEW WORLD' 내에 살아 있다는 점이야."

"…그렇게 된 거군."

원준의 이야기를 듣고 나서야 리버스(Rebirth)란 이름이 새삼 의미심장하게 들리는 수영. 거기에 담긴, 뭔가 섬뜩한 의미에 자신도 모르게 몸서리가 쳐진다.

'원한을 품었다는 건가? 그래서 신기를……?'

'신기' 는 'NEW WORLD' 의 기본 밑바탕이 되는 신의 의지와 그 힘을 담은 물건. 그리고 그런 신기를 모은다 함은 곧 세상에 막강한 영향력을 행사할 수 있다는 의미.

자신의 의지와 상관없이 위험한 실험에 동원되어 더 이상 현실에 존재하지 않는 '그 무언가' 가 되었다. 설령 수영이라 할지라도 그런 상황에 처한다면 복수를 꿈꾸는 게 당연할 터. 어찌 보면 리버스가 신기를 모으는 것이 당연하기까지 했다. 그리고 그런 리버스의 목적은…

'세상의 멸망? 하지만 과거에 어쨌든 간에 지금은 자신이 속한 세계인 만큼 그건 좀… 아니, 복수심에 반쯤 미치광이가 되었다면 그럴 가능성도…….'

리버스의 진정한 목적은 직접 대면하지 않는 한 알 길이 없다. 하지만 적어도 분명한 사실은 그의 차후 행동이 회사의 입장에선 결코 바라지 않는 방향으로 나타날 것이라는 점. 그 사실을 다시 한 번 깨닫는 순간, 수영은 앞으로 벌어질 일에 대해 전율했다.

기 싱헌실게임의 몰락? 경제 붕괴? 최악을 부를 수 없는 갖가지 상황들이 그녀의 머릿속을 어지럽힌다.

하지만 그런 혼란스러움에서도 지금까지 품어왔던 의문을 거의 해소시킨 수영은 지금껏 사방에 널브러진 퍼즐들을 하나하나 꿰어 맞추기 시작했다.

'그렇군. 지금껏 세상에 완전히 동화되어 있던 리버스가 얼마 전 필멸자가 되어 그 행방이 드러난 거군. 용케 그것을 포착한 원준 녀석은 자신의 치부를 감추고자 슈퍼컴퓨터의 보안 시스템을 가동한 것이고. 그나저나 필멸자가 되다니… 이거 나름대로 수행이라도 한 건가? 아니면 그냥 운으로?'

어느 정도 내막이 잡히는 사건의 전말. 그런데 막상 이렇게 정리했음에도 뭔가 위화감이 든다. 뭔가 가장 중요한 것을 놓친 느낌.

하긴 저 음흉한 돈벌레인 원준이 진실을 전부 말해줬을 리 없다. 스리슬쩍 자신에게 불리한 그 무언가를 숨겼을 터. 하지만 더 이상 닦달해 봤자 역효과일 뿐이기에 수영은 더 이상 캐묻는 것을 포기했다. 거기다…

'지금은 일단 할 일이 있으니까.'

이제 드디어 리버스의 정체가 밝혀졌고, 그가 꾀하는 일 역시 어느 정도 예상되는 시점. 이제 남은 건 그를 막는 것이다. 그렇다면…

"내가 직접 상대해 주지."

콰앙!

"이크, 저러다 진짜 문 부서지겠네."

혼자 뭐라 중얼거린 뒤 부리나케 사장실을 벗어나는 수영의 모습에 원준은 안도의 한숨을 내쉬며 중얼거렸다.

다행히 수영은 그의 '각색' 한 이야기에 넘어가 줬다. 워낙 충격적인 이야기를 한꺼번에 들은 나머지 정리를 제대로 못한 모양. 그게 아니면 그 좋은 머리로 나름대로 새로운 이야기를 만들었는지…….

분명한 사실은! 지금이야 이렇게 넘어갔다지만, 이제 곧 그녀도 '진실' 을 알게 된다는 점이다. 그리고 그 진실을 안 그녀가 거짓 진술(?)한 그에게 상응하는 보복을 할 것은 명약관화. 그 예상되는 보복을 생각하면 절로 간담이 서늘해지는 원준이다. 하지만…

"…나로선 중립을 지켜야 되거든. 그러니 이해해 줘요, 수영."

철저한 '방관자'로서 원준은 입이 근질거리는 자신을 간신히 달랬다.

*   *   *

치음엔 구울을 향해 섬을 휘두르던 어느 이름 모를 병사의 그림자에서 시작되었다. 마치 햇빛과 병사의 율동(?)으로 만들어진 평범한 그림자처럼 보이던 회색빛 그 무언가. 하지만 그것은 점차, 아니, 급속토록 확산되었고, 치열한 전장의 주역들이 그 사실을 알아차렸을 땐… 모든 것이 끝난 뒤였다.

"이건……?"

"어어…… 뭐야? 이게?"

방금 전까지 피가 튀고 살이 분쇄되던, 광기만이 난무하는 전장의 중심. 어느 순간부터 주위 풍경을 비롯한 그 모든 것이 회색으로 물들었다. 화려한 색상으로 입는 자의 존재 가치를 타인에게 인식시키던 기사들의 화려한 갑옷부터, 적에게 그 위험성을 강요하던 번득이는 칼날까지. 사람들의 눈에 비치던 모든 천연색들이 단 하나의 색상으로 인식되어졌고, 동시에 그 회색의 공간에 갇힌 모든 이들에게… '저주'가 내려졌다.

"으억?! 갑자기 배가…… 설사?"

"가려워, 가려워! 늘 깨끗이 씻고 지냈는데, 어째서?"

"아아악 난 남자야! 그런데 왜 생리통이?!"

…그 내용이 심히 궁상맞긴 했지만, 어쨌든 각양각색의 저주로 인해 우수수 쓰러지는 유저와 NPC들. 4대 생활 저주('악성습진', '발기부전', '피부질환', '소화불량')와 결정타 '생리', 그리고 그 밖의 별의별 희한한 저주들이 맹위를 떨쳤고, 그렇게 회색 영역 내 살아 숨 쉬는 모든 이들에게 내려진 저주 종합 세트는 너무나 치명(?)적이었다.

그나마 사제와 성기사들로 이루어진 신성제국군 측은 스스로에게 정화 마법을 걸어 그 민망한 대열에서 빠지긴 했지만 회색 영역은 이미 전장을 완전히 잠식한 상태.

눈앞의 구울을 향해 창을 휘두르다 요통으로 주저앉은 병사나 뭔가 묵직한 것을 바지에 흘리며 엉거주춤 검을 지팡이 삼아 짚은 기사는 그나마 양반이다. 여자 손목조차 제대로 잡은 적이 없는 순진한 마법사가 상상임신으로 연신 헛구역질하는 모습은 그야말로 악몽!

그 궁상비참 대열에서 자유로울 수 있는 건 대사제와 상급 성기사, 그리고 '근골' 수치가 극대화된 일부 고레벨 유저들밖에 없었다. 거기다 저주에 걸린 이들이 우르르 쓰러지자, 그것을 기점으로 저주와 무관한 언데드 군단의 반격이 시작되는데…….

―바로 지금이닷!

―우오오오~

시드의 외침과 함께 함성을 내지르며, 지상으로 급하강하는 헬 나이트들. 계속되는 다굴 난타로 인해 고작 10여 기의 와이번만이 남았으나, 그 기세만은 20만 유저, NPC 정병들을 능가한다. 그리고 병든 닭 신세가 되어 끙끙거리는 유저들에겐 그들을 막을 힘이 없었다.

―암흑제국을 위하여!

스걱~ 우직~ 우드득~

"아악?!"

가을 들판의 추수하는 농부의 심정이 되어 유저와 NPC들의 생명을 거침없이 취하는 헬 나이트들. 그 광경은 그야말로 무인지경이라. 몇몇 저주에서 벗어난 고렙의 유저들을 제외하곤 별다른 반항조차 못한 채 회색으로 물들고 있다.

거기다 속속 쓰러지는 유저들 틈새에서 서서히 부활하는 헬 나이트들. 조금 전까지 유저들의 무한 다굴로 인해 육신을 생성하지 못하던 그들이 지금의 혼란을 틈타 죽음의 군세에 가세했다. 비록 신성제국군에 의해 봉인된 헬 나이트들은 그 대열에 끼지 못했지만, 이로써 전세는 헬 나이트들에게 넘어간 지 오래.

그리고 평상시 그토록 점잖(?)을 떨던 헬 나이트들이 날뛰는데 이성상실, 개념부족, 식욕만땅인 구울들이 가만히 있을

리 없다.

─쿠오오오오─

"으윽~ 막앗! 어떻게든 막아야…… 아아악!"

식탐에 미쳐 울부짖는 구울의 괴성과 심한 두통과 복통에 시달린 채 다리를 절뚝거리던 그 누군가의 절규. 그리고 그 절규의 주인공은 이내 구울들의 물결에 휩쓸려 단말마 비명을 내지른 뒤 회색으로 물들었다. 평상시라면 능히 구울 10여 마리를 찜쪄먹을 고렙이건만, 지금은 구울에게 학살당하는 병자일 따름. 그리고 그런 광경은 전장 곳곳에서 벌어지고 있었다.

결국 기하급수적으로 늘어나는 피해와 일방적으로 흐르는 전황에 견디다 못해 로빈은 결단을 내릴 수밖에 없었다.

"크윽~ 설마, 이런 게 있을 줄이야…… 전원 회색 영역에서 물러서!"

"사령관이 물러나래~ 어서 물러나!"

"대피, 대피! 대피하라!"

로빈의 격정적인 외침은 팝콘과 레드의 도움(?)으로 순식간에 전장에 울려 퍼졌다. 이에 기다렸다는 듯 아픈 몸을 이끌고 회색 영역에서 몸을 빼는 유저들과 NPC 정병들. 비록 그들이 구울과 헬 나이트들보다 월등히 많은 숫자라곤 하나, 지금 상황에선 도주만이 최선이다.

그리고 그런 무질서한 도주와 사기 저하로 인해 로빈이 애초에 구상한 견고한 포위망은 완전히 무너진 지 오래. 이대로 가다간 포위망을 뚫고, 데스로드의 군세가 이곳을 벗어날 가능성이 매우 높아버린다. 아니, 사방에 퍼진 유저, NPC 정병들이 헬 나이트들에 의해 각개격파당할 수도…….

"크윽, 그럴 순 없지!"

머릿속에 떠오른 최악의 가정을 억지로 지워 버린 뒤 재빨리 머리를 굴리기 시작하는 로빈. 그는 지금의 혼란스러운 상황을 수습하기보다 현사태의 원인에 대해 주목했다. 그리고 지금의 전황을 일거에 뒤집음과 동시에 피해를 최소화하는 최선의 해결책을 떠올렸으니… 그것은 바로…….

"아직 끝난 게 아니야. 어떻게든 데스로드 본인을 잡기만 한다면……."

로빈은 입술을 질끈 깨물며 중얼거렸다.

체스에서 이기는 건 상대의 말을 얼마나 많이 잡았느냐가 아닌, 왕을 먼저 잡느냐의 문제. 그리고 지금의 상황 역시 그와 같다. 이 모든 사태의 원인이자 죽음의 군세의 중심인 데스로드를 제거하는 것이 이 전장의 혼란을 종식시킬 유일한 해법인 것이다.

다만 문제가 있다면, 로빈이 그 막중한 일을 하기엔 능력이 부족하다는 건데…….

"이제 '그'를 믿을 수밖에……."

유저, NPC 동맹군이 물러서자 신성제국군만이 회색 영역 안에서 분전하고 있었다. 그나마도 포위망 안에서 날뛰는 데스로드로 인해 연신 흔들리는 신성 제군군의 진영. 거기에 재차 가세하는 헬 나이트들과 구울들로 인해 그 진영의 붕괴는 더욱 가속화되는 실정이었으니.

이제 남은 유일한 희망은 데스로드를 홀로 대적할 능력을 지닌 그의 빠른 '결단' 이었다.

"크크크크, 크하하하하~"

증오와 공포로 물든 시선들 사이에서 수한은 광소를 터뜨리며 종횡무진 날뛰고 있었다. 조금 전까지 그를 괴롭히던 신성력과 파상 공세는 커스필드의 전개로 인해 십분지 일 이하. 이제 수한은 양 떼 사이에 풀린 늑대, 아니, 울트라 하이퍼 강화특제 삼두 호랑이였다.

콰콰쾅!

"아아악!"

수한이 한 번 움직일 때마다 수십여 명씩 쓰러지는 성기사와 사제들. 커스필드의 저주를 해제시키느라 더 이상 회복 마법과 축복 버프 마법을 쓸 수 없는 그들은 말 그대로 수한의 밥이었다. 그리고 이에 더욱 기가 산 수한이 한층 더 속도를 올리니, 신성제국군 진영은 혼란 그 자체.

수한으로선 지금의 광경을 연출한, 그리고 조금 전까지 그토록 구박하던(?) 커스필드에 대해 다시 생각할 수밖에 없었다.

"크크크크, 설마 망신살이 줄줄 흐르던 스킬이 이렇게까지 대단할 줄이야."

수한이 대마왕으로서 부여받은 진명 스킬, 커스 필드(Curse Filed).

익힌 마법이 좌다 생활 저주 마법인지라, 그 이름부터가 자기어필적 성향이 확고부동한 스킬이다. 그리고 그 내용은 권능이 펼쳐진 범위 내 한 시간 동안 적에게—시전자가 지닌 것들 중—랜덤으로 다섯 가지 저주 마법을 부여한다는 것.

언뜻 들으면 수한이 그토록 질색하던 이유가 절절히 느껴진다. 본래 저주란 건 공격력이 전무한, 약간의 제약을 주는 선에서 끝나는 법. 거기다 아주 특별한 상위 저주가 아닌 한 약간의 시간만 지나도 자동으로 해제되기까지 한다. 심지어 웬만한 고렙들에겐 저주가 아예 걸리지도 않았으니…… 자연 그런 저주를, 그것도 궁상맞기 그지없는 생활 저주를 걸어봤자 무슨 소용이 있겠냐는 게 처음 수한의 생각. 그리고 무엇보다도!!

대마왕으로서 체면(?)이 있지, 어디 그딴 허접 스킬을 쓸 수 있단 말인가?

그런데!! 막상 커스필드를 전개하니, 이거 장난이 아니다. 아무리 허접한 생활 저주라 하나 다섯 가지나 중첩으로 걸리니 그 위력은 웬만한 최상급 저주 마법 이상의 효과. 거기다 저주 마법이 정화 혹은 시간이 지남에 따라 자동으로 해제되어도, 커스필드 영역 내에 있으면 다섯 가지 저주 마법이 재차 걸리는 게 아닌가?

그로 인해 유저, NPC 정병들뿐만이 아니라 아주 고렙이 아닌 성기사, 사제들조차 자신들 몸에 걸린 저주를 해제하느라 정신이 없는 판국. 덕분에 방금 전까지 수한을 그토록 괴롭히던 신성제국군은 이제 변변한 저항조차 못한 채 일방적으로 살육당하는 형편이었다.

그 광경을 보건대 수한의 '커스필드'야말로 전대 데스로드의 '데스필드'에 버금가는 스킬이 아니고 무엇이랴?

자연 수한은 커스필드를 진작 펼치지 못하는 것을 자책할 수밖에 없었다. 이렇게 대단한 위력을 지니고 있을 줄 알았다면 스킬을 얻자마자 마구잡이로 남발했을 텐데. 하지만 지금이라도 이렇게 전세를 역전시켰으니 그렇게 늦은 것도 아니리라.

"크카카카카! 결국 최후의 승리자는 바로 나군. 그래, 역시 난 주인공이었어!"

점차 승리를 향해 치닫는 전장의 모습에 광소를 터뜨리며 그 특유의 대사로 승리를 자축하는 수한. 검은 로브를 휘날리며 성기사와 사제를 곤죽으로 만드는 그의 모습은 진실로 대마왕의 그것이라.

하지만! 글 전개상, 그리고 권선징악적 측면에서 그런 수한의 행동은 당연히 제지당해야 마땅한 법!

"멈춰라! 이 악의 권속아!"

"엥~ 이건 또 뭐야?"

어느 이름 모를 성기사와 사제의 목을 양손에 쥔 채 한껏 분위기를 잡던 수한. 그런 그를 일단의 무리가 제지한다.

번쩍이는 흰색 갑주와 지금의 혼란에서도 여전히 신성 오러를 동반한 그들. 바로 신성 나티아 제국의 방패이자 대륙 삼대기사단의 수좌인 신성멸마기사단이다.

"큭~ 역시 레벨이 되니 저주의 영향에서 벗어난 건가?"

주변에서 여전히 끙끙거리거나 연신 정화술을 펼치는 성기사, 사제들과는 달리 멀쩡해 보이는 그들. 그 모습에 수한은 아주 잠시 잠깐 위축된다. 대마왕 특제 저주 다발을 단지 신체적 면역력만으로 극복했다면, 그 강함이야 두말할 나위가 없을 터. 하물며 그 숫자가 무려 300에 달했으니.

"발드르의 근심이자 인류의 공적을 척살한다! 멸마봉인진 준비!"

"합!"

처척.

선두의 기사단장의 말에 일체의 잡설을 생략하고, 일제히 검을 세우는 기사단원들. 이후 수한을 천천히 포위하는 그들의 모습엔 대마왕이라도 함부로 방심할 수 없는 강렬한 기세가 느껴진다.

…물론 그런 식의 전개는 온갖 미사여구를 덧붙인 저주와 말다툼 뒤 본격적으로 전투를 시작할 줄 알았던 수한으로선 결코 바라던 바가 아니었다.

"씨이~ 이 자식들은 판타지의 로망(?)도 모르나? 어찌 된 게 대면하자마자 칼날을 세우냐?"

나름대로 뽀대나는 대사와 동작(?)을 준비했던 수한으로선 약간 실망스런 모양. 그러나 그런 실망감에 마냥 마음을 놓기엔 눈앞의 신성한 칼잡이(?)들이 만만치가 않다.

"발드르의 이름으로!"

신성 오라와 각종 버프 마법으로 강화된 몸짱(?) 칼잡이들. 한차례 구호로 전의를 다진 뒤 수한을 향해 일제히 몸을 날린다. 수한의 연약한—적어도 겉보기엔—몸으론 감히 감당할 수 없는 무게(?)와 기세들. 하지만 수한이 어찌 그 정도에 휘둘리랴.

그렇다. 수한은 바로 대마왕, 데스로드이자 주인공(?)인 것이다.

"크카카카카! 엑스트라는 엑스트라답게 얌전히 주인공의 희생양이 되어라!"

파파파팡~

뭔가 의미심장한 대사를 남발하며 장력을 중첩 운용하는 수한. 그러자 그를 공격하던 가장 선두의 성기사들에게 거대한 폭풍이 몰아친다. 웬만한 상급 기사나 전사는 일격에 회색으로 물들 어마어마한 충격량의 작렬! 자, 이제 드디어 수한의 주인공다운 활약의 시작인가?

콰콰콰쾅!

그러나… 만인의 예상대로 그 무지막지한 장력의 데미지를 아무 탈 없이 감당해 내는 신성멸마기사단의 성기사들. 심지어 수한에게 저마다 일검을 날리기까지 하는데…….

"이야압!"

티티팅!

물론 수한의 호신강기에 막혀 일제히 튕겨지긴 했지만 말이다. 하지만 그것만으로도 수한을 놀라게 하기에 충분하다.

"어쭈~ 이것 봐라? 내 묵천마환장을 견뎌내?"

현재 수한의 기본 자체 공격력만 해도 1만. 그리고 방금 전 장력에 실린 데미지는 무려 3만에 달한다. 아무리 신성멸마기사단 개개인이 레벨 400대를 바라보며 온갖 강화 마법과 템빨, 그리고 신에 대한 믿음으로 무장했다곤 하나, 인간으로선 도저히 감당해 낼 데미지가 아닌 것이다. 자연 수한으로선 경악할 수밖에.

그러나 여기서 수한이 미처 생각지 못한 것이 있었으니…… 기사 급 전력이 '특정' 병진을 형성할 경우, 그 받은 데미지를 병진의 구성원에게 분산시킬 수 있다는 사실이었다.

특히 지금의 '멸마봉인진'이라는 대마족 특화 성기사 전용 병진의 경우, 청제국의 진법처럼 현란한 변화와 진법 특유의 압력이 없다 뿐이지, 그 견고함과 진법 구성원에 대한 방어력은 청제국 진법조차 훨씬 능가하는 최상급 병진이었다. 그러니 수한표 특제 장력이라고 해도 그 데미지를 충분히 감당할 수 있는 게 당연지사.

파파파팡!

"칫~ 역시 쉽게 되는 게 없다니까."

다시 시험 삼아 한차례 장력을 난사했음에도 여전히 제자리를 지키는 성기사들. 이어 수한과의 간격을 줄이며 포위망을 한층 더 견고히 하는 모습을 연출한다. 그러자 그 자세한 내막을 모르는 수한이라도 과거의 안 좋은 기억을 통해 대충 사정을 눈치 챌 수밖에 없는데.

…아주 바보는 아닌 모양이다.

"젠장, 이놈의 진법은 정말 지긋지긋한데……."

이미 청제국에서도 진법에 쓴맛을 톡톡히 본 적이 있는 수한이다. 하지만 당최 머리를 굴리길 싫어하는 데다가, 그리 썩 좋은 머리도 아닌 탓에 진법이나 병진엔 그야말로 속수무책이라. 좀 더 효과적인 방법이 있을 텐데 그저 힘으로만 밀어붙이니 족족 당하는 게 그의 실태다.

자연 이번 역시 예전과 같은 패턴으로 진행될 가능성이 높았고, 실제로도 그랬다. 덕분에 좀처럼 결말이 나지 않는 수한과 성기사들의 격전.

"발드르의 이름으로!"

"크아아아아!!"

콰콰쾅!

광신도(?) 특유의 외침과 함께 수한을 향해 일제히 몸을 던지는 성기사들. 이에 수한 역시 대마왕다운 괴성을 내지르며 대응한다. 그 결과 장내를 뒤흔드는 굉음과 폭발이 일어나 제법 그럴듯한 대격돌의 모습이 연출되나…… 실제론 서로 간에 불만이 매우 많은 상태다.

"크윽~ 역시 마의 첫 번째 권속… 하지만 오늘 이 자리에서 신의 위대함을 증명해 보이리라."

"좀 더 힘을 내라! 발드르께서 우릴 가호하신다!"

우오오오오!

자신의 능력 부족에 연신 씩씩거리며 열을 내는 신성멸마기사단장. 안전한 후방 지역에서 목이 터져라 성기사들을 응원하는 페러스. 그리고 그 두 사람의 독려에 호응하여 더욱 열을 내는 성기사들. 하지만 그들의 분전은 호신강기에 막혀 수한의 로브 자락조차 제대로 베지 못하는 실정이었다. 한편 수한은……

"이 자식들…… 정말 무슨 불사신이냐, 좀비냐?"

수한의 최대 장점이자 특징인 그 무지막한 근력을 적극 활용했음에도 여전히 뚫릴 생각을 하지 않는 포위망. 분한 마음에 한 놈을 골라 있는 힘껏 쥐어박았음(?)에도 병진으로 인한 막강 방어력 효과와 사방에서 날아드는 힐링 물결로 인해 금세 발딱 일어선다.

자연 수한은 여전히 성기사 사이에서 허우적거리며 짜증지수의 한계치 갱신에 도전 중.

"크아아아아! 감히 엑스트라 주제에!!"

생각 같아서야 이 지긋지긋한 상황을 일거에 타계할 절대강환포를 날리고 싶다. 하지만 그것을 시전할 동안 이 찐드기 같은 녀석들이 가만히 있을 리 없고, 성기사들 사이에서 두 눈에 핏발을 세운 페러스의 모습을 보니 감히 엄두도 나지 않는다. 그리고 무엇보다도! 그럴 마나가 없었다(하긴 절대강환포를 남발하고, 거기에 진명 스킬 커스필드까지 펼쳤으니…).

물론 지금의 간당간당한 마나량이라도 절대강환포는 무리일지언정 십방장환 정도는 가능할 터. 그리고 십방장환을 난사한다면, 지금의 상황에서 어느 정도 효과를 볼 순 있을 것이다(어디까지나 수한 혼자만의 생각이지만).

다만 문제가 있다면 십방장환을 난사한 이후, 보다 정확히 말하면 십방장환을 얼마나 난사할 수 있느냐는 것인데…

"에, 어디 보자. 어느 정도 남았으려나?"

슬쩍 상태창을 소환해 살펴보니 남아 있는 마나량은 대략 1만 남짓. 십방장환을 전력으로 날릴 경우, 고작 세 번이 한계다. 그리고 그것으론 지금의―적대적인 성향을 지닌 수천의 칼잡이들과 무당(?)들에게 둘러싸인―상황을 타계하기엔 너무나 부족한 감이 있다. 그리고 설령 세 번 연달아 십방장환을 날려 효과를 본다 치더라도…

"이거…… 조금, 아니, 아주 곤란한데……."

지금껏 수많은 위기를 경험한바 있는 진성 저주 캐릭 수한. 그가 겪었던 위기 상황 대부분이 마나 부족으로 인해 벌어졌던 것. 즉, 초반에 신나게 스킬을 남발했다가 후반에 마나가 오링되어 적에게 난타 혹은 다굴당했던 것이다.

그런데 왠지 지금 역시 그때 당시와 매우 유사한 진행 과정을 밟고 있는 게 아닌가?

"…괜히 마나 오링나서 몸빵으로 때우는 것보단 마나를 아끼는 게 백배 낫겠지?"

과거의 끔찍했던 기억들을 상기하며 마나 배분에 신경 쓰기 시작하는 수한. 아주 바보는 아닌지라 같은 실수를 다시 반복하지 않으려는 노력이었다.

이에 사방에서 날아드는 검격은 호신강기로 튕겨내고, 뭔가 강렬해 보이는 빛덩어리는 신법으로 피하길 몇 차례. 그렇게 잠시 직접적인 교전을 피하며 뜨거워진 머리를 식히자, 지금껏 관심 두지 않았던 전장의 분위기가 어느덧 한눈에 보이기 시작한다.

콰콰쾅~

"으아악~"

─로드, 지금 저희들이 갑니다. 조금 더 참으십시오!

─위선자의 노예들에게 영원한 안식을!

저 멀리 신성제국군 포위망 외곽에서 열심히 날뛰고 있는 시드와 헬 나이트들. 비록 와이번들을 전부 잃어 지상에서 빌빌(?)거리곤 있지만, 워낙 고렙인데다가 성기사 주력이 몽땅 수한에게 몰린 탓인지 신성제국군을 상대로 압도적인 무력을 자랑하고 있다. 그리고 시드들이 한창 난장판을 만들고 있는 외곽 지역에서 약간 거리가 떨어진 곳에선…

—쿠오오오오~

—암흑제국을 위하여!

"발드르를…… 아아악!"

성기사들과 사제를 말 그대로 짓뭉개며 전진하는 구울들의 무한 러쉬. 그 중심엔 데스윙의 거대한 골체(?)와 토일이 자리 잡고 있었으니… 더 이상 마나가 없어 몸으로 때우고는 있지만, 죽음의 군세 서브 몸빵 이인조—둘 다 HP가 5만이 넘는 괴물들이다—의 저돌적인 돌진은 어느 누구도 막을 자가 없었다.

그리고 그런 권속들의 눈부신 활약상에 몸은 비록 바삐 움직일지언정 마음만은 자연 흐뭇해진 수한.

"크크크, 역시 든든한 수하들이 있으니…… 어라? 이것 봐라?"

이제 막 세 명의 성기사를 집어던지고 재차 두 명을 격공장으로 기절시키던 수한은 불현듯 한 가지 중요한 사실을 깨달았다. 일군의 지휘자로서의 권리(?)를!

'왜 내가 수하들을 내버려 두고 혼자서 다굴당하는 거지?'

그렇다. 지금 이 순간에도 그의 충성스러운 권속, 토일과 시드들이 그 강력한 무력을 행사하고 있다. 그런데 그들의 주인인 자신은 여기서 성기사들에게 둘러싸인 채 뭐 하는 짓인가? 수하들과 합류만 한다면 최소한 이 무한다굴 모드에서 벗어날 수 있는데.

"토일, 시드! 어서 이곳으로 와! 합류한다!"

—지금 갑니다, 마스터!

—예스, 마이로드!

수한의 외침에 더욱 격렬하게 성기사들과 사제들을 뭉개며 접근하는 토일과 시드들. 그런 그들의 무지막지한 기세에 지금껏 수한을 다굴 놓던 신성멸마기사단조차 잠시 주춤한다. 이에 더욱 기가 살아 마음껏 날뛰는 수한.

이형환위를 써서 훌쩍 몸을 피할 수도 있으련만, 미처 그 생각을 못했는지 아니면 자존심 탓인지 그저 성기사들을 작살내기에 바쁘다.

그리고 그렇게 잠시 뒤, 수한의 난동과 토일들의 저돌적인 돌진은 마침내 그 결실을 맺었으니…

—마스터, 저희들이 왔습니다!

—로드의 적을 멸하라!

—쿠오오오오!

"크크크. 좋아, 몽땅 쓸어버려!"

한창 성기사들을 쥐어 패고 있던 수한에게 마침내 가세한 토일을 위시한 죽음의 군세. 일단 그들이 뭉치자 수한 일행이 지닌 전력은 더욱 극대화되어 성기사와 사제들을 일방적으로 유린한다.

콰콰쾅~

"아아악!"

"발드르시여!"

추풍낙엽처럼 나뒹구는 성기사들과 그에 깔려 졸도하는 사제들. 지금까지 아슬아슬하게 유지되던 수한과 신성제국군 간의 균형은 이로써 완전히 무너졌다. 수한을 견제하던 신성멸마기사단은 혼란에 빠져 전력이 분산되었고, 신에 대한 믿음으로 죽음을 불사하던 성기사들 사이에선 등을 보이는 자가 생겨났다.

"크윽~ 역시 어쩔 수 없다는 건가?"

구울들을 비롯한 데스로드의 권속들을 상대해야 할 동맹군은 회색 영역 밖에서 구경만 하는 실정이고, 사제들은 저주 해소와 아군의 반복되는 체력 회복 요청에 거의 탈진한 상태. 그로 인해 주력인 성기사들은 데스로드와 그의 권속들에 의해 일방적으로 몰리고 있었다.

이대로 가다간 패배가 확정적인 상황. 때문에 페러스는 더이상 '그'를 외면할 수 없었다.

"그를 데려오도록."

"예하, 아직 저희들에게 여력이 남아 있습니다."

사방에서 나뒹구는 성기사들의 모습을 응시하며 차갑게 입을 여는 페러스. 그러자 순간 움찔하며 기사단장이 뭔가를 설득하려 했다. 하지만 설레설레 고개를 흔드는 페러스의 모습에 결국 단념할 수밖에 없었으니⋯⋯.

잠시 뒤, 호출을 받아 기사단장과 페러스의 앞에 나타난 그. 유저 랭킹 1위이자 최근 한계 레벨을 돌파한 절대고렙, 그리고 '신'성 나디아 제국 내에서 배교 혐의를 받고 있는 비운의 성기사. ⋯⋯바로 란슬롯이었다.

"이것이 그대에게 주는 마지막 기회임을 잊지 말도록."

"알겠습니다, 예하."

상대가 상대인 만큼 도움을 요청한다는 사실 자체가 마음에 들지 않는지 차디찬 음성으로 독려하는 페러스. 그러나 란슬롯은 그런 질책성 요구에도 불구하고 수한을 아련히 응시하며 힘없이 대답할 뿐이다.

하지만⋯ 그 스스로 자신이 짊어진 의무를 누구보다 잘 아는 란슬롯. 그는 결국 온갖 번뇌와 슬픔, 그리고 장내 모든 이들의 따가운 시선 속에서 천천히 검을 뽑아 들었다.

"크카카카카~ 응?"

한참 살육에 정신이 팔려, 정신없이 팔다리를 휘두르던 수한. 그러다 문득 손발에 걸리는 것이 없음을 깨달았다. 이에 황급히 주위를 둘러보니, 그를 중심으로 성기사들이 거대한 원진을 형성한 채 멀찍이 물러나 있는 게 아닌가? 그리고 그 원진 내엔 왠지 낯익은 또 다른 인영이 있었으니…….

"란··· 슬롯 경?"

란슬롯을 보는 순간 자신도 모르게 마르안느의 말투로 그를 부르는 수한. 워낙 찔리는 게 많은 터라 본능적으로 뒷수습(?)을 하려는 행동이다. 적어도 수한은 남의 감정을 우롱할 만큼의 진정 악당이 아닌 탓이다.

…그리고 솔직히 게임 탓에 밤길이나 골목길 걸을 때마다 노심초사하기엔 조금 억울하지 않겠는가?

한편 수한의 조심스러운 부름에 순간 움찔하는 란슬롯. 잠시 뒤 토일들이 날뛰는 소음만이 장내를 어지럽히는 가운데—고요한 정적만이 감돌아야 분위기가 살겠지만, 지금 상황으로썬 어쩔 수가 없다—그는 떨리는 음성으로 입을 열었다.

"후드를…… 벗어주시겠습니까?"

그 음성에 실린 가슴 절절한 그 무엇인가를 느껴서일까? 수한은 평상시라면 결코 하지 않았을 행동, 로브의 후드를 뒤로 넘겨 자신의 얼굴을 드러냈다.

"허억?! 세상에?!"

"이럴 수가…… 데스로드가 저렇게 아름다웠다니……."

만천하에 드러난 수한의 진면목에 사방에서 들리는 '헉' 소리.

역시나 수한의 최강 필살기는 절대강환포나 커스필드가 아닌 그의 얼굴이었단 말인가? 심지어 성기사 주제에 연신 '하악! 하악!' 거리는 녀석도 있었으니……

그러나 그렇게 분위기 깨는 상황에서도 굳건히 할 말을 하는 란슬롯.

"정녕… 정녕 당신이 대마왕, 데스로드인 겁니까?"

"……"

분노와 질밍, 그리고 한없이 깊은 슬픔을 간직한 란슬롯의 음성에 그저 침묵만을 고수하는 수한.

하긴 양심이 있는 녀석이라면 이 상황에서 광소를 터뜨리며 긍정하진 못하리라(수진이라면 가능할지도).

그러나 수한의 그런 침묵에서 그 대답을 알게 된 것일까? 란슬롯의 기세가 순식간에 일변한다.

우우우우웅~

란슬롯의 검에 형성되는 거대한 빛기둥. 척 보기에도 심상치 않은 듯한 그것은 '극대강화성검'. 오직 한계 레벨에 도달한 성기사만이 습득할 수 있는 특수 스킬이다. 그리고 그 명성(?)에 걸맞게, 그 위력은 궁극기, '이기어검'을 제외한 최강의 소드 스킬!

물론 먼치킨 중급을 넘어선 수한을 위협하기엔 턱없이 부족하다. 그러나 란슬롯이 구현한 것은 단순한 극대강화성검이 아니었으니.

우우우우웅~

"어어? 그건……?"

처음엔 그저 검을 감싸던 신성 강화 오러. 하지만 시간이 지날수록 점차 란슬롯의 전신을 감싸기 시작한다. 그리고 종국에 이르러선 수한조차 정면으로 응시하기 힘든 눈부신 광휘가 터져 나오는데… 그 결과, 란슬롯의 등 뒤에 생성된 거대한 빛의 날개.

…가만? 날개?!

"억?!"

"허억? 천사?!"

거의 3m.크기에 달하는 거대한 한 쌍의 날개. 비록 남자 등에 달려 있어 그 신성함과 고귀함이 큰 폭으로 하락했지만, 신성 오라를 동반한 란슬롯의 모습은 분명 천사의 그것과 진배없었다. 심지어 그 성스러운 모습에 란슬롯을 탐탁지 않게 여기던 페러스와 기사단장조차 연신 성호를 그릴 정도.

그렇다. 이것이야말로 선택받은 자만이 행할 수 있는(특정 퀘스트를 달성한), 그것도 한계 레벨의 성기사만이 구현 가능한 최후의 비기. 신의 의지를 대행하는 자로서 그의 '사도'를 자신의 몸에 직접 빙의시키는 스킬, 일명 '천사 빙의'(물론 무당의 접신이나 귀신 들리는 것과는 하등 상관이 없는 것이니 오해 없기를)!

그리고 그렇게 대천사의 권능을 직접 몸으로 구현시킨 란

슬롯은 가히 무적 모드! 란슬롯이 내뿜는 신성 오라의 기운을
정면에서 받아내는 수한의 입장에선 정말 환장할 노릇이었다.

"…이게 뭐야?"

고수는 고수를 알아본다고 했던가? 란슬롯이 지닌 미증유
의 거력을 가감없이 느낄 수 있는 수한. 눈앞의 란슬롯의 형
상을 한 '존재'가 자신과 거의 비등한 능력을 지니고 있음을
본능적으로 눈치 챘다.

…역시나 신성 저수 캐릭. 어떻게 이런 타이밍에 난데없이
먼치킨 고급짜리 적이 등장하는지, 그 저주운빨에 기가 막힐
지경이다. 그리고 그런 절망적인 눈앞의 현실에 반쯤 좌절 모
드로 돌아선 수한을 향해 천사의 증표인 '에테르윙'을 펄럭
이며 다가오는 란슬롯.

"…각오하십시오."

너무나 강대한 힘에 취해 통제 불능의 야수가 된 연인—란
슬롯은 아직도 진실을 외면하고 있었다—에게 진정한 안식을 안
겨주기로 결심한 란슬롯. 수한을 고통없이 환원시키기 위해
처음부터 전력을 다할 기색이다. 그리고 그에 따라 사방에서
휘몰아치는 신성력과 마기의 대충돌.

그것은 훗날 전설이라 칭해지는 대격전의 시작이었다.

콰아아아앙!
쩌어어억! 우지끈!

두 존재가 마주칠 때마다 대폭발이 일어났고, 대지는 지진이 일어난 듯 사방으로 갈라졌다. 덕분에 괜히 옆에서 어물거리던 성기사, 사제, 그리고 구울들이 횡액을 당해 회색으로 물들 지경. 그리고 그런 격렬한 전투를 치르면 치를수록 수한은 경악했다.

파파팡! 쩌쩌쩡!

"크윽, 빌어먹을… 진짜 세잖아?"

공중에 뜬 란슬롯을 요격하기 위해 수한이 내지른 수십, 수백의 장영. 단 일인을 상대론 지나치게 과분한 그 공격은 란슬롯의 고속 회피 동작과 강력한 검격에 삽시간에 사그라졌다. 비록 양심의 가책으로 인해 전력을 다하지 않았다곤 하나 어떻게 그렇게 간단히…….

그러나 그런 수한의 감탄, 혹은 경악과는 별개로 란슬롯은 무표정한 얼굴로 수한을 향해 빠르게 쇄도할 뿐. 날개가 괜히 달린 게 아니란 듯, 공중에서 정신없이 몰아치는 고속 급하강 공격이 이어졌다. 이에 질세라 수한 역시 신법을 극성으로 운용하며 그에 대응하려고 하나…….

지금까지 지상전(?)만을 고집하던 수한이 공중전에서 제 실력을 발휘할 리 만무. 결국 수한은 공중전을 포기하고 자신의 주특기 중 하나를 발휘해야 했다.

"치잇~ 역시 대충 상대할 순 없다는 건가?"

우우우우웅!

지상의 호랑이를 노리는 독수리의 매서운 공격에 결국 더 이상 봐줄려야 봐줄 수가 없는 수한. 그가 그렇게 마음을 독하게 먹는 순간! 삽시간에 그의 주위를 둘러싸는 빛의 원반들. 바로 데미지 최소 10만을 보장하는 수한표 특제 장환들이다. 그리고 그 수는 무려 백여 개!

　지금껏 마나를 아낀답시고 자제했지만 란슬롯이 강적임을 드러난 이상, 수한이 나름대로 강수를 둔 것이다.

　그러나… 란슬롯의 무력은 수한의 예상을 훌쩍 뛰어넘었다.

　스걱!

　"이건 말도 안 돼!!"

　수한이 잔뜩 마나를 집어넣은 장환을 단 일 검에 대기로 환원시키는 란슬롯. 사방에서 몰아치는 장환들을 하나둘씩 무력화시키는 그의 모습은 그야말로 거침없다. 수한으로선 도저히 믿을 수 없는 광경. 장력이라면 모를까, 장환까지?!

　그러나 란슬롯의 검은 그것만으로도 부족한지, 멍하니 있는 수한의 호신강기를 깨부수고 그대로 직격했다. 이에 급격토록 줄어드는 수한의 HP.

　"크아아아악!"

　실로 오랜만에 느껴보는 극악의 고통. 수한의 입에선 절로 비명이 터져 나왔다. 하지만 그런 고통보다 수한을 더욱 아찔하게 만드는 건 란슬롯의 말도 안 되는 공격력이었으니.

　장환을 단숨에 환원시키고, 호신강기를 깨부쉈으며, 심지어 그의 몸에 엄청난 데미지를 줄 정도라면 대체 얼마나 말도 안 되는 공격력이란 말인가? 대충 잡아도 거의 20만에 육박한다는 의미!

'말도 안 돼! 검으로 구현되는 스킬 중 그런 데미지를 만들 수 있는 건 없단 말이야!'

차라리 란슬롯이 현재 구현하는 스킬이 전혀 새로운, 절대 강환포처럼 조합 생성된 스킬이라면 어느 정도 이해가 가능하다. 하지만 수한의 느낌상 란슬롯의 검은 강기와 신성력의 합일인, 그저 평범한(?) 극대강화성검일 뿐. 즉, 본신 공격력을 열 배 정도 늘리는 것 외엔 별다를 게 없다는 뜻이다. 그런데 대체 왜, 어째서?!

'크윽~ 그렇군. 혹시나 했는데…… 정말로 그럴 줄이야.'

란슬롯이 날개를 펼친 이후, 자신과 '거의' 비등한 존재로 취급했으되 마음 한구석에선 설마했었던 수한. 그런데 실제로도 란슬롯은 그와 동급의 '능력 치'를 지니고 있었던 것이다. 워낙 먼치킨인 탓에 드래곤 외엔 일 대 일 상대가 없으리라 자부했던 수한의 자존심이 와장창 깨지는 순간!

그러나 지금 상황은 단순히 자존심 운운할 때가 아니었으니… 부족한 마나를 쪼개 란슬롯을 어찌어찌 상대한다곤 하지만, 강적을 상대로 언제까지 자잘한 스킬만을 선보일 순 없는 노릇. 그렇다고 가뜩이나 모자란 마나를 가지고 큰 스킬을 쓰기엔…….

그야말로 진퇴양난의 형세. 하지만 그런 고민을 하는 사이에도 마나는 계속 소모되고 있었고, 이대로 가다간 마나 부족으로 제풀에 쓰러질 판국. 결국 수한은 최후의 발악, 혹은 모험이라 불릴 행동을 할 수밖에 없었다.

"크큭~ 이제 갈 데까지 갔군. 좋아, 이제 나도 오링이다!"

공중에서 다시 한 번 수한에게 검을 겨루며 최후의 일격을 준비하는 란슬롯. 수한은 그런 그를 회피하는 대신, 정면으로 달려들었다. 그리고 란슬롯의 활활 불타는 극대강화성검이 그의 심장을 노리는 순간!

"크아아아아아!!"

콰콰콰콰쾅!!

"이런, 피해!"

─충격에 대비하라!

뒷일을 전혀 생각하지 않고 지니고 있는 모든 마나를 털어넣은 수한의 십방장환. 수한이 대마왕이 된 이후 처음으로 작정하고 터뜨린 그것은 본래 스킬 사정거리를 넘어 사방 50m 거리를 장악했다. 이에 그 엄청난 충격파의 여진은 두 절대강자의 대전을 관전하던 성기사들과 토일들에게까지 들이닥쳐 괜한 민폐를 안겨주는데…….

이후 어느 정도 소요가 진정되자 장내 모든 이들의 시선이 집중되는 가운데, 서서히 드러나는 대폭발의 결과.

"크억~ 이… 럴 수가…….."

거대한 구덩이 중앙에 힘없이 널브러져 있는 수한. 그리고 그의 정면에서 상처 하나 없이 멀쩡히 서 있는 란슬롯.

십방장환이 작렬하는 순간, '절대방어'를 구현하는 에테르 윙이 란슬롯의 전신을 감싼 결과다. 즉, 수한의 최후의 발악은 완벽한 삽질인 셈. 그리고 그런 결과에 토일과 시드들은 광분한다.

─이런! 전군 앞으로!

─로드를 보호하라!

토일과 시드의 명령에 따라 저돌적으로 수한을 향해 달려가는 구울들과 헬 나이트, 그리고 데스윙. 그러나 옆에 있던 성기사들과 사제들이 기다렸다는 듯, 찰거머리마냥 달라붙어 도통 놓아주질 않는다. 그리고 토일들이 그렇게 발이 묶인 사이 재차 검을 수한을 향해 겨누는 란슬롯.

'크윽~ 이제 정말 끝인가?'

지금껏 온갖 위기를 넘겨왔지만, 지금은 정말 방법이 없어 보인다. 설령 수진이 불쑥 튀어나온다고 해도 눈앞의 란슬롯을 상대할 가능성은 전무. 결국 이대로 죽는다는 건가?

그런데 바로 그때! 왠지 슬픔이 가득한 란슬롯의 흔들리는 눈동자를 보는 순간, 수한의 뇌리에 최후의 비책이 스쳐 지나간다.

'정말 이것만은 하고 싶지 않았는데…… 하지만 살기 위해선……'

오직 살기 위해 자신의 '자존심' 을 버리기로 결심한 수한. 자신의 마지막 비책을 실행하고자 갑자기 온몸의 힘을 뺀 채 자포자기한 듯한 모습을 연출한다.

"란… 슬롯 경."

뭔가 동정심을 자극하는 내숭 오라를 내뿜으며 힘없이 흘러나오는 수한의 부름. 순간, 수한의 심장을 향해 내리꽂히려던 란슬롯의 검이 주춤한다. 그러자 그 틈을 타 재차 연타를 가하는 수한.

"…지금까지 고마웠어요."

처연한 미소와 함께 서서히 힘을 잃어가는 미소녀(?)의 가냘픈 음성. 이후 천천히 감기는 커다랗고 맑디맑은 두 눈. 그 노골적인 여우 짓(?)에 어느 누가 감히 저항하랴?

"…마리안느 양…… 저는…… 저는……."

수한의 숙련된 여우 짓에 마침내 한계를 맞이한 란슬롯. 부들부들 몸을 떨며 검을 제대로 가누지 못한다. 그 모습에 수한은 난생처음 '상황별 매력 어필법' 을—소설 소재 및 사진 촬영을 위해—전수한 수진에게 고마움을 느꼈다.

…물론 자신의 그런 행동에 그 스스로 굴욕감을 느끼긴 했지만 말이다.

어쨌든 수한의 가증스런(?) 행동에 동요를 거듭하는 란슬롯. 격렬한 감정의 소용돌이에 빠져 결국 이성을 상실하고 말았으니.

"크윽~ 난…… 난…… 도저히 못하겠어!"

땡그랑!

수한의 도저히 거부할 수 없는 마성적 매력에 **빠져** 결국 검을 놓아버린 란슬롯. 즉, 자신의 책무를 알게 뭐냐는 식으로 저버리고 만 것이다. 그러자 그를 보호하던 에테르윙이 급속토록 그 빛을 잃어가는데…….

지금까지 란슬롯의 기적 같은 활약상은 어디까지나 금주, 천사 빙의에 의지한 것이었다. 그리고 모든 일에는 그 대가가 필요한 법. 고작(?) 한계 레벨에 도달한 성기사가 대마왕을 상대로 일시지간 압도할 수 있었던 것이 어찌 정상적인 일이겠는가? 자연 게임 밸런스를 완전히 무시한 무적 모드엔 그 대가가 클 수밖에 없다.

스킬 효과가 끝난 뒤 일정 기간 동안 능력 치 감소, 명성치 감소를 비롯한 갖가지 금제들. 한계 레벨의 성기사가 평범한 수련 기사만도 못하게 되는 것이다. 하지만! 그런 대가들조차 지금 이 순간 란슬롯의 선택으로 인한 결과만큼 위험천만하진 않았다.

천사 빙의의 발동 조건은 어디까지나 신의 대리인으로서의 의무를 완수하기 위한 성기사의 자발적인 희생. 그런데 란슬롯이 그 의무를 저버리고 수한을 향해 겨눴던 검을 거두었으니, 자연 모든 힘의 원천이 역소화됨과 동시에 란슬롯에게 가혹한 징계가 내려진다.

이른바 신벌(神罰)! 그에 따라 란슬롯의 육신은 급속토록 회색으로 물들며 가루가 되어 무너져 내렸다. 뭔가 정상적이지 않은 뒤틀린 방식의 죽음. 어쩌면 캐릭 삭제를 각오해야 할지도.

파스스스스~

"아~ 란슬롯 경? 대체 왜⋯⋯?"

주위의 심상치 않아 보이는 분위기와 소음에 수한은 슬그머니 두 눈을 떴다. 그리고 이내 상황이 어떻게 돌아가는지 눈치 채고 울먹이기 시작하는데.

⋯이미 이런 결과를 예상했음에도 유종의 미를 거두기 위해 끝까지 가증스런 작태를 유지하는 수한. 그러나 그런 속내를 모르는 란슬롯은 그저 홀가분해 보이는 미소를 지은 채 그를 위로할 뿐이다.

"마리안느 양, 걱정하지 마십시오. 저는 불멸자. 비록 지금과 전혀 다른 존재가 될지언정, 시간이 지나면 부활한답니다. 그러니 제 걱정은 마시길⋯⋯ 그보다⋯⋯ 당신의 기사인 제가 당신에게 검을 겨눈 점⋯⋯ 부디 용서하십시오."

"란슬⋯⋯ 롯 경⋯⋯."

아아~ 정말 이렇게까지 상황이 진행되면, 정말 수습이 불가능하다. 양심의 핵이 란슬롯의 말에 난도질당하는 가운데 절로 눈물이 흐르는 수한. 그런 슬픔이 묻어나는 얼굴에 또 무슨 오해를 했는지 란슬롯은 아예 득도한 도인의 미소를 지은 채 눈을 감았고 이어 완전히 회색으로 물들어 환원되었다.

―로드를 보호하라!

"이… 이런 일이…….''

"크윽! 전부 뭣들 하는가?! 데스로드를 죽여!''

란슬롯이 완전히 환원되자 그제야 상황 판단이 되었는지 삽시간에 떠들썩해진 장내. 신성제국군은 지쳐 쓰러진 수한을 마무리 짓기 위해, 토일들은 그런 그들을 막아서기에 정신이 없다. 하지만 란슬롯의 배교 행위에 마냥 경악만 하던 신성제국군보다 수한의 안위를 걱정하던 토일들의 행동이 한발 빨랐으니…….

신성제국군의 검이 들이닥치기 전에 수한을 중심으로 든든한 방어선이 형성된다.

―마스터, 괜찮으십니까?

"크크크, 토일인가? 좋아, 잘했어.''

―무슨 말씀을…… 어디까지나 당연한 저의 의무입니다.

사방에서 벌어지는 홀리웨폰과 데스 블레이드 간의 격돌. 그러나 수한과 토일이 있는 곳만은 데스윙과 십여 개체의 헬 나이트의 엄중한 경호 속에 고요하기만 하다. 그리고 그 시간적 여유를 틈타 그제야 몸을 추스르기 시작하는 수한. 란슬롯에 대한 일은 머릿속에서 삽시간에 지워 버린 뒤―아아~ 짝사랑의 덧없음이여~―자신이 할 일에 대해 생각하는데.

"큭~ 커스필드가 사라지기까지 앞으로 대략 10분인가? 좋아, 앞으로 10분 뒤. …진정한 지옥을 보여주지."

눈앞에서 펼쳐지는 격렬한 전투를 외면한 채 운기조식에 들어가는 수한. 그리고 그런 그를 완벽히 경호하며 수한이 일어서길 기다리는 토일과 시드들.

그렇게 10분이 지난 뒤… 수한의 예언(?)대로 지상엔 지옥이 강림했다.

"크흐흑~ 이럴 수가……."

방금 막 참혹한 전장의 중심에서 벗어난, 처참한 몰골로 사방에 쓰러져 있는 패잔병들. 로빈 역시 그들과 비슷한 모습한 채 그러나 더욱 비감에 젖어 눈물을 떨구고 있었다.

커스필드가 사라진 뒤 그때까지 기회를 살피던 유저, NPC 동맹군의 돌격. 그리고 그들이 신성제국군과 합류해 데스로드의 암흑 군세에 치명타를 가하려는 순간! 그들의 진영을 일순간에 붕괴시킨 거대한 빛의 기둥과 다시 한 번 펼쳐진 커스필드, 그리고 일제히 일어서는 시체들.

그 결과 신성제국군은 완전히 전멸했고, 유저 NPC 동맹군 역시 괴멸에 가까운 피해를 입어 극소수만이 간신히 죽음의 물결 틈에서 탈출할 수 있었다.

이런 치욕적이기까지 한 결말에 어찌 로빈이 울음을 참을 수 있으랴.

"로빈, 이건… 당신만의 잘못이 아니에요. 그 회색 영역이 사라진 뒤 어차피 통제할 수 없는 상황이었어요."

패배감과 절망에 몸부림치는 로빈의 모습이 안타까워서일까? 로빈 이상으로 초췌해 보이는 후레지아가 자신을 추스르기도 전에 그를 위로한다. 솔직히 그녀의 말대로 그때 당시 상황에선 로빈이라 할지라도 어쩔 수 없는 일. 설마 데스로드가 그렇게 빨리 회복될 줄 누가 알았겠는가?

"아씨~ 로빈이 대체 뭘 잘못한 게 있다고…… 우읍~"

"맞습니다, 로빈. 솔직히 그…… 저주 다발 지역이 사라졌을 땐, 저도 데스로드가 힘이 다한 줄 알았습니다. 게다가 그 상황에서 이렇게나마 피해가 적었던 건 어디까지나 로빈, 당신의 활약이 있었기에……."

버럭 소리치는 레드의 주둥이를 막은 뒤 보다 침착하게 로빈을 위로하는 팝콘. 이 정도 정성이면 로빈도 제정신(?)을 차릴 만하다. 하지만 로빈의 절망과 좌절의 강도는 그들의 예상을 넘어선 것이었다.

"크흐흑~ 아니오. 그렇지 않습니다. 모든 건 제 탓입니다."

"에? 그게 무슨……?"

"크흑~ 차라리… 차라리 제가 유저들을 규합하지 않았더라면… 데스로드에게 대항하지만 않았더라면 이런 피해를 입지도 않았을 텐데… 오히려 저 때문에 피해만 늘린 꼴이 되었으니……."

"……."

급비관주의자가 되어 횡설수설하는 로빈. 그런 작태에 사람들은 잠시 할 말을 잃는다. 대체 얼마나 정신적 충격이 컸으면 로빈 같은 사람이 이 지경이 된단 말인가? 결국 로빈의 망가진 모습에 참다못해 재차 레드가 광분한다.

"크흥~ 그렇지 않습니다, 로빈! 비록 오늘은 크게 패했지만, 그 패배는 당신의 능력이 부족해서가 아니라…… 에, 그러니까 운이 없어서…… 아니, 상대가 워낙 터무니없는 괴물이기 때문입니다. 그러니 그런 말씀 마십시오!"

잔뜩 흥분한 채 두서없이 떠드는 레드. 그러자 옆에 있던 팝콘 역시 슬그머니 가세한다.

"오~ 웬일로 네가 한 건 하네? 예, 레드의 말이 옳습니다. 그 상황에선 누구라도 어쩔 수 없었을 겁니다. 그리고 설령 유저들이 당신의 노력과 능력을 몰라준다고 해도, 당신에겐 저희들이 있지 않습니까?"

"맞아, 맞아!"

"여러분……."

크윽~ 열혈만화의 전형적인 전개……. 하지만 이렇게까지 나오는데, 가슴에서 뭔가 뜨거운 게 치밀어 오르지 않을 수 없다. 거기다 결정타! 주저앉은 로빈의 등을 살포시 끌어안는 후레지아.

"후후, 저도 있다는 걸 잊은 건 아니겠죠?"

"허험~ 사람들이 보는 데서……."

날로 대담(?)해지는 후레지아의 행동에 로빈의 얼굴이 금세 붉어진다. 당연히 눈물은 쏘옥 들어간 지 오래. 덕분에 로빈은 확실히 기운을 차릴 수 있었다.

그렇다. 자신에겐 아직 이들이 있다. 적어도 퍼펙트 길드에서 홀로 쫓겨났을 때보단 훨씬 나은 상황이지 않은가?

"후우~ 감사합니다. 여러분 덕분에 다시 용기를 얻었습니다. 그럼, 제일 먼저…… 웅? 페러스…… 아니, 교황은 어디 간 거죠? 방금 전까지 저기 있었는데?"

다시 재기의 발판을 마련하기 위해 '페러스'의 힘을 빌리려는 로빈. 그러나 막상 찾으려고 하니 그의 모습은 보이지 않고 레드의 엉뚱한 대답만이 들릴 뿐이다.

"아, 그 아저씨? 혼자 저~어 쪽으로 달려가던데요."

"크윽~ 워, 원통하도다. 발드르시여, 결국 어둠을 이기지 못한 이 약한 종을 용서해 주소서."

통한의 눈물을 흘리며 열심히 내달리는 인영. 바로 신성 나티아 제국의 교황이자 로빈들이 애타게 찾고 있는 페러스다. 그리고 전원 순교한 신성제국군 중 유일한 생존자로서 치욕에 몸서리치고 있는 게 현재 그의 상황.

평상시 자신을 깔보던 신성멸마기사단장은 헬 나이트의 수장(시드)과 검을 겨루다 전사했고, 성기사들 역시 그 뒤를 따라 장렬히 산화했다. 변변한 공격 마법이 없는 사제들조차 맨몸으로 구울에게 달려들다 쓰러진 것이 조금 전 전장에서 벌어진 일. 그런데 자신은… 교황씩이나 되는 자가 마족에게 등을 보이며 이렇게 비참하게 도망치고 있다니…….

성질(?) 같아서는 당장 목숨을 끊고 싶은 심정이었지만, 차마 자결할 수 없는 페러스. 그 이유는 오직 단 하나. 수한에 대한 복수심, 아니, 신에 대적하는 마족에 대한 증오심 때문이었다.

"제국에 돌아가면 즉시 성전을 선포, 모든 교도들을 성군으로 소집해 마족을 단죄하리라. 그리고 란슬롯, 이놈! 감히 이단의 존재에게 마음을 줘? 즉시 이단재판에 회부해서……."

활활 타오르는 페러스의 두 눈은 이미 위험수위를 넘은 지 오래. 반쯤 광기에 젖어 차후 벌어질 일에 대해 두려움을 안겨주기에 충분했다. 아아~ 또다시 수한에게 위기가…… 거기다 덤으로 란슬롯까지?

그러나 누구도 예상치 못한 의외의 사태! 이번만큼은 지금까지의 일반적인 패턴과는 다른, 그러나 언젠가 본 적이 있는 듯한 결말을 맞이한다.

─운이 좋군.

"응? 누구냐?!"

서걱.

"커어억?!"

한시라도 빨리 성전 선포를 위해 내달리던 페러스를 일순 정지시킨 차디찬 음성. 이에 페러스가 경호성을 내지르며 인과의 방패를 치켜 세웠을 땐 이미 모든 것이 끝난 뒤다.

털썩. 쿵!

잔혹 영화의 한 장면처럼 상하반신이 분리된 채 쓰러지는 페러스의 시체, 그리고 그로 인해 허무하게 땅바닥에 나뒹구는 인과의 방패.

당연한 진행이겠지만, 지금의 장면을 연출한 다스는 그 '세 번째' 신기를 주워 들며 악당답게 음침한 미소를 짓는다.

—큭~ 이거 참…… 너무 쉽게 해결되었군. 마치 누가 도와준 것처럼.

신성 나티아 제국의 황도에 침입해 같은 나인스타인 란슬롯을 비롯한 신성멸마기사단과의 일전까지 염두에 두었던 다스다. 그런데 수한의 암흑 군세 덕분에 거의 거저먹기로 신기를 탈취했으니…… 단순히 운이 좋다고 치부하기엔 너무 공교롭지 않은가?

—뭐, 좋아. 그 과정이야 어쨌든 간에 이로써 할당받은 신기는 다 모았으니까. 디엘, 이제 돌아간다!

"……."

지난 반년간 대륙을 떠돌며 신기를 모았던 다스와 디엘. 그들은 마침내 임무를 달성하고 홀리 그라운드로 귀환하게 되었다.

*   *   *

"이게 뭐야?!"

최강준의 울부짖음이 운영실 전체를 들썩이는 가운데, 극도의 혼란 상태에 빠진 4운영실. 전혀 예상치 못한 결과에 팀원들 역시 전원 패닉 상태에 빠져 허둥대기만 한다.

초반에 제법 선전을 하나 싶더니, 종국엔 우르르 무너진 신성제국군과 유저, NPC 동맹군. 그나마 최후의 순간 란슬롯이 무슨 수를 내나 기대했건만 최악의 결과만을 낳은 채 전투는 끝이 났다. 거기다 인과의 방패마저 리버스 일당의 손에 넘어 갔으니……

극단으로 치닫는 상황 속에 남은 건 오직 절망뿐. 결국 최강준은 반쯤 폭주 상태가 되어 애타게 부르짖는다.

"아아악! 어서 더 웹을 찾아! 그녀만이 이 난리를 진정시킬 수가……."

        *   *   *

"이게 뭐야?!"

수진은 눈앞에 있는 육중한 거체들을 바라보며 소리쳤다. 적어도 그녀는 길범에게 '이런 게' 있다는 소릴 들은 적이 없었다. 만약 알았더라면…

"왜 그렇게 놀라지? 내가 평소 하는 '일'을 생각하면 그리

놀랄 것도 없을 텐데?"

"젠장!! 이런 게 있으면 네가 그놈들을 해결할 수도 있었잖아. 그런데 왜 수한의 힘을 빌렸던 거야?! 덕분에 지금 완전 난리가 났잖아."

처음에 그저 반장난으로 시작했던 일이 지나치게 규모가 커지자 슬슬 겁이 난 수진이다. 그런데 그런 그녀의 눈앞에 지금까지 벌였던 일들을 극히 허무하게 만드는 '존재' 가 떡하니 버티고 있으니 어찌 화가 나지 않겠는가?

"빌어먹을! 이런 괴물을 하나도 아니고 무려 세 개씩이나 가지고 있으면서…… 저런 거 하나만 동원해도 옛날에 뒤집어엎었겠다!"

"맞아."

"…뭐?"

나름대로 상대의 변명을 바라며 바락바락 악을 썼던 수진. 그런데 정작 길범은 그런 추궁을 순순히 인정함으로써 수진을 허탈하게 만든다. 순간 그녀의 뇌리를 스쳐 지나가는 모종의 불길한 추측.

"설마… 지금까지 수한을 도와줬던 게 다른 목적이 있었던 거야? 그 '신기' 를 모으는 자이드 제국의 녀석들을 상대하기 위한 게 아니었던 거냐고?!"

풋~ 이거 참… 뭐라고 해야 하나?"

지금에 와서도 아직 깨닫지 못한 건가? 길범은 생각보다 순진한(?) 수진의 반응에 자신도 모르게 웃음이 터져 나왔다. 그리고 그런 길범의 반응에 수진은 자신의 불길한 생각이 사실임을 깨달을 수 있었다.

"너… 너……."

자신이 감쪽같이 속았다는 충격적인 현실에 멍해지는 수진. 그러나 그녀의 좌절감을 아는지 모르지 길범은 재차 확인 사살까지 한다.

"만약 수한 군을 통해 '정말' 그들의 계획을 저지하려 했다면 지금과 같이 거창하게 일을 벌일 필요가 있었던가? 그냥 최정예인 소환물들을 역소환시킨 뒤, 수한 군만 텔레포트로 홀리 그라운드에 떨구면 그만이잖아? 죄다 깨부술 필요도 없이 '마법진'만 박살 내면 모든 게 끝인데."

"아차!"

길범의 설명에 그제야 가장 효율적면서도 지극히 상식적인(?) 방법을 깨달은 수진.

그러나 이미 때는 늦었다.

"그럼 뭐야? 지금까지 한 일이 대체 뭐냐고?! 수한에게 '마법사'와 '기사'를 주고, 삼대재앙과 만나게 해 그중 두 개를 복속시키게 했어. 거기다 위기 때마다 구해주기까지 했는데…… 그 모든 게 대체 무얼 위한 거냐고?!"

격앙된 수진의 외침에 길범의 미간이 슬그머니 찌푸려졌다. 미련(?)이 많은 타입을 극히 싫어하는 그로선 당연한 반응. 하지만 그간 수진이 고생한 것을 생각해 다시 입을 열 수밖에 없다.

"이런, 아직도 모르는 건가? 좋아, 설명해 주지. 수한 군은 바로 '미끼'야. 다시 말해 대륙 내 모든 존재들의 시선을 끌어주기 위한."

"무엇을 위해!?"

"뭐긴 뭐겠어? 네가 늘 안달했던 자이드 제국 녀석들의 음모가 별다른 방해 없이 진행되기 위해서지."

"그런……."

수진의 물음에 이죽거리며 대답하는 길범. 그리고 난데없는 다중 연발 크리티컬(?)에 결국 거품을 물며 무릎 꿇고 마는 진성여왕 수진.

수한이 수진에게 늘상 당하던 바로 그 모습 그대로다. 역시 인과응보란 건가?

하지만 이대론 너무 억울해서일까? 지금까지의 심대한 타격에도 불구하고 끝끝내 미련을 버리지 못하는 수진.

"너… 날 속인 거냐?"

"아니, 네가 '착각' 한 거야."

"으아아아앙~"

비웃음 섞인 길범의 대답에 수진은 난생처음 울음보를 터뜨렸다.

Chapter 7

제국과 싸우다

달의 은은한 자애와 포용력을 지닌 아름다운 팔찌.

만악의 근원이자 멸망의 기운을 품은 날카로운 비수.

바람의 축복과 그 거력을 그대로 갈무리한 고풍스런 활.

적의 공세를 막기보다 반격을 원하는, 징벌의 성스러운 방패.

거의 완공을 앞둔 황궁의 심처, 무려 100미터에 달하는 초거대 마법진 중앙에서 네 개의 신기(神器)가 서로 공명하고 있었다.

제각기 신의 권능을 담고 있는 신기, 그것도 하나가 아닌 무려 네 개씩이나 동원된 초거대 마법진. 대마도사, 아니, 드래곤 수십 개체라 할지라도 감히 감당할 수 없는 엄청난 양의 신력(神力)과 마력(魔力)이 동원된 그것은 오직 단 한 사람, 자이드 제국의 재상이자 이슈타르교의 대승정인 리버스에 의해 형성된 것.

때문에 마법진이 생성되는 과정을 뒤에서 관전하던 길란드와 다스, 그리고 디엘은 경이와 두려움에 휩싸인 얼굴로 리버스를 바라볼 수밖에 없었다. 그리고 그렇게 얼마나 시간이 지나서일까?

우우우웅―

"…이제 끝났군."

"마스터! 이제 드디어?!"

마침내 마법 술식이 지면에 고착화되어 마법진 생성이 끝나자 조용히 흘러나오는 리버스의 중얼거림. 이에 길란드는 마법의 극의를 봤다는 기쁨에 반쯤 울음이 섞인 음성으로 소리쳤다. 하지만 길란드의 그런 격렬하기까지 한 반응이 무색하게 면사 사이로 언뜻 보이는 리버스의 신색은 악동의 그것과도 같았으니.

"아니, 아직 멀었어. 마법진 구축은 끝났지만, 그 발동을 위해선 적어도 5일간은 마력과 신력을 더 보충해야 돼. 마지막 '다섯 번째' 신기가 있었더라면 지금 당장이라도 발동했겠지만…… 뭐, 솔직히 그건 애초에 포기한 물건이니 넘어가고. 어쨌든 지금 상황이 그렇기 때문에 너희들이 수고를 좀 더 해줘야겠어."

—…시간을 벌라는 거군.

"그래, 맞아."

약간의 불만 섞인 듯한 다스의 말에 리버스는 히죽 웃으며 대답했다. 그러자 토일과 비견되는 충복, 길란드조차 입에서 한숨이 나왔으며, 디엘은 잠시 휘청거리는 모습을 보인다.

"하아~ 저기… 마스터. 저희들이 아무리 강하다곤 하지만, 데스로드의 암흑 군세를 단지 세 명이서 상대하기엔 조금 무리가 아닐지……."

길란드가 정찰대와 기타 마법들을 통해 알아본 바에 의하면 수한의 군대와 이곳 '홀리 그라운드'와는 거리는 대략 150㎞. 통상적인 군대의 이동 속도라면 적어도 10일 이상이 걸리겠지만, 언데드 특유의 무한 체력과 수한의 조급함으로 인해 사흘 만에 주파할 수 있는 거리이기도 했다.

반면 본격적인 천도가 아직 이루어지지 않은 홀리 그라운드의 내부 병력은 그저 치안 유지가 간신히 가능한 수준이었고, 근처엔 병력 지원을 요청할 만한 곳이 전무. 방금 전 리버스이 행한 '그 무언가'를 믿으며 방어 병력을 집결시키지 않은 것이 치명적인 실수였다.

결국 홀리 그라운드를 향해 거의 질주 비슷한 속도로 다가오는 수한의 병력을 막을 실질적인 전력은 길란드와 다스, 그리고 디엘뿐! 하지만 제아무리 그들이라 할지라도 1만에 달하는 슈퍼 강화 구울과 100기의 헬 나이트를 무려 이틀간이나 묶어둔다는 것은 확실히 무리였다. 그것도 토일의 '절대 지휘권능' 탓에 기습이 전혀 통하지 않는 상황에선 말이다.

그러나… 스토리 전개상 모든 음모의 주역이자 최종 보스급인 '리버스'가 그런 기본적인 사실을 모를 리 만무.

"아아~ 걱정하지 마. 내가 혹시나 해서 '철갑병단'을 근처에 전진, 배치시켜 놨으니."

"헉?! 마스터, 언제 그런……?!"

─…설마 '전부' 말이냐?

"크크크크. 그래, 전부!"

재차 히죽거리며 말하는 리버스. 그의 말이 대체 무슨 의미인지는 모르겠지만, 길란드와 다스 모두 반쯤 질려 버린 기색이다. 하지만 덕분에 길란드 등은 방금 전과는 달리 더 이상 수한의 암흑 군단에 대해 걱정하지 않게 되었으니…….

─크크. 좋아, 그 정도의 지원이라면 단지 시간 끄는 게 아니라 아예 그 녀석들을 깨끗이 정리해 주지.

"맡겨만 주십시오, 마스터!"

전의가 넘치다 못해 아예 폭주하는 길란드와 다스.

…왠지 수한에게 또 다른 위기가 닥친 듯하다.

*　　　*　　　*

"이제 속은 걸 알겠냐?"

"아씨~ 속은 거 아니라니깐. 난 그저……."

수영의 빈정거림에 수진은 억울하다는 듯 소리쳤다. 그러
나 속았든, 착각을 했든 길범에게 이용당했다는 건 변함없는
사실. 결국 수진은 말끝을 흐리며 분기로 거칠어진 숨소리를
추스르는 것 외엔 수영의 공세에 대한 마땅한 대응책이 없었
다.

한편 연신 씩씩거리는 수진의 모습에 겉으론 비웃음을 짓
지만 수영 역시 그리 좋은 상황은 아니었으니.

'젠장~ 잡아다 주리를 틀려고 했는데…… 대체 어디로 튀
어버린 거야?'

길범에게 원한을 품고 오뉴월 서리 맛을 단단히 보여주기
위해 수영을 찾아온 수진. 그리고 그녀의 이야기를 듣고 그제
야 길범의 이적(?) 행위에 대한 증거를 확보한 수영. 그러나
그녀들이 2운영실에 쳐들어가 일의 내막에 대해 추궁하려고
했을 땐 이미 길범의 종적이 묘연해진 뒤다.

자연 수영 역시 수진만큼이나 약이 바싹 오른 상태!

"…좋아. 이렇게 된 이상, 간만에 정말 제대로 한 번 뒤집
어보는 거야!"

"그래, 그 오타쿠 녀석에게 누님들이 화나면 얼마나 무서
운지 확실히 알려줘야 해!"

수영이 먼저 폭주 모드로 들어서자 수진도 은근슬쩍 가세

한다. 역시 오랜 친구 사이여서인지 죽이 맞아서 함께 버닝하는 두 마녀.

이후 수진은 수한을 닦달하기 위해, 수영은 모종의 '안전장치'를 위해 잠시 헤어졌고, 그런 그녀들이 다시 모이기로 약속한 집결지는……

모든 일의 종착지인 '홀리 그라운드'였다.

*   *   *

10년 전까지만 해도 자이드 제국은 대륙의 동단에 위치한 작은 소왕국에 지나지 않았다. 주 수입원이 특정 해산물로 만든 젓갈과 공예품밖에 없던, 그야말로 빈한할 대로 빈한한 작은 어촌 왕국. 그러던 것이 지금의 제국 재상인 '리버스'가 등장하고부터 모든 것이 급변했다.

이전까지의 해신(海神)을 모시던 토착 신앙은 어느 틈엔가 사라지고, 전사들의 수호신, '이슈타르'를 주신으로 믿는 전신교(戰神敎)가 득세를 하더니 순식간에 국교로 지정되었다. 그리고 그 스스로 전신교의 대승정 자리에 오른 리버스.

그는 본인의 천재적인 정치, 군사적 수완과 종교로 인한 광기를 적극 활용, 자이드 제국 주위의 왕국과 공국들을 하나씩 병탄하기 시작하는데……

그리고 그렇게 확장일로를 걸은 지 단 5년. 변방의 작디작은 소왕국은 대륙 유일 제국인 신성 나티아와 그 국경선을 마주한 대제국으로 성장했다.

그러나 자이드 제국의 야망은 그때부터가 본격적인 시작이었으니… 어느 틈엔가 나티아 제국의 후방에 있는 말론 왕국과 군사적 동맹을 체결, 함께 나티아 제국을 전후방에서 압박. 이후엔 나티아 제국과의 국경선 부근에 '홀리 그라운드'라 명명된 거대 도시를 건축, 새로운 황도로 선포한다. 그야말로 노골적인 팽창 정책!

심지어 최근엔 자신들의 국교가 이슈타르를 모시는 전신교임을 들먹이며 프로인 왕국에 있는 이슈타르의 신물, '영광의 검'의 소유권을 주장! 일부러 분쟁을 야기시키며 제국의 대외적 위신을 과시하는, 어찌 보면 그 스스로 고립되길 원하는 무모한 행동까지 벌인다.

하지만.

힘이 곧 정의요, 유일 가치—원래 게임 배경이란 게 다 그런 법이다—인 팔라스 연합에서 강자의 억지는 곧 법이라. 하물며 대륙 최강의 군사 강국으로서 기존의 유일 제국인 신성 나티아조차 능가하게 된 자이드 제국과 서서히 몰락의 길을 걷고 있는 포로인 왕국은 서로 비교할 건덕지도 없었으니…… 결국 포로인 왕국으로선 제대로 된 항의조차 불가능한 실정이었고, 그저 신성 나이타를 방패로 둔 지리적 여건을 무기로 그들의 요구 사항을 애써 무시하는 형편이었다.

이와 같이 자이드 제국은 자타가 공언하는 대륙 최강국으로서 그 악명(?)이 자자한 곳. 심지어 역사가들은 리버스와 그의 친위대가 건재하는 한 앞으로 30년 내 대륙은 자이드 제국에 의해 통일될 가능성이 높다는 조심스런 추측을 하는 형편이다.

그런데 지금 이 순간! 그 대륙 최강국의 새로운 황도, 홀리그라운드를 향해 대륙의 대재앙이자 전 인류의 공적이 '매우 빠른 속도로' 다가가고 있었다.

"알았지? 도착해서 싹 쓸어버리는 거야. 사정 봐줄 것 없어. 아예 박살을 내버리란 말이야! 아니, 아예 가루로 만들어버려!"

"에효~ 알았어. 내가 알아서 할 테니, 이제 제발 그만 좀…… 벌써 몇 시간째냐고?"

─허어~ 이거야, 원. 설마 마족을 능가하는 인간이 있을 줄이야.

─…대체 저 마녀의 정체가 뭡니까? 가끔씩 나타나서 저런 값진(?) 조언을 해주다니…….

거대한 본 드래곤의 척추 세 번째 마디 부근에서 정겹게(?) 대화를 나누는 두 남녀와 그 대화 내용을 열심히 경청하는 두 언데드. 바로 데스윙을 날틀로 활용하는 수한과 수진, 그리고 수한의 권속인 토일과 시드다.

지금의 대화 내용으로 판단하건대 현재 수진은 독기가 오를 만큼 오른 상태. 길범에 대한 원한을 불태우며 그 원한의 염을 홀리 그라운드에 한껏 분출하길 원하는 모양새다. 그리고 그런 세뇌 아닌 세뇌에 자신도 모르게 고무되어 일행의 이동 속도를 한층 더 올리는 수한.

"젠장, 이제 나도 몰라! 걷지 마! 달려! 달리는 거야! 아니, 날아(?)!"

…달리는 말에 채찍질하는 것도 좋지만, 이건 정말 도가 지나치다. 열심히 내달리는 구울을 단순히 독려하는 수준이 아닌 불가능한 요구까지 해대는 수한. 덕분에 주인을 잘못 만난 구울들은 하늘을 날고 있는 데스윙와 거의 비슷한 속도로 달리는 신세가 되었다. 그나마 다행스러운―…과연 다행일까?―점은 신성 나티아 제국을 가로지르는 동안 그들의 행군을 막아서는 존재는 없었다는 것.

물론 페러스의 갑작스런 죽음이 그 원인이긴 했지만, 그런 사정을 모르는 수한들로선 그저 단순히 운빨이 살아났다고 안도할 따름이다.

그리고 그런 노력과 운빨(?)은 결실을 맺어, '제한 시간' 전에 홀리 그라운드 인근 지역까지 무사히 도달한 수한 일행. 남은 시간은 사흘이고, 남은 거리는 대충 이틀 거리. 어느 정도 여유가 있다 싶자 수진은 그때서야 은근슬쩍 대열에서 몸을 뺀다.

"좋아, 이제 앞으로 사흘인가? 그럼, 이만 난……."

스슥~

"어?! 누나?!"

이제 바로 코앞에 골(?)이 보이건만, 팀플레이를 거부하는 수진. 언제나 늘 그렇듯, 자기 할 말만 하고 사라진다.

…물론 수한으로선 지극히 바라던 바다.

"에효~ 이제 닦달하는 사람도 없겠다, 조금 느긋이 가볼까?"

지난 며칠간의 강행군이 얼마나 힘들었는지 수진이 사라지자마자 본색을 드러내는 수한. 조금 전까지의 근성 모드(?)는 어디 가고 게으름의 대마왕이 되어 축 늘어진다. 하지만 그가 마음을 놓자마자 재차 그를 긴장시키는 외침.

역시나 저주 캐릭에겐 한 가닥 안식조차 허용되질 않는다는 건가?

─로드, 전방에……!

"크아아아아! 어쩐지 조용하다 했다! 이번에 또 누구야?! 연합군? 신성제국군? 아니면 자이드 제국군?! 좋아, 다 상대해 준다!"

선두 구울 대열의 앞에서 뭔가를 발견한 듯 큰 소리로 소리치는 시드. 이에 수한은 자신도 모르게 울부짖으며, 지금까지의 고된 여정으로 인한 짜증을 방해꾼에게 해소할 생각에 두 눈이 시뻘게진다. 하지만 그의 그런 폭주 아닌 폭주엔 단순한 짜증만이 아닌, 내심 누구든지 상대할 수 있다는 자신감이 밑

바탕으로 깔려 있었으니.

이미 대륙에 산재한 대다수의 정병을 아작 내고, 천적인 신성제국군까지 박살 낸 마당에 더 이상 무서울 게 뭐가 있으랴. 뭐, 솔직히 대륙 최강국이라는 자이드 제국의 군세가 조금 걸리긴 하지만, 그들을 겁내기엔 이미 수한의 간담이 커질 대로 커진 상태다.

사연 세상 무서울 게 없다는 듯 큰소리를 쳐대는 수한. 하지만 어느 틈엔가 절대지휘권능으로 주위를 샅샅이 살핀 토일은 수한의 그런 활활 불타는 전의에 찬물을 끼얹는다.

―저, 마스터… 세 명뿐입니다.

"…뭐라고?"

―그러니까 단 세 명이 앞을 가로막고 있습니다.

"……."

이거 참, 뭐라고 해야 하나? 너무 노골적인 함정이라고 해야 하나? 아니면 멋모르는 여행객의 모습에 괜히 부산을 떨었다고 해야 하나? 덕분에 처음 수한에게 경각심을 안겨주었던 시드에게 따가운 눈총들이 날아든다.

"시.드! 대체 왜……."

―마스터, 그들입니다. 어둠의 탑과 대미궁에서 봤었던…….

"……?!"

온갖 짜증 세례를 퍼부으려던 수한을 단숨에 합죽이로 만든 시드의 설명. 순간 수한의 얼굴이 급격히 일그러졌다. 이어 연신 콧김을 내뿜으며 천천히 안력을 돋우는 수한. 그러자 그의 시야에 세 명의 인영이 잡히는데…….

보는 것만으로도 숨이 턱 막히는 검은 갑옷으로 완전무장한 채, 왠지 건들거리며 띠거운 티를 드러내는 기사. 척 보기에도 대마도사다운 템빨과 고약한 심보가 철철 넘쳐 보이는 마법사. 그리고 대기 중에 일렁이는 그 무언가로 자신의 몸을 감춘 채 타인과 거리를 두는 정체불명의 왕따 녀석.

그렇다. 바로 저놈들이다. 자신에게 온갖 굴욕과 물질적 손해를 안겨주었던 녀석들. 바로 리버스의 졸개들이었다.

"크크크크~ 좋아, 아주 좋아. 어차피 자이드 제국에 가는 김에 손을 봐주려고 했었는데 알아서 나오다니, 정말 반갑 군."

지금껏 까맣게 잊고 있었던 원한들을 갑자기 활활 불태우며, 그 스스로를 버닝 모드로 몰아넣는 수한. 그러자 토일과 시드가 그를 뜯어말리기는커녕 옆에서 도리어 부추긴다.

─마스터. 절대지휘권능으로 살펴본바, 저들 외엔 범위 안에 저희들밖에 없습니다. 지금이라도 명령만 하신다면…….

은근슬쩍 구울들을 일제히 일보 전진시키며 뭔가 살벌한 기세를 띠우는 토일.

─로드, 기회입니다. 무슨 속셈인지는 모르나, 저들 중 두 명은 나인스타에 속하는 강자이고, 나머지 한 명도 그에 버금

가는 존재입니다. 지금과 같이 저들만 있을 때 확실히 제거하심이…….

기사로서의 정정당당, 혹은 명예는 어디로 갔는지 아예 처음부터 다굴을 제안하는 시드. 그러자 헬 나이트 전원이 어느 틈엔가 돌격 자세를 취하며 명령만을 기다린다. 하지만…

"아니, 저놈들은 나 혼자 상대한다."

주위 심복들의 부추김과 발밑에서 느껴지는 데스웡의 불타는 전의에도 불구하고, 그 모든 의견들을 무시하는 수한. 그는 지금 자신이 느끼는 이 격렬한 분노를 그 스스로 해결하고 싶었던 것이다. 하물며 대마왕이 되어 넘치는 힘을 주체 못하는 상황에서야…….

파앗!

권속들이 채 불만을 내비치기도 전에 훌쩍 몸을 날린 수한. 이어 자신이 지닌 그 유니크 신법의 힘을 빌려 순식간에 다스 일행의 면전에 착지한다. 그리고 마침내 복수의 여흥을 즐길 시간이 도래했으니.

"크크크크. 자, 이제 어떻게 요리한다?"

수한의 두 눈엔 이미 다스와 길란드, 그리고 디엘의 모습이 갖은 양념장으로 뒤범벅된 고깃덩어리로 보이고 있었다.

"쯧~ 이거 내기에서 졌군. 설마 진짜로 혼자 나설 줄이야."

─크큭~ 저놈의 성격상 그럴 거라 생각했지.

"호오~ 왠지 데스로드와 매우 친밀한 관계인 것처럼 말하는군. 무슨 썸씽(?)이라도 있었나 보지?"

—늙은이가 생각하는 그런 종류는 아니고, 지독한 '악연'이라면 있었지.

무시무시한 살기와 인육 조리(?)에 대한 욕구를 온몸으로 표출하며 서서히 다가오는 데스로드. 등 뒤 배경으로 깔린, 불타는 다크 포스는 슬쩍 보는 것만으로도 심장마비에 지대한 공헌을 할 정도다.

하지만 그런 노골적인 마왕 모드(?)에도 불구하고, 정작 길란드와 다스는 태연하기 그지없었으니. 100만 대군을 전멸시키고, 신성 나티아 제국의 전력을 거의 거덜내 버린 대마왕을 면전에 둔 것치곤 지나치게 여유로운 모습들이었다.

물론 그 여유만큼이나 내심 믿는 구석이 있기 때문이다.

—이 정도면 충분한 것 같은데…… 이제 슬슬 시작하지 그래?

"크크크. 좋아, 대마도사가 얼마나 대단한지 절실히 느끼게 해주지!"

뭔가 의미심장한 대사와 함께 빠르게 캐스팅을 시작하는 길란드. 그러자 그의 목에 걸린 '무언가'가 마법 술식과 공명하며 주위의 마나를 강제적으로 끌어 모으기 시작한다.

우우우웅!

"어라?! 이건……?"

한창 분위기를 잡으며 팔자걸음(?)을 걷던 수한. 난데없이 유동하는 거대한 마나에 순간 움찔했다. 아무리 대마왕으로서 자신의 능력에 자신이 넘친다곤 하지만 지금의 유동 마나량은 결코 만만히 볼 수준이 아닌 탓이다. 이래서야 마치…

"궁극기? 설마 메테오?!"

아주 예전 자신의 사업장, '어둠의 탑'을 박살 냈던 운석소환 마법의 이름을 부르짖으며 황급히 몸을 뒤로 빼는 수한. 같은 수법에 또 당할 수 없다는 듯 부랴부랴 권속들을 뒤로 후퇴시키려 한다.

그러나 실망스럽게도(?) 길란드가 준비한 마법은 메테오가 아닌, 수한이 감히 상상조차 못한 종류의 것이었다.

"기동 개시!"

콰쾅! 콰쾅! 콰쾅!

"어어?! 뭐야, 뭐야?!"

길란드의 외침과 함께 평원 곳곳에서 터져 나오는 굉음과 폭발. 마치 소규모 간헐천이 일제히 터진 듯, 흙먼지들이 사방으로 비산한다. 그 광경에 대마왕 체면을 있는 대로 깎아먹으며 '허둥지둥, 어리버리'의 극치를 선보이는 수한. 하지만 진짜 놀랄 일은 이제부터가 시작이었다.

쿠쿵~

흙먼지가 잦아들자 장내의 모든 이들에게 그 육중한 거체를 어필하는 그것. 족히 5m 크기에 달하는 신장에 '다스'의 외형을 크게 확대시킨 듯, 전신이 강철로 이루어진 이족보행의 인간형 병기. 그것은 바로…

—골렘?! 그것도 아이언 골렘?!

보다 빠른 진행(?)를 위해서인지, 경악성으로 강철 거인의 정체를 부르짖는 토일. 그렇다. 지금 이 순간 수한을 덮친 재난이자 길란드 측의 비장의 무기는 바로 '아이언 골렘'이었던 것이다. 그리고 당연한 말이겠지만 이렇게 난데없이 등장한 아이언 골렘의 존재는 마법사인 토일을 비롯해 수한 측 모든 이를 경악시키기에 충분했다.

골렘 중 가장 일반형(?)인 3m 크기의 스톤 골렘의 레벨이 대략 300대 중반. 그렇다면 그보다 덩치가 훨씬 크고 몸체가 바위도 아닌 강철로 이루어진 녀석은 대체 얼마나 강하단 말인가? 하지만 무엇보다도 토일들을 반광란 상태로 만든 결정타는…

—말도 안 돼! 어떻게 이런 엄청난 수의 골렘을?!

지금 이 순간 절대지휘권능으로 느껴지는, 아니, 그냥 눈으로 보는 것만으로도 질리게 만드는 광경. 비가동 상태로 지면에 파묻혀 있어 지금껏 절대지휘권능의 탐지에서 벗어났었던 아이언 골렘들… 자이드 제국의 최후의 히든카드이자 세계 정복의 첨병 역할을 담당할 철갑병단이 '한꺼번에' 그 모습을 드러낸 것이다. 그 개체 수는 무려…

"크카카카카! 지난 십 년간 나와 내 제자들이 피똥 싸가며 만들어낸 '3만 기'에 달하는 아이언 골렘들이닷! 이 녀석들 한테서 한 시간 이상 견디면 내가 칭찬해 주지."

가슴 깊숙한 곳에 내재된 원념(?)이 느껴지는 길란드의 광소, 그리고 그의 말대로 장내를 완전히 뒤덮어 버린 강철 거인들. 그들이 차지한 면적은 그 덩치에 걸맞게 예전 대륙 연합군, 100만 대군이 형성한 거대 진영과도 맞먹을 정도다. 즉, 그 자체만으로도 완벽에 가까운 포위망.

"젠장… 이것들이 정말 돈지랄을 했구만. 골렘 하나 제조하는 데 얼마나 많은 돈이 드는데……."

최근 커스필드의 놀라운 위력에 놀라, 토일을 졸라 기본적인 마법적 소양을 갖추게 된 수한이다. 그 덕에 한 기의 아이언 골렘을 제조하는 데 얼마나 많은 돈이 드는지 대략적으로 안다. 자연 그의 한숨 소리엔 짙은 부러운 감정이 스며들 수밖에 없었다.

하지만 수한의 그런 질투 섞인 감탄도 냉혹한 현실(?) 앞에서 이내 사그라진다.

"크카카카! 모두 밟아버려!"

두 눈에서 뭔가 위험스런 광채를 번뜩인 채, 아이언 골렘들을 컨트롤하는 길란드. 그리고 그의 광기 어린 지시에 따라 일제히 수한 측을 향해 다가오는 강철 거인들.

이에 수한 측 진영은 극도의 혼란 상태에 빠질 수밖에 없었다.

"크으으~ 난 왜 이렇게 되는 일이 없는 거야? 이제 어떡하지?"

—마스터, 일단 후퇴를! 무려 아이언 골렘입니다. 게다가 숫자가 너무 많습니다.

—아닙니다, 로드! 아무리 아이언 골렘이라도 무적은 아닐 터. 일단 한차례 교전을 펼쳐 그 능력을 확인한 다음에 선택을!

갈팡질팡의 극을 보이며 머리를 쥐어뜯는 수한. 그리고 토일과 시드는 그런 그를 진정시키기는커녕 서로 의견 충돌을 벌이며 자신들의 직속상관을 더욱 쪼아댄다. 수뇌부들이 이 지경이니 아랫것(?)들이 제대로 할 리 만무.

데스윙과 헬 나이트들은 코앞까지 접근한 아이언 골렘에 그저 우왕좌왕이고, 전면에 있던 구울은 이미 짓밟히고 있는 실정이었다. 급박한 상황임에도 언제나 그 대처 방안이 늦는 수한 일행. 그리고 종국에 가선,

쿵쿵쿵쿵!

"…어라? 포위당했네?"

수한들이 예상치 못한 상대 측 전력에 놀라 허둥지둥하는 사이, 그들을 둘러싼 채 삼 열 종대의 거대한 원형진을 형성한 아이언 골렘들. 단 한 사람에 의해, 그것도 대마도사에 의해 통제된 탓에 그 움직임은 그야말로 일사불란의 극치. 제아무리 훈련된 병사라 할지라도 이런 고속 제식 행사(?)는 불가

능하리라.

그리고 그렇게 포위망이 구축되는 순간, 아이언 골렘들의 공세는 시작되었다.

쿵쿵쿵쿵!

암흑 군세의 전멸이라는 목적을 달성하기 위해 전혀 흐트러짐이 없이, 그리고 일사불란하게 움직이는 아이언 골렘들. 그들이 그 엄청난 거체에 어울리는 무게(?)로 천천히 수한 일행을 압박하자, 공포를 모르는 구울들조차 주춤할 정도다.

상황이 이 지경에 달했는데 수한이라고 언제까지 가만히 당할 순 없는 노릇.

"칫~ 할 수 없지. 일단 길을 뚫는다! 정면 한 곳만 노려!!"

나름대로 과단성있게, 그러면서도 현실성(?)있는 명령을 내린 수한. 그러자 헬 나이트들을 중심으로 구울들이 일제히 정면의 아이언 골렘들에게 달려든다.

―암흑제국의 영광을 위해!

―쿠오오오오!

헬 나이트의 구호와 구울들의 살기충천한 괴성이 어우러지는 가운데 장내에 펼쳐지는 대격전. 100만 대군을 유린하고, 숙적인 신성제국군을 몰살시킨 헬 나이트들과 구울들. 그리고 월등한 체구와 무게로 장내를 장악한 강철 거인 군단.

과연 그들 간의 격돌의 결과는?

일단 초반은 헬 나이트들의 날카로운 데스 블레이드에 의해 암흑 군세의 우위로 나타나는 듯했다. 아무리 강철로 이루어진 아이언 골렘이라고는 하나 빠른 기동 능력이 없는 그들로선 헬 나이트들의 재빠른 움직임과 데스 블레이드를 막아낼 능력이 없었을 터. 100기의 헬 나이트의 날카로운 검날에 의해 10여 기의 아이언 골렘이 순식간에 고철 더미로 화했다.

하지만…

콰아아앙!

─크아악!

아이언 골렘들은 그저 질서정연하게 열을 맞춰 앞으로 전진했을 뿐이다. 그리고 정면을 가로막는 적들을 집어 던지거나 그대로 밟아버렸다. 이에 거대한 강철 주먹에 의해 피떡이 되어 사방으로 나뒹구는 구울들. 이어 엄청난 무게의 몸체에 깔려 완전히 가루가 되어버린 피떡들(?).

…아무리 대마왕 특제 구울이라지만, 그 엄청난 무게(?)의 폭거엔 감당해 낼 재간이 없었다. 이에 아이언 골렘과 조우한 구울들은 충돌 직후 삽시간에 회색으로 물들었고, 그 수는 시간이 지날수록 기하급수적으로 늘어났으니, 이러다간 기껏 모아둔 수한의 귀중한 전력이 모두 날아갈 판.

"칫! 이럴 줄 알았으면 절대강환포 한 방을 날린 뒤 구울들을 투입할걸."

단 한 차례 충돌에 의해 구울 전력의 오분지 일을 잃은 수한은 그제야 자신의 실수를 통감했다. 헬 나이트 정도의 수준이라면 모를까, 구울들로선 저 아이언 골렘들을 상대할 방법이 없었던 것이다.

아이언 골렘 확실히 그들에겐 강기조차 무력화시키는 절대방어력이나 드래곤에 버금가는 무지막지한 힘은 없었다. 그저 강철로 이루어진, 제법 단단한 몸체와 그로 인해 대폭 느려진 기동 능력만이 있을 뿐. 아무리 좋게 봐도 로드 타이거의 '저신 갑옷'엔 감히 비할 바가 아니었다(솔직히 비교할 건덕지도 없을 만큼 두 개체에 큰 차이가 있었다).

하지만! 그들에겐 구울의 열 배에 달하는 체구와 그 크기에 걸맞은 무게, 그리고 그 무게를 감당할 정도의 힘이 있었다. 그리고 그 세 가지는 요소가 아이언 골렘에게 집중되자 수한 측 진영, 특히 구울들에겐 일대 재앙이 되었다.

아이언 골렘의 전진 대열이 한 걸음씩 걸을 때마다 무더기로 무너지는 구울들. 그러나 그들의 반항은 정작 아이언 골렘에겐 씨알조차 먹히지 않는다. 주먹질을 하고 발길질을 해봤자 그저 튕겨지기만 할 뿐. 최소한 강기 이상의 스킬이 아닌 한 아이언 골렘에게 타격을 줄 방법이 없는 것이다.

이래서야 수한을 비롯한 수뇌부와 헬 나이트들만이 이 자리에서 벗어날 수 있을 터. 최대한 전력을 보존해야 할 수한의 입장에선 자연 다급해질 수밖에 없었다.

"데스윙! 공중에서 최대한 이 쇳덩어리들이 밀집한 곳에 브레스를 날려! 시드, 헬 나이트들과 함께 길을 열어! 그리고 토일…… 알아서 해봐!"

제 딴엔 수하들의 능력(?)을 제대로 고려한 지시를 내린 뒤 곧바로 몸을 날리는 수한. 이어 그의 양손에 형성되는 100여 개의 장환.

우우우웅~

스걱~ 콰당! 콰당!

수한이 한 번 손을 떨치자 그 주위 100여 미터 안에 있던 아이언 골렘들이 일제히 무릎을 꿇고 무너진다. 이미 헬 나이트들의 데스 블레이드에 약한 모습을 보인바, 수한의 장환이야말로 아이언 골렘에겐 극성이라. 일부러 핵을 노려 파괴할 생각이 아니라, 그저 다리 밑 부분을 집중적으로 노린 결과다.

하지만 수한의 분전이 제대로 효과를 보기엔 아이언 골렘 개체수가 너무나 많았다.

"커억?! 뒤에 또 있어?!"

수한을 비롯한 수뇌부들과 헬 나이트들의 노력으로 간신히 정면의 길을 뚫었더니, 또 한 차례 질서정연하게 줄을 맞춰 다가오는 아이언 골렘들이 보인다. 하긴 3만 기에 달하는 아이언 골렘이 한자리에 모였는데 고작 몇 번 손발을 놀렸다고 포위망이 뚫리면 그것이 도리어 이상한 일일 터.

그러나 수한으로선 그런 현실을 받아들이기엔 너무 짜증스러웠다.

"아이고~ 아까운 내 구울들이 다 죽네, 죽어. 이거 어떡한 다? 무슨 방법이……."

기껏 생각나는 건 커스필드뿐이지만, 애초에 무생물인 아이언 골렘에게 저주가 먹혀들 리 없다. 결국 단순무식한(?) 물리 공격이 지금 상황에선 유일한 방법이란 건데……

"젠장~ 절대강환포나 십방장환으론 티도 안 나겠네."

그렇다. 지금 상황에서 수한의 최강 스킬들은 예전 대륙 연합군의 100만 대군 때처럼 너무 낭비(?)가 심한 스킬늘이나. 아이언 골렘들이 워낙 광범위하게, 그러나 그 큰 덩치에 비해선 나름대로 촘촘하게 포진한 탓에 스킬을 최대한 효과적으로 써봤자 아이언 골렘들 일부만을 처리할 수 있을 뿐. 자칫 마나 오링을 또 당하게 된다면 그 무슨 창피인가?

결국 지금 상황에서 최선은…

"크크크크, 그 조종자 녀석을 잡아 족치면 되지."

간만에 주인공다운 좋은 해법을 떠올린 수한. 그는 지체없이 아이언 골렘들을 컨트롤하는 길란드를 향해 몸을 날렸다.

아무리 강하고 많은 수의 아이언 골렘들이라 하나, 그것을 조종하는 자가 없다면 단지 고철 더미일 뿐. 수한은 그 단순명료하기까지 한 사실에 연신 괴소를 흘리며 이형환위를 극성으로 전개했다. 이어 그 빠른 몸놀림으로 한창 골렘 컨트롤에 정신이 팔린 길란드의 목을 잡아가는데.

하지만 이 순간, 자신의 멋진 활약(?)에 희희낙락하던 수한이 잠시 간과한 사실이 있었으니…

파곽!

"어억?!"

—크크크, 네놈이 그럴 줄 알았지.

공간 전이를 활용해 간발의 차이로 수한의 손을 쳐내는 디엘, 그리고 당황하는 수한의 등 뒤를 점하는 다스. 그렇다. 나인스타의 일인과 그에 버금가는 강자가 어찌 수한의 행동을 방관만 하랴?

—죽어라!

우우웅~

미러 이미지를 통한 다섯 개의 분신, 그리고 그들을 통해 구현된 다섯 개의 오러 블레이드. 아예 작정하고 달려든 다스는 처음부터 크리티컬을 노릴 셈인지 수한의 목을 향해 오러 블레이드들을 휘둘렀다.

하지만 이런 위기 상황은 지금껏 누차 겪은 바 있는 수한. 처음에야 조금 당황했지만, 고작(?) 이 정도 공격에 순순히 당할 리 없다. 게다가 그에겐 이런 상황에 더없이 좋은 공격 스킬이 있지 않은가?

"크크크, 십방장환 트리플!"

이미 마스터 경지에 올라 더 이상 스킬 발동어가 필요없음에도 분위기상(?) 크게 십방장환을 부르짖는 수한. 그에 따라 수한을 중심으로 몰아치는 강기의 대폭발. 이로써 수한은 곧

렘 조종자와 그를 보호하는 두 명의 강적을 단숨에 처리한 것처럼 보였다. 그러나…

"크윽, 빌어먹을…… 갑자기 움직이면 어떡해?!"

"……."

―크윽~ 이런, 큰일 날 뻔했군.

십방장환 영영 밖에서 자신을 구해준 디엘에게 도리어 짜증을 내는 길란드와 그 뻔뻔함에 말문을 잃은 디엘, 그리고 그 옆에서 괴소를 흘리는 다스. 이형환위에 버금가는, 아니, 능가하는 디엘의 공간 전이가 그들의 목숨을 구한 것이다.

"치잇~ 제법인데?"

생각보다 끈질긴 다스 패거리(?)의 모습에 혀를 차는 수한. 하지만 마음 한구석에 잠재된, 좀 더 괴롭히다 죽여야 한다는 악당(?)다운 생각에 지금의 결과를 그리 아쉬워하진 않는다. 즉, 그만큼 다스 패거리를 상대로 압도할 자신이 있다는 뜻.

그러나 정작 다스들은 그렇게 생각하지 않는 모양이었다.

―약속은 기억하겠지?

"아아~ 물론. 내기에서 이긴 이상 저놈은 네 것이다. 그럼 난 이만……."

"…난 저자를 맡지."

다스의 말에 제각기 어딘가를 향해 발걸음을 옮기는 길란드와 디엘. 마치 다스 혼자서 충분히 수한을 상대할 수 있다는 태도들이다.

자연 그 모습에 수한으로선 기도 안 찬다.

"헐~ 이것들이 날 물로 보나?"

'어둠의 탑' 때 이미 이들 삼 인의 합공에서 우위를 점했던 수한이다. 만약 그때 리버스만 없었더라면, 이들은 이미 옛날 옛적에 회색으로 물들어 세상에 환원되었을 터. 하물며 지금 수한은 대마왕으로서 그때보다 훨씬 강해진 상태. 그런데 이들의 이 터무니없는 자신감은 대체 뭐란 말인가?

─크크크, '너만은' 반드시 내가 상대하고 싶었다.

"아아~ 그래~ 어서 끝내고 저 녀석들마저 족쳐야 하니까. 빨리 시작하자."

다스의 음산한 음성에 건성으로 대답하는 수한. 3인의 협공이 아닌, 다스 혼자라면 눈 감고도 상대할 수 있다는 태도다. 이에 점차 위험스럽게 번뜩이기 시작하는 다스의 두 눈. 그리고 마침내 격돌.

콰아앙!

─크아아아앙!

─우아아악?!

데스윙의 머리 위에 쪼그려 앉아─마법사에게 너무 많은 걸 바라지 말자─한창 구울을 통제하던 토일. 그는 난데없이 날아든 거대한 불덩어리에 의해 추락하는 신세가 되었다. 그리고 한바탕 땅바닥에 나뒹군 뒤 황급히 데스윙을 쳐다봤을 땐 그 거대한 골체는 이미 재기불능 상태에 빠진 뒤.

―이건 대체……?

"아아~ 그렇게 놀라지 말라고. 이건 어디까지나 인사일 뿐이니까."

이 난데없는 횡액에 놀라 그저 허둥대기만 하는 토일. 그런 그를 제정신으로 돌린 건 허공에서 들린 장난스런 음성이었 다.

―당신은 홍염의 마도사, 길란드?

"큭~ 역시 인기인은 누구나 알아본다니까. 그래, 맞아. 내 가 바로……."

―포이즌 오브!!

선방필승의 법칙(?)에 따라 길란드의 말이 채 끝나기도 전 에 자신이 지닌 가장 강력한 마법 공격을 펼친 토일. 저주 외 엔 아는 마법이 전무한, 그저 템빨 스킬에 의존하는 그로선 그것이 최선이리라. 하물며 상대는 마법의 극에 거의 근접했 다 알려진 대마도사, 심지어 데스윙을 단숨에 기절(?)시킨 존 재이지 않은가?

"칫, 실드, 실드, 실드, 실드, 실드!"

콰아앙!

토일의 마법 공격을 회피하는 대신, 연달아 실드를 구현해 막아내는 길란드. 대마도사로서의 자존심 탓에 차마 블링크 를 쓸 수 없다는 걸까? 손쉽게 끝낼 수 있는 방법이 있음에도

사서 고생하는 그다. 그리고 길란드의 그런 행동, 스스로도 예상치 못한 마법 구현으로 인해 아이언 골렘의 움직임이 잠시 잠깐 멈칫하는데.

그 광경에 포이즌 오브 공격 이후 냅다 헬 나이트들이 있는 방향으로 도주하려던 토일 역시 발걸음을 멈춘다.

—그렇군. 당신만 처치한다면 아이언 골렘들 역시…….

그렇다. 저 시뻘건 로브 자락 녀석만 죽인다면 아이언 골렘들은 그저 고철 더미로 화할 것이다. 즉, 지금의 상황이 일순간에 반전된다는 의미. 설령 길란드를 세상에 환원시키지 못한다 해도 단순히 정신을 분산시키는 것만으로도 그 효과는 충분하리라.

—좋아, 길란드. 내가 당신을 상대해 드리지.

토일이 길란드의 적수가 못 된다는 건 너무나 자명한 사실. 그러나 암흑 군세의 중추를 차지한 자로서, 데스로드의 권속으로서 반드시 해야 할 일이었다. 물론 길란드를 상대함에 있어 헬 나이트들의 지원을 받는다면 그나마 가능성이 있겠지만…….

—암흑제국을… 크아아악!

콰직~ 우직~

—…아무래도 그건 좀 힘들겠군.

수한의 명령에 따라 길을 뚫기 위해 분전하는 헬 나이트들. 하지만 초반 선전이 무색하게 지금은 그 날카롭던 기세가 많이 무뎌진 느낌이다. 아니, 단순히 무뎌진 정도가 아니라 사방에서 날아드는 강철 주먹에 일방적으로 박살이 나는 모습들. 하긴 시간이 지날수록 앞을 가로막는 강철 벽은 더욱 견고해졌고, 그에 따라 그들의 전력은 점차 분산되었으니…

…역시 다굴은 모든 전략 전술과 전력 차를 극복하는 최강의 수단이란 말인가?

어쨌든 결론은 토일 혼자서 길란드를 상대해야 한다는 건데, 막상 그렇게 상황을 받아들이자 토일은 도리어 긴장이 풀리고 침착해졌다.

—뭐, 마법사끼리 고하를 겨루는 것도 좋은 경험이겠지. 하물며 그 상대가 대마도사라면 나로선 영광일 터.

은근히 마법사로서의 자존심이 발동했는지 길란드를 도전적인 시선으로 바라보는 토일. 이에 길란드 역시 뭔가 흡족한 기색이 역력하다.

"크크크. 좋아, 마법사끼리 잘 좀 놀아보려고 일부러 찾아왔는데, 당연히 그래야지."

음침한 괴소를 배경 음악으로 깐 뒤 토일에게 천천히 다가가는 길란드. 어느 틈엔가 그의 양손엔 거대한 화염구 서너 개가 이글거린다. 대마도사다운, 동시에 화계 마법을 전문하는 자로서의 전형적인 대응이다.

그러나 그가 막 한차례 화려한 불 쇼(?)를 펼치려는 찰나, 불현듯 뭔가를 떠올린 듯 잠시 주춤하는데.

"앗차! 일단 '자동' 모드로⋯⋯."

따악!

뭔가 의미심장한 대사와 함께 손가락을 튕기는 길란드. 그러자 화염구의 생성과 함께 잠시 잠깐 어색하던 골렘들의 움직임이 재차 활발해진다.

⋯척 하면 착이라. 토일은 금세 자신의 행동이 완벽한 삽질임을 깨달았다.

─⋯골렘을 일일이 컨트롤할 필요가 없다는 건가?

"클~ 애초에 3만 기에 달하는 골렘을 어떻게 달랑 한 명이서 조종하겠냐? 설령 그 조종자가 대마도사인 나라 할지라도 불가능한 일이다. 난 그저 이 녀석들의 대략적인 위치 지정을 해줄 뿐, 나머진 골렘 개개인에게 부여된 명령에 그들 스스로가 충실할 뿐이야."

─명령?

"크크크. 아주 간단한 명령이지. 눈앞에 있는 '일정 크기 이하의 모든 존재들'을 말살하라. 어때, 아주 간단하지 않나? 덕분에 이 녀석들을 움직일 땐 같은 골렘들 외엔 다른 아군 병력을 전혀 운용할 순 없지만 뭐, 어차피 이들만으로도 충분히 무적이니."

─⋯그런 거군.

길란드의 설명, 생각지도 못한 골렘 운용 방식에 말문을 잇지 못하는 토일. 역시 대마도사다운 효율적인 방식이라며 감탄을 금치 못한다. 마치 한 수 배운 기분이라고나 할까?

다만 한 가지 문제가 있다면… 지금 이 순간 그 대단한 대마도사와 한판 벌여야 한다는 것.

"크큭~ 자자, 어서 시작하자고~"

우우우웅~

길란드의 장난기 어린 말과 함께 재차 그 수를 늘려가는 화염구. 시간이 지날수록 끊임없이 늘어만 가는 그 모습에서 대마도사가 지닌 가공할 능력에 전율할 수밖에 없었다.

일반인에게 대마도사와 그냥 마도사의 차이를 묻는다면 백이면 백, 최강의 광역 공격 마법, 즉 궁극기의 습득 여부를 꼽는다. 하지만 웬만한 식자들에게 같은 질문을 한다면 그들 대부분이 마법 연사 속도와 마법 위력 강화를 말하리라.

일반 마법사들의 공격 마법보다 최소 50% 이상 강하고, 중급 이하의 마법에 한해선 시동어만으로 구현하는 능력. 허약한 육신을 지닌 마법사면서 상급 기사와도 자신있게 근접전을 펼칠 수 있는 존재가 바로 대마도사인 것이다.

"크카카카카카~"

콰콰콰콰쾅!

장내를 들썩이는 길란드의 광소와 함께 토일을 향해 쉴 새 없이 날아드는 화염구들. 토일은 감히 그것들을 방어할 엄두조차 내지 못한 채 다급히 몸을 피할 뿐이었다. 그러나 원체 많은 수의, 그리고 넓은 범위를 점한 화염구의 물결이기에 결국 토일은 반항 한 번 못한 채 사정없이 불덩어리에 난타당했다.

콰콰콰콰쾅!

—크아아아악!

활활 불타오르는 화염 속에서 극악의 고통에 몸서리치며 비명을 내지르는 토일. 그러자 생각보다 너무 허무하게 끝난 대결에 길란드는 완전히 흥이 사라진 듯 혀를 찬다.

"쯧~ 이게 뭐야? 데스로드의 권속이라기에 잔뜩 기대를 했더니…… 저 녀석, 설마 리치가 아니라 스켈레톤 아니야?"

늘 받던 오해긴 하지만 토일로선 너무 뼈아프다. 그러나 어쩌겠는가? 실력 차이가 너무 나는데.

하지만 길란드가 고개를 흔들며 발걸음을 돌리려는 찰나! 뜻밖의 반전이 일어났다.

—잠깐… 아직 끝난 게 아니다.

"어라? 아직 살아 있네?"

여전히 화염에 휩싸인 채 천천히 몸을 일으켜 세우는 토일. 마치 화염 리치(?)라는 새로운 직업이라도 얻은 듯, 뜨거운 불길 속에서도 하등 영향받지 않은 모양새다.

그렇다. 토일은 최근 금마철갑피를 대성하여 몸빵이 극대화된 상태. 특히 디스롭에게 헬파이어를 직격당한 것에 자극을 받아 화(火)속성에 한해 항마력이 최대치까지 올랐다. 이에 길란드가 주특기로 삼은 화계 공격 마법은 적어도 그에겐 거의 무용지물이었으니.

―크크크, 헬파이어 같은 건 없나? 이거 밍숭밍숭해서야,
원…….

지금까지의 비웃음에 대한 보복인지, 이죽거리며 길란드
를 약 올리는 토일. 길란드의 얼굴이 처음으로 굳어지기 시작
했다.

한편 토인이 실력 차를 몸으로 때우며 처음으로 반격을 꾀
하려는 그때, 시드는 일방적으로 몰리고 있었다.

채챙!

―크윽~ 비겁한…….

눈앞에서 난데없이 들이대는 비수를 튕겨내며 신음성을
토하는 시드. 도저히 예측할 수 없는 방향에서 불쑥 튀어나오
는 비수의 존재는 아무리 그가 죽음에서 되살아난 존재라 할
지라도 충분히 치명적이었다.

그렇다. 현재 시드가 상대하는 자는 디엘. 선천적으로 '공
간 이동' 능력을 타고난 다크 엘프의 수장인 것이다.

파팍!

―놈!

비수를 쳐냄과 동시에 그 주인에게 검을 휘두르나 어느 틈
엔가 비수의 주인은 멀찍이 떨어진 곳에서 나타난다. 이에 시
드가 그녀를 노려보며 달려갔을 땐 재차 등 뒤를 공격해 오는
디엘.

전형적인 기사이자 정면 승부를 지향하는 시드로선 정말 미치고 팔짝 뛸 노릇이었다. 그나마 그가 과거 왕국 시절 국왕의 미움을 사 암살자에게 많이 시달렸던 경험이 있었기에 망정이지, 만약 그렇지 않았더라면 디엘의 이런 변칙 공격에 진작 회색으로 물들었으리라.

그러나 그런 경험 역시 한계가 있는 법.

'침착하자. 일단 그 기척을…… 크억?!'

스걱~ 스걱~

두 눈을 감고 뭔가 무협틱한 분위기에 젖어든 채 반격을 꾀하려던 시드. 그러나 그런 노력이 무색하게 잠시 잠깐 눈을 감은 사이 그의 가슴은 말 그대로 난도질당해 버린다. 이에 재빨리 검을 휘둘러봤자 이미 디엘의 신형은 사정거리 밖에서 얼쩡거릴 뿐이다.

─크윽~ 차라리 내가 저자와 싸웠다면 좋았을 텐데…….

다스와 격돌하는 수한이 너무나 부러운 시드. 정정당당히 검격을 논하는 상대가 너무나 그립다. 하지만 인정할 건 인정해야 하는 법.

디엘의 히트 앤 런 작전이 선보인 치명적인, 그리고 끊임없는 파상 공세에 결국 타협 모르는 기사, 시드라 할지라도 그녀의 능력만은 인정할 수밖에 없었다.

─확실히 놀랍군. 어쌔신들의 은신이나 암습 따윈 비교도 안 돼. 정말 대단하다는 말밖엔…….

블링크처럼 발동 직후 잠시 잠깐의 무방비 상태 따윈 애초에 존재하지도 않는다. 너무나 자연스럽게, 그리고 연달아 시전 가능한 공간 이동. 그 능력 하나만으로도 디엘은 진정한 강자로 꼽힐 만했다.

그리고 '이대로' 있다간 시드라 할지라도, 뭐 하나 반항조차 못하고 회색으로 물들 게 자명한 일. 하지만…

―그깟만으론 부족해!

채챙~

"……!"

머리를 노리는 비수를 튕겨내며, 동시에 오른쪽으로 공간 이동한 디엘에게 정확히 검을 찔러 넣는 시드. 디엘은 처음으로 맞이하는 반격다운 반격에 놀라 황급히 뒤로 물러선다. 하지만 시드의 검에 서린 그 무언가는 그런 디엘을 집요하게 쫓아오는데…….

스걱~

"크윽~"

다리를 아슬아슬하게 스쳐 지나간 거대한 데스 블레이드. 지금껏 시드가 단순히 '검'으로만 상대한 탓에 디엘이 잠시 오러 계열 스킬을 잊었고, 결국 방금과 같은 장면이 연출된 것이다. 그리고 처음으로 자신의 몸에 난 상처에 크게 동요하는 디엘을 바라보며 시드는 전신에 검디검은 오러막을 형성하기 시작하는데…….

이른바 유형화된 호신강기! 하지만 지금 시드가 형성한 그것은 청제국에서 흔히들 볼 수 있는 단순한 방어용 호신강기가 아닌, 공격이 주목적인 시드만의 독문절기였으니… 이로써 디엘은 함부로 공격했다간 그 즉시 만만치 않은 반격을 감수해야 할 판이다.

—로드가 주신 '무공' 이란 걸 통해 만들었지. 자, 과연 네가 전신으로 펼치는 오러 공격에 대해 어떻게 대응하는지 볼까?

수한과 만나기 이전부터 나인스타 중 일인으로 꼽히던 시드. 그런 그가 수한의 권능에 힘입어, 과거 최전성기를 능가하는 능력 치를 얻었다. 거기다 혼원천마경의 심법서를 통해 몸 안에 내재된 마나 운용 능력을 한층 더 끌어올려 청제국의 초절정고수에 버금가는 강기 운용법을 지금 이 순간 선보이게 되었으니…

이제 시드와 디엘 간의 격돌 결과는 그 누구도 짐작할 수 없게 되었다.

콰콰콰쾅!

수한의 장환과 다스의 오러 블레이드가 격렬한 폭음과 함께 충돌하고 있었다. 그리고 놀랍게도 그 결과는 서로 비등한 형세.

"이… 게 뭐야? 어째서?"

단숨에 끝낼 생각이 없었던 수한은 십방장환 대신 장환을 선택했고, 솔직히 그것만으로도 충분하다 여겼다. 같은 강기 계열의 스킬이라곤 하나, 장환은 분명 오러 블레이드, 아니, 검강의 우위에 있는 것. 하물며 수한의 먼치킨 능력 치로 인해 그 차이는 한층 더 벌어졌을 터.

그런데 실제로 두 강기 스킬의 격돌은 막상막하의 모습을 연출하고 있었으니… 그 이유는 다름 아닌,

"…신성력? 설마 홀리웨폰?"

오러 블레이드 사이에 넘실거리는 뇌전의 기운은 어느 정도 이해가 가능하다. 눈앞의 다스, 아니, 다스 어벤저라 불리는 사내는 이미 마검사로 그 이름이 대륙에 알려진 자. '어둠의 탑'에서의 일전에서 이미 라이트닝 계열의 마법과 오러 블레이드의 조합을 선보인 바가 있다. 그러니 오러와 뇌전의 합일인 '뇌격붕검'이라는 사기 스킬까진 넘어가(?) 줄 수 있는 수한이었다.

하지만! 그 뇌전의 오러 블레이드에 신성력까지 더한다는 건 정말 너무하지 않은가?

"너… 대체 직업이 뭐야? 마검사에 이제 사제, 아니, 성기 사인가? 어쨌든 어떻게 그런 게 가능하냐고?!"

─크크크. 글쎄, 왜일까? 내 생각엔 넌 그 이유를 알고 있는 것 같은데?

파파팍!

수한의 물음에 뭔가 의미심장한 대답을 하며 재차 몸을 날리는 다스. 이에 궁금증을 해소 못한 수한도 어쩔 수 없이 대응할 수밖에 없다.

콰쾅! 콰쾅!

장환과 신성력, 뇌전, 그리고 오러가 혼재된 검이 연달아 충돌하며 폭음을 만들어냈다. 그야말로 서로 간에 한 치에 물러섬도 없는 격돌. 그리고 그 격돌 틈틈이 뭔가 불안에 휩싸인 듯한 수한의 떨리는 음성이 있었다.

"너… 너 대체 누구냐?"

—크크크, 넌 이미 알고 있다니깐.

수한의 불안을 더욱 극대화시키는 다스의 괴소. 마치 자신을 약 올리는 듯한 그의 대응에 수한의 손발은 더욱 어지러워졌다. 그리고 그 끝나지 않을 것 같은 격돌이 5분 넘게 지속되자, 초조해진 수한은 다시 한 번 십방장환을 발동하는데…

우우우웅~ 콰콰콰쾅!

상대가 미리 알고 피할 것을 대비해 스킬 발동어를 생략하고 전개한 십방장환. 평소와 다른 그 빠른 운용 방식에 힘입어 다스는 거대한 강기의 폭발에 꼼짝없이 휘말렸다. 이번만큼은 디엘의 공간 전이의 도움이 없는 이상 틀림없이…….

그러나 폭발의 여파가 사라진 뒤 멀쩡한, 그러나 끊임없이 일렁이는 다스의 모습을 보는 순간, 수한은 자신도 모르게 이를 악물었다. 그는 자신의 눈앞에 벌어진 현상, 지금의 다스의 모습에 대해 누구보다 잘 알고 있었던 탓이다.

"이… 형환위?"

그렇다. 이형환위가 아니고서야 어찌 잔상을 남기는 초고속 이동이 가능하랴? 그리고 무엇보다도 결정적인 증거는 바로…… 수한의 등 뒤에서 느껴지는 다스의 기척. 수한은 천천히 등 뒤를 돌아봤고, 그곳에 다스가 멀쩡히 서 있었다.

─자, 내가 누구인지 말해봐라!

너무나 당당히, 그리고 자신있게 수한을 종용하는 다스. 비록 그 음성이 크게 달라졌다곤 하나, 지금 눈앞에 있는 자가 지닌 특유의 분위기와 그 가공할 능력을 어찌 잊으랴?

"설마…… 설마……."

기사와 마법사, 그리고 성기사 고유의 스킬을 하나로 묶을 수 있는, 터무니없는 스킬 조합 능력. 거기에 청제국 전용의, 그것도 최소 레어 급 이상의 신법을 대성해 이형환위를 얻을 정도의 고수. 그리고 무엇보다 결정적인 건……

지금까지 언급한 그는 수한으로부터 '영물군락도(靈物群落圖)', 즉 장백산맥 지도를 탈취하여 청제국인으로서 팔라스 연합으로 넘어올 일말의 가능성이 있는 유일한 존재였으니……

─쯧~ 아직도 믿을 수 없다는 건가? 좋아, 이러면 되겠군.

부들부들 몸을 떨며 여전히 '사실'을 받아들이지 못하는 수한의 모습에 결국 자신의 진면목을 가리던 투구에 손을 얹는 다스. 이어 천천히 드러나는 그의 얼굴은 바로…

"이럴 수가……."

수한이 게임을 시작하고, 지금 이 순간만큼 놀란 적이 있었을까? 거기엔 수한이 너무나 잘 아는, 동시에 조금 전까지 '감히' 상상조차 할 수 없었던 얼굴이 있었다.

수한을 지금의 'NEW WORLD'의 세계에 끌어들인 천재 프로게이머. 그러나 그 어두운 야망으로 인해 원한 관계를 맺어, 결국 게임 시간으로 2년 전 수한과 청제국의 패권을 다투던 대효웅.

수한은 두 눈을 부릅뜬 채 자신도 모르게 그의 이름을 중얼거렸다.

"…천무검황."

[제5권 끝]

◆설정집

[수한의 권속 정리]

1. 죽음의 군세 최고 참모, 토일[오라 효과, 권능 영역 미구현 시 기준]

성명:토일[대마왕의 권속(The Lord Of Devil's Retainer):모든 마속성 스킬을 습득 제한 없이 습득 가능, 스킬 습득 시 숙련도 +99.9%]
칭호:데스 커맨더(Death Commander)
직업:데미 리치(Demi Lich) 성향:마(魔)(적대)
레벨:499(00.0%)
근력(STR):35(+50)
민첩(DEX):80(+50)
근골(CON):1000
지력(INT):290(+200)
지혜(WIS):290(+220)
마력(MEN):1540(+750)
운(LUCK):121

보너스 스탯:0

생명(HP):54990/54990

마나(MP):48295/48295[마법 스킬 운용 시 MP 소모량 *1/2]

공격력:399(+300)[마법 스킬 운용 시 *1.5]

방어력:1246(+100)

체력:無 포만감:無

직속상관을 잘 만난 탓에 일순간에 벼락출세한 대표적인 케이스.

오직 수한의 권능에 힘입어 한계 레벨이면서 마왕 급인 데미 리치로 전직. 그 때문에 마법사로서의 능력보다 데스로드인 수한을 보조하는 능력—궁극기, '절대지휘권능' 습득—이 극대화됨. 대미궁에서 얻은 아이템으로 도배, 새로운 템빨의 지존으로 수진을 위협 중(지닌 스킬 대부분이 저주 마법인 탓에 아이템의 옵션 스킬에 의지하는 바가 크다)

데미 리치(대마도사와 동일한 기준 적용)로 전직, 보너스 스탯 +380

한계 레벨 499 달성에 따른 보너스 스탯(상급 마족의 기준 적용) +2240

금마철갑피 대성, 근골 +400, 방어력 +1000, 화(火)속성에 한해 항마력 MAX(데미지 90% 감소)

아이템 착용(전직 후 대다수의 아이템 착용 조건을 충족)에 따른 능력 치 상승 +1270, 방어력 +100, 공격력 +300, 9개의 마법(매직 미사일, 아이싱 스피어, 매혹, 공포, 헤이스트, 블링크, 포이즌 오브, 포스실드, 어둠의 축복) 습득.

직업(데미 리치 & 대마도사)적 특징에 의한 부가 능력, 마법 스킬에 한해 MP 소모량 최소화(*1/2), 위력 증대(*1.5)

대마도사 전용 궁극기, 계열별 최강 광역 공격 마법(메테오, 블리자드, 썬더스톰, 토네이도) 대신 궁극기, '절대지휘권능' 습득

*절대지휘권능(Absolute Order Power):반경 10㎞ 내 모든 사물을 실시간으로 탐지, 그 범위 내 다수의 특정 개체에게 실시간 메시지 마법 구현 가능

2. 죽음의 군세 대장군, 시드[오라 효과, 권능 영역 미구현 시 기준]

성명:시드[대마왕의 권속(The Lord Of Devil' s Retainer):모든 마속성 스킬을 습득 제한 없이 습득 가능, 스킬 습득 시 숙련도 +99.9%]

칭호:데스 제너럴(Death General)

직업:데스 템플러(Death Templar) 성향: 마(魔)(적대)

레벨: 499(00.0%)

근력(STR):1470(+400)

민첩(DEX):615(+100)

근골(CON):430(+150)

지력(INT):120(+50)

지혜(WIS):120

마력(MEN):900(+50)

운(LUCK):225

보너스 스탯:0

생명(HP):33990/33990

마나(MP):21495/21495[스킬 운용 시 MP 소모량 *1/3]

공격력:2477(+2000)

방어력:1188(+1200)

체력:無 포만감:無

　토일과 마찬가지로 주인을 잘 만난 탓에 일순간에 벼락출세
한 경우. 그러나 토일과 달리 얼마 전까지 나인스타로서 활약한
경험이 있어 본신 능력 역시 출중하다(전직과 더불어 과거 지니
고 있던 스킬 대부분을 재습득). 그 때문인지 토일과는 달리 '궁
극기(Ultimate Skill)'가 아닌 '특수 스킬(Special Skill)'을 얻는다.
　수한을 숭배하는 어둠의 성기사로서 죽음의 군세를 장악한
실세 중의 실세. 수한의 권능과 대미궁에서 가져온 아이템으로
인해 과거 나인스타 시절을 훨씬 능가한 상태.

데스 템플러(성기사와 동일한 기준 적용)로 전직, 보너스 스탯 +400

한계 레벨 499 달성에 따른 보너스 스탯(상급 마족의 기준 적용) +2220

혼원천마경 심법편 대성, 스킬 운용 시 MP 소모량 *1/3, 마력 +300, 보너스 스탯 +250

아이템 착용(전직 후 대다수의 아이템 착용 조건을 충족, 스킬 옵션 유무보다 공격, 방어력 상승 위주의 아이템 선택)에 따른 능력 치 상승 +750, 방어력 +1200, 공격력 +2000

특수 스킬, '극대강화(암흑)성검' 대신 특수 스킬, '극대암흑 오라' 습득

*극대암흑오라(Absolute Unholy Aura):반경 1㎞ 내 모든 언데드 마물의 능력 치 10% 상승

3.죽음의 군세 로드 직속 친위대장, 데스윙(Death Wing)[오라 효과, 권능 영역 미구현 시 기준]

성명: 데스 윙(Death Wing)[대마왕의 권속(The Lord Of Devil's Retainer):언데드 설정 한계치 감소(드래곤으로서의 권능 일부 회복)]

칭호: 용의 계곡의 은거자

직업:본 드래곤(Bone Dragon) 성향:마(魔)(적대)

레벨:850

근력(STR):5,400

민첩(DEX):500

근골(CON):1000

지력(INT):300

지혜(WIS):300

마력(MEN):1000

운(LUCK):345

보너스 스탯:0

생명(HP):58500/58500

마나(MP):24250/24250

공격력:9075

방어력:6250

체력:無 포만감:無

　수한의 종속이 됨으로써 다시 한 번 재기를 꿈꾸는 본 드래
곤.

　언데드 특징상 그 한계가 뚜렷하나, 든든한 빽(?)의 힘으로
드래곤으로서 지닌 권능을 일부 회복한다. 하지만 그 힘의 기반
이 수한인지라 결국 수한 전용 날틀 신세. 그나마 드래곤 특유
의 마물 지배력으로 블랙 와이번 100기를 포획하여 자신의 존

재 가치를 증명하는 데 성공한다.

　지혜, 지력 수치 일부 회복 +200
　마력 일부 회복 +1000
　대마왕의 권능으로 공격력과 방어력 각기 1000씩 상승
　본 드래곤 전용 궁극기, 프리징 브레스(Freezing Breath)[본신 공격력의 40배 데미지] 사용 가능. 단, 용언 마법을 비롯한 마법 구현 능력은 여전히 상실

　4. 죽음의 군세 로드 직속 친위대, 헬 나이트(Hell Knight)[마역(魔域), 오라 효과, 권능 영역 미구현 시 기준]

　성명:無[각 개체의 구분 불가]
　칭호:죽음의 기사단
　직업:헬 나이트(Hell Knight) 성향:마(魔)(적대)
　레벨:450
　근력(STR):1250
　민첩(DEX):200
　근골(CON):350
　지력(INT):150
　지혜(WIS):150
　마력(MEN):350

운(LUCK):132

보너스 스탯:0

생명(HP):22000/22000

마나(MP):9250/9250

공격력:1575(+700)

방어력:540(+500)

체력:無 포만감:無

드디어 전용 마력 탱크(수한)를 얻어 부랑자 신세를 면하게 된 현장 근무원들. 더불어 약간 출세해 중간 간부로서 고충을 느끼기 시작함.

로드를 얻음에 따라 본래 능력 치 회복, 능력 치 70% 상승

헬 나이트로 승급, 보너스 스탯 +200

레벨 업에 따른 보너스 스탯 +500

5. 죽음의 군세 1일 주력 부대, 스켈레톤 나이트(Skeleton Knight)[오라 효과, 권능 영역 미구현 시 기준]

성명:無 칭호:無

직업:스켈레톤 나이트(Skeleton Knight) 성향:마(魔)(적대)

레벨:400

근력(STR):550

민첩(DEX):100

근골(CON):200

지력(INT):30

지혜(WIS):30

마력(MEN):50

운(LUCK):10

보너스 스탯:0

생명(HP):14000/14000

마나(MP):3000/3000

공격력:800(+300)

방어력:290(+500)

체력:無 포만감:無

수한의 어설픈 마법 실력에 소환되어 하루 동안 노가다를 뛰게 된 골격미 넘치는 친구들. 랜덤으로 스켈레톤 메이지가 소환되지만, 아쉽게도 수한의 저주 캐릭다운 운빨로 인해 그런 행운은 없었다.

매개체가 고작(?) 레벨 400대의 드레이크 뼈인 주제에 수한의 사기틱한 캐릭 옵션에 의해 뼈 원래 주인과 동급─레벨만 따진다면…─의 존재가 됨(동렙의 기사와 거의 비등한 수준). 물론 소환물로서의 한계가 명확한지라 수한의 직속 권속들과는 그 무력에 뚜렷한 차이가 있다.

라이즈 스켈레톤(Raise Skeleton), 뼈 원래 주인의 능력 치 30%를 지닌 해골병사 소환

불타는 어둠(Burning Darkness)의 옵션, 마법 효과 50% 상승

수한 상태창 옵션, 스킬 운용 시 그 공격력(마법 효과) 50% 상승

라이즈 스켈레톤 마스터, 스켈레톤 능력 치 20% 상승(스켈레톤 나이트로 승급), 소환 시간 하루 24시간으로 늘어남.

스켈레톤 나이트 승급, 보너스 스탯 +100 본소드(공격력 +300), 본아머(방어력 +300), 본실드(방어력 +200) 착용

6. 죽음의 군세 말단 병사, 구울[나수 개체의 평균치 기준][오라 효과, 권능 영역 미구현 시 기준]

성명:無 칭호:無
직업:구울(Ghou) 성향:마(魔)(적대)
레벨:300
근력(STR):350
민첩(DEX):30
근골(CON):100
지력(INT):10
지혜(WIS):10

마력(MEN):10

운(LUCK):5

보너스 스탯:0

생명(HP):8000/8000

마나(MP):1700/1700

공격력:515

방어력:150

체력:無 포만감:無

수한에게 무작정 소환되어 무한 다굴의 진부한 소재로 활용된 좀비 이종 사촌

레벨 300 이하의 시체들을 매개체로 소환되었지만 스켈레톤 나이트의 경우와 마찬가지로 수한의 사기 옵션의 힘에 의해 그 능력 치가 극대화. 평균 레벨 300의 구울이 됨. 단, 수한의 마법 실력이 워낙 일천한 탓에 제대로 통제 가능한 개체수는 최대 1만. 그 이상은 죽음의 군세가 아닌, 통제 불능의 단순한 마물에 지나지 않게 된다.

애니메이트 데드(Animate Dead), 일정 범위 내 모든 시체들을 구울(본래 능력 치 50%)로 부활

불타는 어둠(Burning Darkness)의 옵션, 마법 효과 50% 상승

수한 상태창 옵션, 스킬 운용 시 그 공격력(마법 효과) 50%

상승

애니메이트 데드 마스터, 구울 능력 치 30% 상승(구울 최대
레벨 300 달성)

[질풍의 성검, 란슬롯 정리][5권 기준]

성명:란슬롯 칭호:질풍의 성검

직업:성기사(신성 나티아 제국 소속) 성향:성(聖)(우호)

레벨:499

근력(STR):596(+650)[금주 발동 시, +5500]

민첩(DEX):60[금주 발동 시, +1300]

근골(CON):312(+350)[금주 발동 시, +900]

지력(INT):60[금주 발동 시, +500]

지혜(WIS):60[금주 발동 시, +500]

마력(MEN):60[금주 발동 시, +1500]

운(LUCK):14[금주 발동 시, +240]

보너스 스탯:0

생명(HP):38090/38090[금주 발동 시, +45000]

마나(MP):3695/3695 [금주 발동 시, +30000, 스킬 운용 시 MP
소모량 *1/3]

공격력:1525(+1000)[금주 발동 시, +7150, 스킬 운용 시 *2]

방어력:409(+3000)[금주 발동 시, +3400]

체력:99% 포만감:99%

사랑에 눈이 멀어 현실을 외면하는, 이 시대 마지막 바보 로
맨티스트. 뻔히 보이는 상황에도 불구하고 끝끝내 희망을 버리
지 않은 채 수한이 개과천선(?)할 것이라는 기대를 품고 있다(왠
지 불쌍…).

순수 능력 치만 따진다면 수한의 권속 중 헬 나이트에게도 밀
리지만, 한계 레벨이 괜히 한계 레벨이 아닌지라 '극대강화성
검'의 힘으로, 같은 한계 레벨인 시드와도 비등한 무력을 자랑
한다. 특히 '금주(禁呪)'를 발동할 경우, 잠시나마 먼치킨 고급
인 수한과도 비등한 무력을 지니게 된다.

레벨 업에 따른 보너스 스탯 +7(2권 설정집 참고)
한계 레벨 달성에 따른 능력 치 상승, 전 스탯 *1.2
한계 레벨 성기사 전용 특수 스킬, '극대강화성검' 습득
금주(성기사 전용 궁극기), '천사 빙의' 사용 가능
*천사 빙의(天使憑依):30분간 대천사(처단자 미카엘) 빙의, 능
력 치 대폭 상승(레벨 999의 천사 기준), 항마력 Max(모든 마법
데미지 90% 감소) 스킬 운용 시 위력 증대(*2), MP 소모량 *1/3,
'에테르윙'(절대방어 기능) 1쌍 생성[금주 발동 이후 페널티, 발
동 사유에 따라 레벨 하락]

[스킬 분류와 정리]

1. 일반 스킬(Usual Skill)
스킬북을 통해 습득하게 되는 모든 스킬. 등급(3급, 2급, 1급, 레어, 유니크)으로 분류되는 대부분의 스킬(마법 포함)들을 말한다.
예) 청제국의 무공, 팔라스 연합의 직업별 스킬들

2. 특수 스킬(Special Skill)
일정 기준 이상의 레벨과 특정 스킬의 숙련도에 따라(혹은 특정 퀘스트의 완수에 따라) 비급(스킬북) 습득과 무관하게 자동으로 생성되는 스킬
예) 검기(소드 오러), 검막, 검강(오러 블레이드), 데스 블레이드, 검환, 극대강화성검, 극대암흑오라

3. 궁극기(Ultimate Skill)
각 계열(직업) 특수 스킬들의 극의에 도달하거나 한계 레벨 이상을 달성할 경우 생성되는(혹은 사용 가능해지는) 계열(직업)별 '최강(最强:The Strongest)' 특수 스킬(Special Skill)
예) 이기어검(以氣御劍), 일도단천(一刀斷天), 십방장환(十方掌環), 금강불괴(金剛不壞), 만독불침(萬毒不侵), 메테오(Meteo), 블리자드(Blizzard), 썬더스톰(Thunder Storm), 토네이도(Tornado), 드래

곤 브레스(Dragon Breath)

4. 진명 스킬(Absolute Power Skill)

진명(眞名)을 부여받은 초월자(하급신 이상)에게 주어지는 각 개체별 특화된 '유일무이(唯一無二:Unique)'한 궁극기. 그 범위와 위력, 그리고 지속 시간은 오직 시전자의 권능에 따라 좌우된다.

예) 데스필드(Death Filed), 카이저 브레스(Kaiser Breath), 커스필드(Curse Filed)

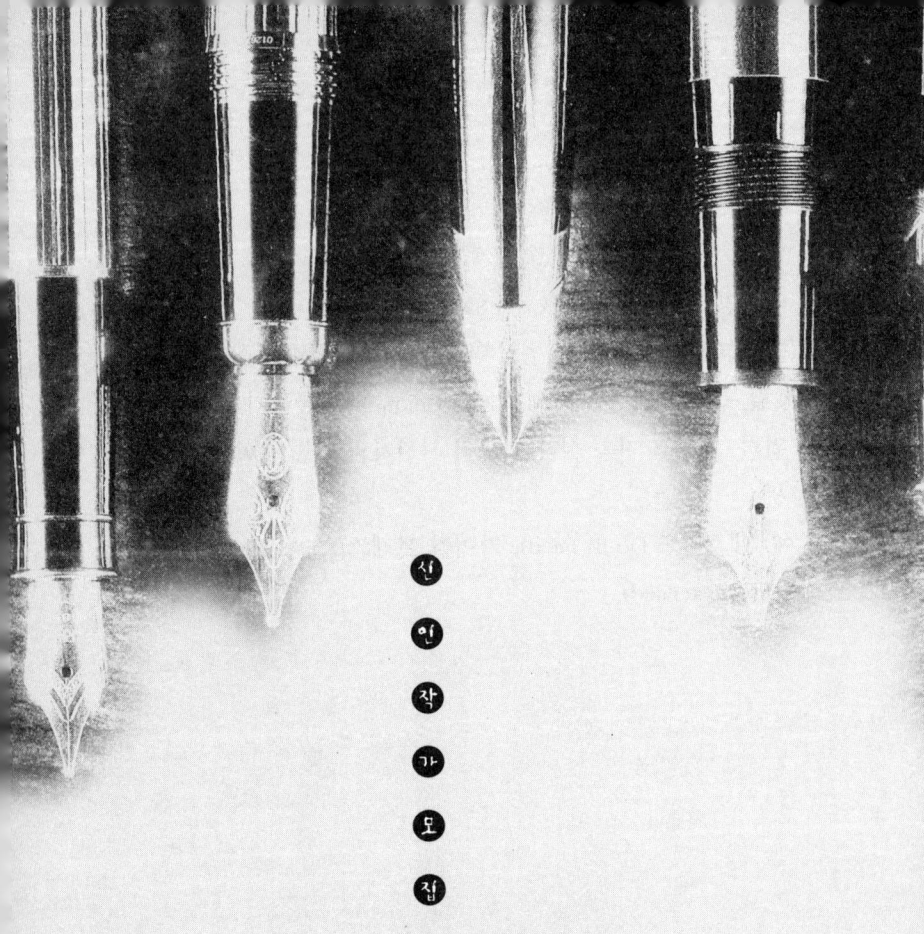

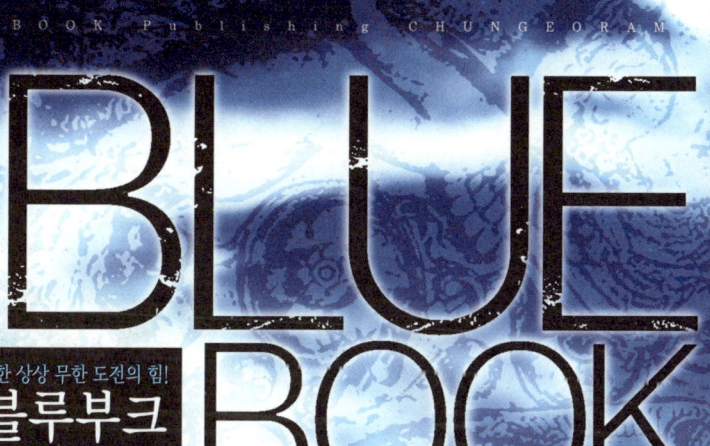

입소문을 통해 아는 분은 다 알고 계십니다!
올 한해 공인중개사 최고의 화제작!

1~2권 합본 | 이용훈 지음
3~4권 합본 | 이용훈 지음
5~6권 합본 | 이용훈 지음
용어해설 | 이용훈 지음

수험생 기본 필독서
만화 공인중개사

제목 : 만화공인중개사 쓰신 분에게 감사드립니다.

학원을 두 달 다녔어요. 근데 과연 그 숫자 외우기 그런 게 몇 문제나 나올까 생각을 했어요.
아니라는 생각이 드네요. 학원강의를 뒤로하고 서점을 갔어요. 내 머리에 가장 이해될 수 있는
책이 없나 하구요. 거기서 만화를 발견했어요. 무조건 세 번 봤어요. 3개월 걸렸어요. 문제집을 보라고
했는데 그건 시행을 못했어요. 근데 합격을 했네요.
어떻게 감사의 말을 해야 될지…….
도서관에서 만화책 들고 다니니까 사람들이 비웃더라구요. 만화책으로 공인중개사를 공부한다고
미친 사람처럼 보더라구요. 근데 그거 다 감수하고 했던 내가 자랑스럽습니다.
어떻게 감사의 말을 해야 할지… 정말 감사합니다.
부디 행복하세요. 제 나이 41살에 좋은 스승을 만난 것 같습니다.
엎드려 감사드립니다.

－본사 홈페이지에 독자분이 올린 메일 中에서 발췌－